『HYAKUNEN KOIBITO』by Fuyuki Shindo

© Fuyuki Shindo 2005

All rights reserved.

First published in Japan in 2005 by Futabasha Publishers Ltd., Tokyo.

Korean translation rights arranged with Futabasha Publishers Ltd.

through Gaon Agency, Seoul

Korea translation copyright © 2012 by it Book Publishing Co.

백년후愛

한국어판 ⓒ 도서출판 잇북 2012

1판 1쇄 인쇄 2012년 1월 16일
1판 1쇄 발행 2012년 1월 20일

지은이 | 신도 후유키
옮긴이 | 김대환
펴낸이 | 김대환
펴낸곳 | 도서출판 잇북
책임편집 | 김랑
책임디자인 | 한나영
인쇄 | 대덕문화사

주소 | (413-736) 경기도 파주시 교하읍 와동리 604
전화 | 031)948-4284
팩스 | 031)947-4285
이메일 | itbook1@gmail.com
블로그 | http://blog.naver.com/ousama99
등록 | 2008.2.26 제406-2008-000012호

ISBN 978-89-964334-9-1 03830

* 값은 뒤표지에 있습니다. 잘못 만든 책은 교환해드립니다.

이 도서의 국립중앙도서관 출판시도서목록(CIP)은 e-CIP홈페이지(http://www.nl.go.kr/ecip)와 국가자료공동목록시스템(http://www.nl.go.kr/kolisnet)에서 이용하실 수 있습니다.
(CIP제어번호: CIP2012000083)

백년후 愛

신도 후유키 장편소설

김대환 옮김

잇북
it BOOK

거긴 안개가 없을 텐데……. 하지만 아이코의 갈색 눈동자가 내려다보는 벚나무 가로수 길에는 솜사탕을 찢어놓은 듯한 옅은 안개가 분명히 걸려 있었다. 그렇게 비슷한 또래의 고등학생으로 보이는 아이들이 서로 장난을 치고 새된 소리를 질러대면서 지나가는 것을 시선으로 좇고 있던 아이코의 입술에서 가벼운 한숨이 흘러나왔다.

그녀가 이처럼 창밖으로 가로수 길을 내려다보기 시작했을 때는 시야 가득히 펼쳐져 있던 연분홍색 벚꽃 물결이 지금은 뿔뿔이 흩어져서 아스팔트를 쓸쓸히 물들이고 있다.

습기가 많은 장마철, 환절기, 수면 부족에 시달릴 때…… 초등학생 때부터 아이코는 약간의 환경 변화나 피로가 쌓일 때면 지금처럼 이 창가에서 가로수 길을 내려다보는 지루한 나날을 보냈다.

지금 아이코가 보고 있는 안개는 필시 자신의 가슴속 모습임이 틀림없다. 하지만 그 '안개'가 유소년 시절부터 그녀를 괴롭히고 있는 지병인 천식 때문만은 아니었다.

지난 한 달 동안은 모래가 섞여 있는 듯 불쾌하고 고통스러운 호흡으로 잠에서 깬 그녀였지만, 오늘만은 아주 기분 좋은 아침을 맞이할 수 있었다.

— 일어나서 아직 한 시간도 안 되었잖아? 넌 왜 그렇게 경솔한 짓으로 매번 언니를 귀찮게 하니? 벌써 열여덟 살이야. 옛날 같으면 결혼해서 애까지 낳았을 나이라고.

오랜만에 햇빛에 안겨 가슴 가득히 신선한 공기를 마실 수 있다는 생각에 발걸음도 가볍게 계단을 막 내려갔을 때였다. 현관에서 기다리던 언니의 말 한마디로 아이코는 내려갈 때와는 다른 사람처럼 무거운 걸음으로 방으로 돌아왔다.

언니 말대로 옛날에도 괜찮겠지 하는 마음에 학교에 가서 그때까지 방 안에 틀어박혀 있던 것을 보상받으려는 듯 수다를 떨다가 발작을 일으키는 바람에 언니가 데리러 온 게 한두 번이 아니었다.

아이코가 어려서 엄마를 잃고, 그렇게 발작을 일으켰을 때 데리러 오는 것은 늘 열 살 터울의 언니 시즈에였다.

지금 아이코의 마음은 잔뜩 찌푸린 하늘처럼 어두워져 있었지만, 언니를 나쁘게 생각할 마음은 티끌만큼도 없었다. 그뿐 아니라 언니는 13년간 엄마를 대신해 하나야기 가(家)를 지켜주었다. 그 13년 동안 새가 마음대로 하늘을 날고 싶은 것을 허락받은 시절도 있었고, 바람이 멋대로 꽃잎을 따내는 것을 허락받은 시절도 있었다.

그러나 시즈에는 아이코와 아버지를 위해 한 번밖에 갈 수 없는 눈부신 길에서 등을 돌렸던 것이다. 시즈에야말로 어떤 의미에서는 와카바야시 가와 하나야기 가에 대대로 이어져 내려온 불길하고 저주스러운 역사의 희생자라 할 수 있을지도 모르겠다.

하지만 이때의 아이코는 그리 멀지 않은 미래에 시즈에와는 비교도 할 수 없는 비극이 자신에게 찾아오려고 한다는 것을 알 턱이 없었다.

우선 그녀는 와카바야시 가와 하나야기 가의 '인연'에 대해 실은 잘 몰랐다.

그건 그렇고 오늘은 뭐 하며 지내지? 그녀는 다양한 장르의 책으로 꽉 채워진 벽 책장으로 시선을 옮겼다. 《위대한 개츠비》《이상한 나라의 앨리스》《바람과 함께 사라지다》《100만 번 산 고양이》《이즈의 무희》《바람이 분다》……. 어느 것이나 몇 번씩 읽은 책뿐이었다.

어렸을 때부터 요양 생활이 길었던 그녀에게 '이야기'는 소중한 친구였다. 텔레비전에도 이야기는 존재하지만 아이코는 수동적인 것이 아니라 스스로 공상 세계에 들어갈 수 있는 책이 좋았다.

그녀가 사는 현실 세계에서는 행동범위에 제약이 있지만 공상 세계는 달랐다.

언제는 데이지처럼 화려한 드레스를 입고 멋대로 하고 싶은 대로 활개치고, 언제는 스칼렛처럼 매우 적극적으로, 그리고 또 언제는 앨리스가 되어 토끼 세상을 탐험하고⋯⋯. 이렇게 마음에 그린 꿈을 무엇이든 실현시킬 수 있었다.

그때 창밖으로 시선을 옮긴 아이코의 눈앞으로 빨간 그림자가 지나갔다.

둥실, 두둥실 잔잔한 바람에 흘러가는 빨간 그림자가 가로수 길을 가로지르려고 했을 때 그녀의 귀에 발소리가 날아 들어왔다. 그녀의 눈은 소형 트럭 한 대가 무시무시한 속도로 달려오는 모습을 보고 있었다. 묵직한 배기음과 발소리가 아이코의 몸속에서 겹쳐지는 것과 동시에 빨간 그림자에 하얀 그림자가 포개졌다.

"앗, 위험해."

자기도 모르게 일어서서 테라스로 나간 아이코의 고함소리⋯⋯ 그녀 자신도 깜짝 놀랄 정도로 큰 목소리가 맑은 하늘로 빨려 들어가며 아스팔트를 긁는 타이어 소리에 묻혔다.

하얀 모시 재킷을 입은 청년이 풍선 줄을 잡은 채 땅바닥에 어깨부터 떨어졌다. 재킷 자락이 펄렁펄렁 나부끼는 모습이 아이코에게는 왠지 밤의 장막이 내려간 호수에서 노니는 백조처럼 보였다.

"이런 제길, 저 새끼 뭐야⋯⋯. 이봐, 괜찮아!?"

옅은 회색 작업복을 입은 남자가 분노에 찬 목소리를 삼키고 새파랗게 질린 얼굴로 운전석에서 뛰어내려 엎드린 채 쓰러져 있는 청년에게 뛰어가 말을 걸었다.

"아야야……."

청년이 얼굴을 찡그리고 오른쪽 어깨를 누르면서 꾸물꾸물 일어섰다.

"다친 데는? 어디 아픈 데 없어?"

"아, 맞다. 아저씨 죄송해요."

청년이 뭔가 생각난 듯 큰 소리로 말하고 작업복을 입은 남자에게 오른손을 들어 보이다가, 그 바람에 어깨가 아팠는지 다시 얼굴을 찡그리면서 아이코의 집을 향해 잔달음질로 뛰어왔다.

아이코는 이때 비로소 테라스 바로 아래에 네다섯 살로 보이는 소년이 얼어붙은 듯 우두커니 서 있는 것을 깨달았다.

"자, 이제는 놓치지 마라."

청년이 허리를 앞으로 숙이고 소년에게 풍선을 건네고는 싱긋 웃으면서 난폭하게 머리를 쓰다듬었다.

"저기, 괜찮아요?"

발길을 돌려 가려고 하는 낯선 청년에게 말을 거는 자신의 대담한 행위에 아이코는 놀라움을 감추지 못했다.

공상 세계에서는 적극적이고 대담한 그녀도 현실 세계에서는 내성적이고 소심해져서 낯선 사람은 물론 아는 사람 앞에서도 긴장해서 마음을 터놓기까지 얼마간의 시간을 필요로 하는 여자였다. 그런 아이코가 전혀 주눅 드는 기색도 없이…… 조금의 망설임도 없이, 마치 오랜 옛날부터 아는 사이인 듯 말을 걸고 있었다.

이건 기적…… 그래, 자신에게는 눈의 결정이 어느 하나 같은 모양을 만들지 않는 것과 다름없는 마술이었다.

청년이 걸음을 멈추고 천천히 고개를 돌려 테라스를 올려다보았다. 눈이 부신 듯 눈을 가늘게 뜬 청년이 자신을 불러 세운 목소리의 주인공을 깊은 눈동자로 보았다.

"괜찮아, 괜찮아. 몸만은 아주 튼튼하니까. 그보다 너야말로 거기서 떨어지지 않도록 조심해. 풍선처럼 가볍지 않아서 내 양팔이 부러질지도 모르니까."

"그런 실례의 말이 어딨어요? 나 그렇게 무겁지 않다구요!"

"미안 미안, 그럼."

정색하며 화를 내는 아이코에게 그는 개구쟁이 소년 같은 표정으로 하얀 이를 드러내고 크게 손을 흔들면서 뛰어갔다.

"뭐야, 정말!"

청년의 등에 대고 화는 냈지만 아이코의 머릿속에는 그 천진난만한 미소가 되살아났다. 그리고 자기도 모르게 입가에 미소가 번진다. 그런 자신을 이상하다고 주의시키는 목소리가 들려오자마자 또 빙긋이 웃는 자신에게 아이코는 당혹감을 느꼈다.

개구쟁이이지만 어른이고, 거칠지만 어딘가 섬세함이 느껴지는…… 어쨌든 이상한 청년이었다.

적어도 그녀가 지금까지 만나온 어떤 남자와도 달랐다. 하긴 올해로 열여덟 살이 된 그녀에게 그렇게 많은 남성을 만날 기회가 있

을 리도 없었지만, 그래도 지금까지 살아오면서 그런 사람은 처음이었다.

　문득 정신을 차리고 보니 창밖 풍경을 뿌옇게 가리고 있던 안개가 사라지고 없었다. 그리고 아스팔트를 쓸쓸히 물들이고 있던 벚꽃 잎도 지금 그녀의 눈동자에는 화려한 융단처럼 보였다.

　다음 날 아침에도 아이코는 창가의 소녀였다. 하지만 어제까지 그래왔듯 또래 학생들의 목소리를 들어도 기분이 우울해지지는 않았다. 평소엔 공허하게 떠돌던 그녀의 갈색 눈동자가 오늘은 활기에 차서 가로수 길 주변을 몇 번이나 왔다 갔다 하고 있었다.

　나이나 모습이나 그와 비슷해 보이는 젊은 남자가 지나갈 때마다 아이코의 가슴은 나무에서 떨어진 다람쥐가 꼭 그랬을 것처럼 쿵닥쿵닥 방망이질을 쳤고, 그와는 다른 사람인 것을 알 때마다 한숨이 입술을 매만졌다.

　나이로는 학생으로도, 직장인으로도 보였다.

　어제는 어쩌다 이 가로수 길을 지나갔던 것일까? 아니면 이 근처에 학교나 회사가 있어서 늘 같은 시간에 지나가는 것일까?

　아이코는 이런저런 생각을 하면서 벽에 걸린 시계에 시선을 던졌다. 이제 10분만 있으면 어제 그 청년이 나타난 시간이다.

아이코는 시계에서 무릎 위 책으로 시선을 옮겼다. 작년에 헌책방에서 산 뒤로 딱 한 번 읽고 줄곧 책상 서랍 안에 처박아둔 것이었다. 그녀는 마음에 드는 소설은 표지가 너덜너덜해질 때까지 몇 번이고 반복해서 읽는 타입이었다.

《백년 연인》. 이 책이 재미가 없어서 한 번만 읽고 처박아둔 것이 아닌데도 두 번째 읽을 마음이 좀처럼 들지 않았던 것은 두 주인공의 비극적인 사랑이 남의 일 같지 않게 생각되어 너무 슬펐기 때문이다.

아이코는 도자기 인형 같다는 말을 듣는 가늘고 하얀 손가락으로 페이지를 넘겼다.

이야기는 100년 전으로 거슬러 올라간다. 요즘 말로 하면 재벌이라 할 수 있는 정상배政商輩의 딸 하루와 공작의 작위를 가진 집안에서 태어난 청년 쇼이치는 각자 부모님의 손에 끌려 억지로 참석하게 된 무도회에서 서로의 존재를 처음 알게 된다.

표면상 양가의 관계는 우호적으로 보였지만 속을 들여다보면, 공작 집안은 정상배 집안을 교양 없는 졸부라고, 정상배 집안은 공작 집안을 역겹고 세상 물정 모르는 꼴통이라고, 서로가 서로를 뼛속까지 경멸하고 있었다.

그러나 공작 집안이 정상배 집안의 편의를 봐주고, 정상배 집안은 그 덕에 거둔 이익을 공작 집안에 환원한다는 상부상조의 관계가 양가에 표면상의 밀월 시대를 구축하고 있었다.

그런 정치적 사정도 당시 열여섯 살인 하루와 열여덟 살인 쇼이
치에게는 아무 관계가 없는 일이었고, 또 알지도 못했다. 두 사람은
서로에게 첫눈에 반해 감정이 가는 대로 몰래 만남을 이어갔다.

"쇼이치 씨가 장래 아버님의 사업을 물려받게 되나요?"

바람에 고개를 흔드는 벼이삭에 둘러싸인 풀숲 위에 두 사람은
나란히 앉아 있었다. 요람처럼 흔들리는 이삭 끝에서는 밀잠자리
가 앉아 쉬고 있었고, 발밑에서는 메뚜기 어미가 새끼를 등에 업
고 뛰어다니고 있었다. 검붉은 노을빛으로 물든 하늘에는 풀솜
같은 구름이 유유히 떠다니고, 바람에 몸을 맡긴 풀잎이 서로 스
치며 연주하는 소리는 살랑살랑 귀를 간질인다.

쇼이치는 이렇게 둘만의 밀회의 장소에서 석양을 받아 살굿빛
으로 물드는 하루의 옆얼굴을 보는 것이 좋았다. 말끝을 조금 올
린 하루의 애교 섞인 목소리를 듣는 것이 좋았다. 눈을 감으면 하
얀 피부의 볼에 비치는 속눈썹 그림자가 좋았다. 그리고 수줍어하
면서 웃을 때 콧마루에 살짝 생기는 주름이 좋았다.

"응, 그렇게 되겠지."

"어머, 남 말 하듯 하네?"

하루는 쇼이치의 말투가 우스워서 자기도 모르게 말했다.

그녀 역시 벼이삭처럼 느긋하고, 저녁 무렵의 햇빛처럼 부드러
운 쇼이치를 좋아하고 있었다.

그와 함께 있을 때면 하루의 눈에 비치는 꽃들은 다른 때보다 더 선명하고 탐스럽게 피어 있었고, 새들의 지저귐은 다른 때보다 더 유쾌하게 들렸다. 쇼이치의 깊은 눈동자에서 쏟아지는 시선을 받을 때마다 하루의 피는 뜨거워지며 투명한 피부 아래를 힘차게 뛰어다니는 것이었다.

서로의 부모님에게는 비밀로 하고 만든 시간에 나누는 대화라 곤 고작 연못 근처에서 청개구리가 어쨌느니 뒤뜰에 감이 다 익었느니 텐쇼 사寺의 스님이…… 따위의 하잘것없는 것들뿐이었다.

오늘처럼 어느 한쪽이 어느 한쪽에게 장래에 대해 묻는 일은 극히 드문 일이었다.

하루가 그 드문 일을 한 것에는 큰 이유가 있다.

"갑자기 그런 걸 묻고 무슨 일 있어?"

"우리 창고에서 일하던 시게루 오빠 기억하죠?"

"응, 기억하지. 하루를 몹시 귀여워하던 키 큰 남자였지?"

쇼이치는 발밑에 있던 자갈을 논으로 던지면서 되물었다.

감정이 겉으로 드러나지 않도록 주의했지만 시게루의 이름을 들었을 뿐인데도 가슴이 콕콕 쑤시고, 맥박이 빨라졌다. 쇼이치보다도 다섯 살 많은 시게루는 하루가 부르는 것에서도 알 수 있듯이 그녀를 여동생처럼 귀여워했다. 진짜 오누이였다면 아무리 둘 사이가 가깝더라도 쇼이치의 마음이 혼란스럽지는 않았을 것이다. 하지만 두 사람은 피 한 방울 섞이지 않은 생판 남이다.

시게루는 3년 전부터 야마가타에 있는 하루의 아버지가 운영하는 술 곳간을 맡아 도쿄를 떠났다. 하루의 입에서 그 말을 들은 쇼이치는 솔직히 가슴을 쓸어내렸다.

"내가 열세 살 때 시게루 오빠가 나 보고 열여덟 살이 되면 시집오라고 했던 말 기억해요?"

"으응, 잊어먹지 않았어."

두 번째 던진 돌은 첫 번째보다 더 빠르고 더 멀리 논 가운데로 사라졌다.

"그런데……."

말꼬리를 자르고 쇼이치는 세 번째 돌을 주워 이번엔 일어서서 하늘을 향해 던졌다.

"왜 그 사람 얘기만 하는 거야? 너, 그 사람 좋아해?"

쇼이치는 굳이 그 사람이라고 불렀다. 시게루의 이름을 말하면 다시 두 사람 앞에 그가 나타날 것만 같은 기분이 들어 견딜 수가 없었다.

"쇼이치 씨, 혹시 시게루 오빠한테 질투하는 거예요?"

"그, 그게 무슨 말도 안 되는 소리야?"

너무나 아름다운 하루의 장난꾸러기 같은 눈동자에 하마터면 빨려 들어갈 뻔했지만 속내를 들킨 부끄러움이 쇼이치의 시선을 남빛이 물들기 시작한 석양으로 도망치게 했다.

"시게루 오빠를 좋아해요. 하지만 그건 오빠로서 좋아하는 것이지 나중에 시집가기로 정한 사람은 쇼이치 씨 당신밖에 없어요."

"하루……."

한겨울의 호수를 방불케 하는 맑고 투명한 하루의 눈동자를 보고 쇼이치는 한 순간이라도 시게루와 하루를 의심한 자신을 질책했다.

"시게루 오빠가 시집오라고 했다는 말을 쇼이치 씨에게 했을 때 나한테 뭐라고 말해줬는지 기억해요?"

쇼이치는 자리에 앉아 잠시 생각하는 시늉을 했다. 사실 생각하고 말 것도 없이 사랑하는 사람에게 한 선언을 잊을 리가 없었다. 단지 그 선언은 지금 되살아나 머리를 스쳤을 뿐인데도 쇼이치의 귓불을 빨갛게 물들이고 가슴에 심한 방망이질을 했다.

"물론 기억하지."

"그럼 여기서 다시 한 번 말해줘요."

하루의 시선이 너무 곧장 날아와서, 너무 눈부셔서, 그래, 마치 한여름 날의 햇빛을 똑바로 쳐다볼 수 없는 것과 마찬가지로 쇼이치는 시선을 돌렸다.

그 끝에 석양의 황금색으로 물든 날개를 공중에서 팔랑팔랑 휘젓는 한 쌍의 나비가 서로 희롱하면서 한 송이 들국화에 앉았다. 두 마리의 나비는 꽃잎 중앙에 사이좋게 주둥이를 박고 꿀을 빨아먹고 있었다.

쇼이치는 마음을 정하고 하루의 정면에 무릎 꿇고 앉아 그녀의

서릿발처럼 화사한 어깨에 두 손을 얹고 눈동자를 들여다보았다.

"제게는 태어나기 전부터 평생을 함께할 운명의 공주님이 계십니다. 공주님이 제비처럼 넓은 하늘을 날고 싶다면 전 평생을 바람을 가르는 날개로 살 것이옵니다. 공주님이 도라지처럼 들판을 아름답게 수놓고 싶다면 전 평생을 연보랏빛 꽃잎으로 살 것이옵니다. 공주님이 눈처럼 덧없고도 아름답게 대지를 순백으로 물들이고 싶다면 전 평생을 찰나의 결정으로 살 것이옵니다. 하루 씨. 제가 아버지의 사업을 물려받는다면 당신한테 청혼하겠습니다. 그때까지 기다려주시겠습니까?"

하루는 약속을 기억해준 쇼이치의 말을 듣고 가슴이 요동치는 것을 느꼈다. 그리고 이 순간이 왔을 때를 대비해 몰래 가슴속에 간직해둔 대사를 말하기로 결심했다.

"약속합니다. 그게 100년 후라 해도, 이 목숨이 다해 저세상에 간다 해도 저는 당신을 영원토록 기다리고 있겠습니다."

아이코는 책갈피를 끼우고 가만히 책을 덮었다. 투명한 바큇자국을 남기며 그녀의 완만하게 부푼 뺨에서 턱 끝으로 흘러간 물방울이 《백년 연인》의 표지에 툭 떨어졌다.

처음 읽었을 때 흘린 것은 두 사람의 순수한 사랑 이야기에 감동받은 따뜻한 눈물이었다. 그러나 지금 아이코의 뺨을 적시는 것은 너무나도 잔혹한 운명에 농락당한 젊은 연인들의 불쌍한 말로에 대한 서글픈 눈물이었다.

"나, 잠깐 나갔다 올게……."

마침 그때 방으로 들어온 시즈에가 아이코의 무릎 위에 놓여 있던 책을 보고 안색을 바꿨다.

"아이코, 너 그런 거 어디서 샀니!?"

시즈에의 목소리가 거칠어진 이유를 아이코는 알고 있었다.

"진보초에 있는 헌책방에서 우연히 찾았어."

그녀는 언니에게 한 거짓말에 가슴이 아팠다.

《백년 연인》을 진보초에 있는 헌책방에서 찾았다는 말은 사실이었지만, 우연이라는 말은 달랐다.

아이코는 하나야기 가와 와카바야시 가에 얽힌 이야기를 아버지에게 듣고 나서 서점을 볼 때마다 《백년 연인》을 찾았다. 그러나 아무리 찾아도 찾을 수 없었다. 나중에 안 일이지만 이 책은 와카바야시 가로부터 거센 항의를 받고 출판 금지가 되어 거의 유통되지 않았던 것이다. 그래서 아이코는 헌책방에서 그 책을 찾았을 때 마치 태어나자마자 헤어진 부모님을 다시 만난 것처럼 한껏 고양되는 기분을 맛볼 수 있었다.

"그런 책은 재수 없으니까 버려. 비극의 원인이 꼭 할머니한테 있는 것처럼 쓰여 있는데 남녀가 눈이 맞아 도망가려고 내뱉은 말은 다 그런 식이야. 게다가 작가한테 돈을 얼마나 줬는지는 모르지만 쇼이치라는 남잘 너무 미화했어. 실제로는 고집불통에다 자기중심적인 남자였을 뿐이잖아."

"언니……."

굳이 그렇게까지 말할 필요는 없잖아, 하고 튀어나오려는 말을 아이코는 간신히 집어삼켰다.

선조가 남긴 인연의 희생자인 언니에겐 적어도 그 정도 말을 할 권리는 있을지도 모른다고 아이코는 생각했다.

《백년 연인》은 창작물이 아니라 실제로 있었던 이야기…… 하나야기 가의 장녀와 와카바야시 가의 장남의 비극적인 사랑을 모티프로 한 논픽션이다.

저자인 가즈에 도시미츠라는 인물이 당시 와카바야시 가에서 일하던 집사의 자손이니 이야기가 쇼이치 중심의 시점에서 쓰였다고 언니가 주장하는 것도 무리는 아니었다. 하지만 그렇다면 출판 금지 요구를 와카바야시 가에서 한 것은 모순이지 않느냐고 아이코는 생각했지만 그것을 언니에게 말할 마음은 없었다.

"어쨌든 이런 책은 읽지 마."

시즈에가 아이코의 무릎 위에서 책을 빼앗아 쓰레기통에 버렸다. 아이코를 흘낏 한 번 쳐다보고 방을 나가는 시즈에. 그 모습을 바라보던 아이코는 언니가 나가자 일어서서 쓰레기통에서 책을 꺼냈다.

아이코는 공연히 서글퍼졌다. 책이 버려져서 그런 것이 아니라 대대로 사이가 좋았던 양가가 앙숙 관계로 바뀌었다는 현실을 앞에 두고 자신의 무력함을 통감했기 때문이다.

다시 창가에 앉았을 때는 찬란하게 빛나던 태양이 갑자기 비구름에 가린 듯 기분이 침울하게 가라앉았다.

"공주님!"

고개를 숙이고, 증오의 역사가 숨 쉬는 책에 허망한 시선을 떨어뜨리고 있을 때였다. 느닷없이 창밖에서 들려온 목소리에 무슨 일이지? 하고 고개를 돌린 아이코는 오토바이에 걸터앉은 청년을 보고 심장이 멎는 게 아닐까 하고 생각될 정도로 깜짝 놀랐다.

"당신은 어제……."

"어느 날 아침 한 청년이 소년이 놓친 풍선을 쫓아가다 트럭에 치였습니다. 청년은 어렸을 때부터 무모한 짓으로 부모님의 수명을 5년은 단축시킨 놈이죠. 하지만 그 무모한 짓으로 생각지도 못한 멋진 경험을 할 때가 있답니다. 예를 들면 어제의 무모한 짓으로 아름다운 공주님을 만난 것처럼."

"도대체 어쩔 생각이었어요?"

아이코는 장난스럽게 대사를 읊어대는 청년에게 항의했다. 그러나 청년은 그녀의 항의 따위엔 아랑곳하지 않고 오토바이에서 내려 아스팔트에 한쪽 무릎을 꿇고 오른손을 짚었다.

당연히 가로수 길을 오가는 학생들…… 특히 무슨 일에나 잘 웃는 사춘기 여학생들에게는 이보다 더 좋은 먹잇감이 없었다. 처음엔 경악한 표정으로 멀찍이 둘러서서 보던 '참새들'도 서서히 킥킥 재잘거리기 시작하더니 주뼛주뼛 한두 명씩 청년의 주위를 둘

러쌌다.

"그 공주님은 장미가 한숨을 토할 정도로 아름답고 목소리는 여름 밤바람에 흔들리는 풍경처럼 사랑스럽도다. 그 공주님이 폭풍이 멎기를 바란다면 나는 비바람을 부리는 신의 산 제물이 되어도 좋다. 그 공주님이 영원한 충성을 원한다면 나는 평생을 감옥에서 살아도 좋다. 그 공주님이 달빛이 비치는 심해를 여행하고 싶다면 난 돌고래가 되어 당신을 신비의 바닷속으로 인도하리라."

청년에게 쏟아지던 참새들의 호기심 어린 시선 중 몇 개가 아이코에게 향했다.

아이코의 뺨은 빨갛게 달아올랐고, 창피함에 온몸이 홀랑 타버릴 것 같았다.

그런 아이코의 기분도 모르고 청년은 하얀 이를 드러내고 소년 같은 천진난만한 미소를 보이고 있었다.

창가에서 떨어지면 호기심 어린 시선에서 벗어날 수 있다는 것은 알았지만 창피함을 이길 수 있을 정도로 청년의 입에서 나오는 대사에 설렘과 놀라움을 느끼기도 했다. 왜냐하면 아이코가 설렘을 느끼는 그 대사는 약간의 차이는 있지만《백년 연인》의 쇼이치가 하루에게 마음을 고백한, 아름답고도 애처로울 정도로 투명한 구혼의 대사와 너무나 흡사했기 때문이다.

"이제 그만해요. 당신 돌았어요?"

아이코는 쇼이치와 청년을 동일시하는 자신을 질책하듯 일말의 정도 담기지 않은 목소리와 혐오감이 실린 시선을 그에게 던졌다.

한편 그녀의 머릿속에서는 이 청년이 그 아름답고도 슬픈 이야기를 읽은 게 아닐까 하는 의문이 고개를 들었다. 하지만 혹여 읽었든 읽지 않았든 청년이 아이코에게 하는 말은 어제 처음 본 사람에게 할 만한 내용이 아니었기 때문에 자신을 놀리고 있는 것으로밖에 생각할 수 없었다.

"맞아요, 돌았고말고요. 갑자기 당신 앞에 나타나 이 많은 사람들 앞에서 부끄러움이고 쪽팔림이고 생각 않고 사랑의 찬가를 부른답니다. 아마도 당신을 곤혹스럽게 해드렸겠죠. 하지만 당신에게 저의 마음을 전하고 싶은 충동 앞에서는 이성도 안개처럼 사라져버리고, 상식도 불 속에 삼켜져버린 탓에 연약하기 그지없는 갓난아기만큼의 힘밖에 남지 않았답니다. 공주님, 제발 제 목소리에 귀를 기울여주세요."

오른손 바닥을 가슴에 댄 채 깊숙이 고개를 숙이는 청년에게 마치 가극의 막이 내려갔을 때와 같은 박수와 환성이 터져나왔다.

"장난도 정도껏 쳐요. 처음 만난 거나 다름없는 상대에게 지금 자신이 무슨 말을 하고 있는지나 알고 있어요!? 나에 대해선 아무것도 모르면서 어떻게 그런 말을 할 수 있죠?"

주위의 갈채를 지워버리는 듯한 아이코의 날카로운 목소리에 사방은 물을 끼얹은 듯 조용해졌다.

아이코는 자신보다도 하루와 쇼이치의 '순수'를 더럽힌 것 같아

서 용서할 수 없었다. 그녀는 은근히 쇼이치처럼 사랑을 고백해줄 왕자님이 나타나지 않을까 하고 꿈꾸고 있었다.

"성은 하나야기. 이름은 몰라요. 하지만 한 달 가까이 시무룩한 얼굴로 창밖을 내다보고 있는 것은 알죠."

청년은 백조가 날아오를 때처럼 우아하게 일어서서 지금까지와는 백팔십도로 다른 말투로 말했다. 어제 그가 소년을 위해 풍선에 뛰어들었을 때도 같은 생각을 했지만, 아이코는 백조와는 아예 딴판이고 차라리 매나 솔개 같은 야성의 이미지가 강한 청년에게 왜 그렇게 느끼는 것인지 의아했다.

"당신 날 쭉 보고 있었어요?"

강한 경계심과 미미한 반가움이 그녀의 마음에서 그물을 쳤다.

"그래요. 어제도 당신을 보고 있다가 꼬마의 풍선이 날아가서 그걸 쫓아갔던 거라오."

청년이 천연덕스럽게 말했다.

아이코는 그렇게 전부터 청년이 자신을 보고 있었다는 사실에 놀라움을 감출 수 없었다. 그리고 불쾌해져야 할 텐데 꼭 그렇지만도 않은 기분이 가슴속에 있는 것을 알고, 그런 자신에게 결과적으로 불쾌해졌다.

"어쨌든 이제 그만해요."

이 이상 참새들의 호기심 어린 시선을 받기가 힘들어서 방 안으로 들어가려고 했을 때였다.

"우리 같이 바다 보러 안 갈래요? 아니지, 새장 안의 작은 새에게 그런 용기가 있을까?"

등 뒤로 날아오는 청년의 목소리에 그녀는 걸음을 멈추고 홱 돌아섰다.

오토바이로 다가간 청년은 태평한 미소를 떠올리고 있었다.

그의 말에 울컥 화가 치민 아이코였지만 그 악의 없는 미소를 보고 있으려니 분노도 입 안의 솜사탕처럼 스르르 녹아버렸다. 그렇다고 해서 생전 처음 보는 청년의 꾐에 넘어갈 이유도 없었고, 무엇보다 더 이상 참새들의 장난감이 되고 싶지가 않았다.

아이코가 할 일은 단 하나. 창문을 닫고 독서를 재개하여 좋아하는 공상의 세계로 여행을 떠나는 것이다.

그러나 바다라는 울림이 그녀를 망설이게 했다. 어렸을 때부터 격렬한 운동이 금지되어온 그녀에게 바다는 인연이 없는 영역…… 동경의 성역이었다. 게다가 시즈에도 나가고 없다는 것이 아이코의 망설임에 박차를 가하고 있었다.

"바다에 가본 적도 없고, 새장 안의 새라는 말이 괘씸하기도 하고……"

아이코는 자신에게 그렇게 들려주면서 방을 나갔다. 계단을 뛰어 내려가는 걸음이 다른 때보다 가볍게 느껴졌다.

1

처음으로 가까이에서 보는 바다는 영상으로 보는 것보다 더 선명하고 깊은 파란색을 띠었고, 이야기로 읽는 것보다 더 아름답고 거칠었다. 영상이나 이야기의 세계에서는 콧구멍을 간질이는 바다의 냄새도, 머리카락을 움켜쥐는 바닷바람도 상상할 수는 있어도 체감할 수는 없었다.

아이코는 눈을 감고 크게 숨을 들이마시며 가슴 가득 바다 냄새를 들이마셨다. 귀를 쫑긋 세우니 파도소리가 속삭이고, 창공을 유유히 나는 갈매기의 울음소리에 왠지 가슴이 두근거린다.

마음으로부터 느껴지는 해방감을 오늘 이 순간만큼 맛본 적이 없었다.

아이코가 있던 공간은 설령 그것이 새싹이 움트는 초록에 둘러싸인 공원이라 해도, 벚나무 가로수 사이로 난 산책길이라 해도 언제나 그곳엔 벽이 존재했다. 걸음을 내디디려고 하면 더 이상 앞으로 가서는 안 돼, 하고 반드시 어디선가 '목소리'가 들려왔다. 그때마다 아이코는 비참한 기분이 들면서도 '목소리'에 따라 걸음을 멈췄지만, 이상하게도 지금은 '목소리'가 들려오지 않았다.

천천히 눈을 떴다. 햇빛을 반사하는 해면이 군데군데 보석을 박아놓은 듯 반짝반짝 빛의 입자를 발산하며 아이코를 매료시켰다.

저 바다 속에는 어떤 세계가 펼쳐져 있을까, 하고 미지의 영역으로 생각을 달려보았지만, 바다의 '얼굴'을 보는 것도 처음인 그녀에겐 그 '마음'이 어떻게 되어 있는지 짐작할 수도 없는, 신비의 세계라 해도 과언이 아니었다.

"저 바다 속에는 어떤 세계가 펼쳐져 있을까?"

오토바이에 얕게 걸터앉아 바다로 먼 시선을 던지고 있던 청년이 아이코의 마음속 목소리와 같은 말을 툭 던졌다.

"네?"

아이코는 익살스런 말투로 자신에게 구애의 말을 늘어놓던 불과 두 시간 전의 그와는 완전 딴판인 청년의 나른한 옆얼굴에 가슴이 두근거리는 것을 억누를 수 없었다.

"그렇게 생각하고 어렸을 때 몇 번이나 이 바다에 와서는 지금처럼 넋을 놓고 바라보았어. 어른이 되고 나서는 배를 타고 나가 실제로 들어가보기도 했지. 물의 커튼을 색색들이 물고기들이 우아하게 헤엄치고, 산호가 환상적으로 흔들리고 있었어. 하지만 달랐어. 내가 알고 싶은 바다의 세계는 빛도 소리도 닿지 않는 깊고 깊은 어둠의 공간. 인간이 원래는 바다 속에 살았다고 하잖아? 그래서 심해의 밑바닥의 밑바닥까지 갈 수만 있다면 다시 태어날 수 있을까, 하고 생각했던 거야. 주제도 모르고 문학청년 흉내를 낸거지 뭐."

청년은 미소를 짓고 있었지만 그 눈동자는 확실히 그가 찾아다니던 심해처럼 어두운 빛을 띠고 있었다.

"다시 태어날 수 있을지 어떨지는 모르겠지만 그렇게 깊은 바다 속에 들어가면 죽지 않나요?"

아이코는 솔직한 생각을 말했다. 동시에 지금 도심에서 오토바이로 두 시간 가까이 달려 도착한 해변에서 이름도 모르는 청년과 생사에 대해 말하고 있는 자신이 이상하고 당황스러웠다.

당황…… 그랬다. 청년과 있을 때의 그녀는 아이코가 알고 있는 '그녀'가 아니었다. 적어도 아이코가 알고 있는 '그녀'는 생판 모르는 남자의 오토바이를 타고 바다에 오지는 않는다.

"틀림없이 수압 같은 것 때문에 죽겠지."

"수압이요?"

모래사장에 손수건을 깔고 앉은 아이코는 어린아이나 내는 약간 높은 톤의 천진난만한 목소리로 물었다.

"그래. 개인차는 있지만 수심 60미터를 넘으면 고막 같은 건 쉽게 찢어져버리고, 그 이상…… 예를 들면 100미터나 200미터가 되면 내장이 손상되거나 뼈가 으스러지지……."

청년도 오토바이에서 내려 아이코 옆에 앉았다.

청년의 살갗이 아이코의 살갗에 닿자 심장이 갑자기 빨라졌고, 호흡이 흐트러지기 시작했다.

"응…… 바다가 그렇게 무서운 거구나."

황급히 의미를 모르는 감정으로부터 눈을 돌리고 그녀는 물의 공포로 의식을 돌렸다.

"맞아. 바다는 정말로 무서워. 뭐, 죽는 것도 나쁘지 않지만."

"그런 생각은 싫어요. 당신처럼 건강이란 혜택을 받은 사람이 그런 소리를 가볍게 하는 건 좋지 않아요."

아이코의 뇌리에 돌아가신 엄마가 떠오르며 자기도 모르게 말투가 강해졌다.

— 엄마 꿈은 말이지, 언니랑 아이코의 웨딩드레스를 만들어주는 거란다. 엄마가 만든 드레스를 입은 너희들이 결혼식장에 들어가는 모습을 볼 수 있다면 더 이상 바랄 게 없단다.

양재洋裁 교실을 운영하던 엄마는 딸을 재울 때면 꼭 입버릇처럼 그렇게 말했다.

아이코가 다섯 살 때 엄마는 교통사고로 돌아가셨다. 집에서 10분쯤 되는 거리에 있는 양재 교실로 자전거를 타고 가다가 급커브를 돌아온 차에 치인 것이다. 운명의 장난인지, 그녀의 어머니를 친 것은 대대로 악연이 있는 와카바야시 가의 주인…… 와카바야시 마사츠구였다.

사고는 어느 한쪽에 잘못이 있었던 것은 아니고 말하자면 쌍방의 부주의가 초래한 비극이었다.

대대로 이어져오던 양가의 악연에 더해 가족을 잃었다는 것이 하나야기 가의 와카바야시 가에 대한 원한을 증폭시켰다. 또 와

카바야시 가에서도 귀족 집안의 명예에 상처를 입히는 원인을 제공했다고 해서 말로 표현하지는 않았지만 내심 하나야기 가에 대해 심히 불쾌한 감정을 갖고 있었다.

말하자면 이 사건이 양가의 골을 더 깊게 파버린 것은 사실이었다.

하지만 상대방을 죽음에 이르게 했다는 무거운 사실로 인해 와카바야시 마사츠구는 하나야기 가에 매달 위자료를 지불하기로 했다. 현재의 하나야기 가는 화려했던 정상배의 후예로서의 모습은 없고, 생활도 결코 여유롭지 못하다. 아이러니하게도 원수인 와카바야시 가에서 받는 위자료가 하나야기 가의 생활에 도움이 되고 있는 것이었다.

"뭐가 마음에 안 들어?"

청년이 천연덕스런 표정으로 아이코를 보았다.

그게 또 그녀의 신경에 거슬렸다.

"더 살고 싶어도 죽는 사람도 있으니까요."

버찌처럼 빨갛게 뺨을 물들이고 소리치는 아이코를 보고 청년은 깜짝 놀란 듯 눈을 동그랗게 떴다.

"왜 그래?"

그리고 일변해서 진지한 표정으로 아이코의 얼굴을 걱정스럽게 들여다본다.

"우리 엄마가 교통사고로 돌아가셨단 말이에요. 겨우 서른다섯 살 때. 나랑 언니가 웨딩드레스를 입은 모습을 보는 것이 꿈이라고 했는데……."

"미안."

순순히 고개를 숙이는 청년을 아이코는 사랑스럽다고 생각했다.

"아니요, 내가 오히려 미안해요. 엄마 생각에 그만 울컥해서……."

"쇼이치와 하루가 나란히 앉아서 보던 것은 바다가 아니라 벼이삭이었지 아마."

느닷없이 청년이 중얼거리듯 한 말에 아이코는 반사적으로 그의 옆얼굴을 보았다.

"당신이 그 책을 알아요?"

"두 사람은 마지막 순간을 어떤 기분으로 맞았을까?"

청년은 그녀의 물음에는 대답하지 않고 다시 까만 눈동자를 바다로 향하고 있었다.

아이코는 기억 속의 《백년 연인》을 슬쩍 펼쳤다.

하루가 열여덟 살 생일을 맞았을 때의 일이었다.

신록의 새싹이 움트고, 휘파람새가 아름답고 가련한 목소리로 지저귀는 입하의 정오가 지났을 무렵 그 소식이 도착했다.

"시게루 오빠가 돌아온다고요!?"

하루는 소식을 전해준 아버지…… 기요시淸에게 흥분된 목소리로 다시 물었다.

"그래, 내일 저녁에는 도쿄에 도착할 거다. 우리 하루는 시게루

를 만나는 게 그렇게 좋으니?"

"물론이죠, 아버지. 시게루 오빠는 절 항상 귀여워해줬는걸요."

"그렇구나. 너 혹시 시게루를 좋아하니?"

"네. 전 시게루 오빠가 너무 좋아요."

딸의 시게루에 대한 마음을 한 남자에 대한 연심으로 착각한 기요시는 만족스런 미소를 떠올리면서 고개를 끄덕였다.

"그런데 아버지, 시게루 오빠가 왜 도쿄에 돌아오는 거죠?"

"실은 말이다. 시게루가 이번에 장가를 들게 되었다."

"어머나, 시게루 오빠가 장가간다고요? 상대는 누구죠?"

"하루, 너야."

그 순간 하루는 기요시가 무슨 말을 하고 있는지 그 의미를 얼른 이해하지 못했다.

"아버지, 무슨 말씀이세요? 농담하지 마시고요."

"농담이 아니다. 시게루는 다음 달에 너와 식을 올리기 위해 도쿄로 돌아오는 거란다."

기요시의 말에 그때까지 미소를 머금고 있던 하루의 보드라운 뺨이 경직되었다.

"어째서 제가 시게루 오빠랑 결혼해야 되죠? 전 그런 거 싫어요."

"왜? 너 방금 시게루를 좋아한다고 하지 않았니?"

"그건 오빠로서 좋아한다는 거죠. 제겐 쇼이치라는, 평생을 함께하기로 약속한 사람이 있어요."

하루는 처음으로 쇼이치의 이름을 말했다.

자세한 사정은 몰라도 하나야기 가와 와카바야시 가가 서로를 그다지 좋게 생각하고 있지 않다는 것은 평소 아버지의 언동을 봐서 알고 있었다. 하지만 쇼이치의 자신을 향한 마음을 알고 있는 데다 또 무엇보다도 자신의 쇼이치에 대한 마음을 말하지 않고는 견딜 수 없었던 것이다.

그때 하루는 이렇게 선언하는 것이야말로 쇼이치에 대한 성실한 사랑의 증표이고, 문제 해결의 지름길이라고 믿었다. 그러나 하나야기 가의 와카바야시 가에 대한 혐오감은 갓 열여덟이 된 소녀의 생각으로는 짐작도 할 수 없을 정도로 깊고 단단한 것이었다.

"뭐라고!? 너 혹시 그 따위로 어리광만 부리면서 고생도 모르고 자란 철딱서니 없는 놈하고 몰래 만나왔던 거야!"

"쇼이치는 철없는 사람이 아니에요. 절 진심으로……."

"못난 것!"

기요시는 성난 목소리와 함께 하루의 뺨을 후려쳤다. 하루는 주저앉으며 소스라치게 놀란 얼굴로 아버지를 올려다보았다. 뺨이 아픈 것보다 태어나서 처음으로 아버지에게 손찌검을 당했다는 마음의 아픔이 더 컸다.

"귀족 집안과 혼인이라니, 누가 허락한다더냐! 그놈들은 아마 우리를 내심 천것 보듯 할 거다. 돈밖에 모르는 천한 졸부와는 태생이 다르다고 뒤에서 욕하고 다니는 걸 내가 모를 줄 알아? 여태

백년후愛

껏 아버지 덕에 잘 먹고 잘산 놈들이……. 그놈들이야말로 남들 앞에서는 벌레도 죽이지 못할 얼굴을 하고는 있지만 실체는 남의 피를 빨아먹고 사는 기생충 같은 놈들이다!"

하루는 지금껏 이렇게까지 소리를 질러대며 감정적으로 누군가를 욕하는 아버지를 한 번도 본 적이 없었다. 적어도 하루가 알고 있는 아버지는 엄격하고 융통성이 없긴 하지만 냉정한 인격자였다. 바꿔 말하면 아버지가 쇼이치…… 아니 와카바야시 가를 얼마나 싫어하고 있는지를 말해주는 증거이기도 했다.

그러나 하루도 여기서 물러설 수는 없었다.

"아버지…… 아무리 그래도 너무 심하세요."

하루는 일어서서 위로 쪽 째진 눈초리에서 흘러내리는 따뜻한 눈물을 새끼손가락으로 훔치면서 집을 뛰쳐나갔다. 사랑하지도 않는 남성과의 혼담이 일방적으로 정해지고, 사랑하는 남성이 매도된 하루에게 뒤에서 쫓아오는 아버지의 목소리에 귀를 기울일 정신적인 여유 따윈 없었다.

하루가 뛰어간 곳은 쇼이치와 몰래 만나는 곳인 논이었다.

그와 만나기로 한 저녁때까지는 아직 상당한 시간이 있었지만 어떤 결심에 대해 생각하기에는 맞춤한 시간이었다. 결심을 실행할지 어떨지 고민하고 방황하는 사이 검붉은 빛과 연분홍빛의 그러데이션으로 물든 하늘을 등지고 쇼이치가 나타났다.

"우와, 하루. 벌써 왔어? 언제부터 기다리고 있었어?"

쇼이치의 티 없이 맑은 눈동자와 천진난만한 미소를 보고 하루의 마음은 정해졌다.

"쇼이치 씨는 절 좋아하나요?"

"무슨 소리야? 아닌 밤중에 홍두깨도 아니고."

"절 아내로 맞이해줄 수 있나요?"

"하루……."

잠시 동안 어안이 벙벙해 있던 쇼이치는 그녀의 결의에 찬 눈을 보고 힘껏 고개를 끄덕였다.

"그럼, 물론이고말고. 나는 하루를 아내로 맞이할 거야."

"그러면 지금 바로 절 어디론가 데리고 가주세요."

"뭐……? 그게 무슨 뜻이야?"

쇼이치는 하루의 얼굴을 말끄러미 쳐다보았다.

"쇼이치 씨와 둘이 아무도 모르는 곳에 가서 살고 싶어요."

간절한 바람을 담아 하루는 애원했다. 그녀에게도 부모님과 헤어져 사는 것은 힘든 일이었다. 하지만 쇼이치와 헤어지고 다른 남자에게 시집가는 것은 더욱 견디기 힘든 일이었다.

"하루, 기분은 좋지만 그건 안 돼. 분명히 네 아버지는 와카바야시 가의 장남인 날 좋게 생각하시진 않을 거야. 하지만 그렇다고 해서 몰래 도망치는 짓 따윈 하고 싶지 않아. 난 정정당당하게 아버님과 어머님께 하루와의 결혼을 허락받을 거야."

동쪽 하늘을 물들이는 아침 해처럼 쇼이치는 진심을 담아 말

백년후愛

했다. 하루는 이처럼 솔직한 쇼이치를 마음으로부터 사랑스럽게 생각하면서 어떤 고난이 닥쳐와도 그와 평생 함께할 것을 새삼스 레 다짐했다.

"아버지가 절 시게루 오빠와 결혼시키려고 해요."

"뭐라고!? 하루, 그게 정말이야?"

하루의 죽세공 같은 화사한 어깨에 손을 얹고 되묻는 쇼이치의 얼굴이 순식간에 시뻘겋게 달아올랐다.

"내일, 시게루 오빠가 도쿄에서 돌아와요. 다음 달에 결혼식을 하려고……."

"그런……."

꺼져 들어가는 목소리를 쥐어짜내는 쇼이치의 눈동자가 허무하 게 허공을 방황했다.

"아버진 당신과의 결혼을 절대로 허락하지 않아요. 이대로는……."

"오늘 밤 해가 지면 집을 빠져나와 이리로 올 수 있겠어?"

하루의 말을 가로막듯 쇼이치가 말했다. 그녀의 얼굴을 들여다 보는 그의 눈동자에서는 허무함이 느껴지는 빛은 사라지고 강렬 한 의지의 빛이 서려 있었다.

"네, 올 수 있어요."

시게루와의 결혼 이야기를 아버지에게 듣고 암담했던 하루의 마음이 순식간에 밝아졌다.

"하지만 쇼이치 씨…… 정말로 괜찮겠어요? 절 데리고 도망간다는 것은 아버님과 어머님…… 와카바야시 가를 버리게 된다는 건데."

"응, 나도 알아. 그건 분명히 힘든 일이겠지만 네가 다른 누군가에게 시집간다는 걸 생각하면 아무것도 아니야. 태양이 없으면 달이 빛날 수 없듯이…… 날개가 없으면 새가 날 수 없듯이, 하루, 난 너 없이는 살 수 없어. 네가 없는 세상은 캄캄한 어둠에 휩싸여 있어서 난 바람에 흔들리는 가련한 꽃잎도, 물결이 이는 잔잔한 호수도, 하늘에서 떨어지는 별들도 볼 수 없을 거야. 내가 할 수 있는 것이라곤 단지 그림자처럼 어둠 속에 묻혀 지내는 것뿐. 하루, 이리 와줄래?"

쇼이치가 내미는 오른손에 하루는 가만히 손바닥을 올려놓았다. 뜨거운 눈물이 손등에 떨어져 튀었다.

"쇼이치와 하루가 행복했다고 생각해?"

청년의 목소리에 아이코는 마지막 장으로 들어가려고 하는 기억의 페이지를 닫았다.

"행복했을 리가 없죠. 두 사람은 죽었잖아요?"

아이코는 믿을 수 없다는 표정으로 청년을 보았다.

"그런가. 난 살아서 찢어지는 것보다 어떤 의미에서 보면 행복한 거라 생각하는데."

청년이 머리 뒤에서 깍지 낀 손을 베개로 삼아 모래사장의 양탄

자에 드러누우면서 말했다.

"그런 문제가 없었다면 두 사람 다 살아서 맺어지는 게 가장 행복한 것이라고 난 말하고 싶은 거예요."

아이코가 청년의 얼굴을 위에서 내려다보는 자세가 되었을 때의 일이었다.

"이런 식으로?"

갑자기 밑에서 뻗은 청년의 오른손이 아이코의 목을 끌어당겼다. 정신을 차렸을 때는 아이코의 입술과 청년의 입술이 포개져 있었다.

몸을 일으킨 아이코의 오른손이 반사적으로 그의 뺨을 때렸다.

"뭐 하는 짓이에요!"

"이게 살아서 맺어진다는 거 아닌가?"

청년은 주눅 드는 기색도 없이 미소를 지으며 장난스럽게 한쪽 눈을 찡긋했다.

"당신 정말 저질이야!"

아이코는 경멸이란 경멸은 모두 담은 눈으로 청년을 노려보고 벌떡 일어나 해안을 급한 걸음으로 걷기 시작했다.

심장이 가슴속에서 쿵쾅쿵쾅 뛰어다녔고, 얼굴은 오랫동안 사우나를 하고 나온 것처럼 후끈 달아올라 있었다.

"이봐, 어디 가는 거야?"

등 뒤에서 낮은 엔진음과 청년의 목소리가 쫓아왔다.

"돌아갈 거예요!"

"기다려."

청년이 오토바이를 타고 아이코 앞으로 돌아 들어왔다.

"비켜요!"

"비키기야 하지만 어떻게 돌아갈래?"

"전철로 돌아갈 거예요."

"돈은?"

청년의 말에 아이코는 비로소 지갑도 없이 뛰어 나왔다는 것을 깨달았다.

"설마 이번엔 걸어서 돌아가겠다고 말하려는 건 아니겠지? 열 시간 이상 하이킹을 하고 싶다면 그러던가."

"열 시간이나…… 그게 당신하고 무슨 상관이죠?"

아이코는 마음이 조금 위축되었지만 청년의 당연히 오토바이 뒤에 타겠지 하는 자신만만한 표정에 반발심이 일어서 다시 걸음을 옮기기 시작했다.

"마음대로 해. 이 고집불통 아가씨야."

쫓아오는 청년의 말을 흘려듣고, 아이코는 도로로 이어지는 계단을 향해 걸었다.

모래사장은 포장된 도로를 걷는 것보다 몇 배나 더 체력이 소모된다. 운동선수가 하체단련을 위해 트레이닝 장소로 고르는 것도 그런 이유 때문이다. 체력이 약한 그녀가 계단을 올라가 도로에 도착했을

백년후愛

때는 장딴지가 납처럼 딱딱해지고 무릎이 후들후들 떨렸다.

그러나 정말로 큰일은 지금부터였다. 여긴 가나가와 현 후지사와 시. 방향 감각이 없는 아이코는 어디로 가야 할지 전혀 감을 잡을 수 없었다. 아이코는 불안으로 금방이라도 무너져 내릴 것 같으면서도 '도쿄'라 쓰여 있는 파란 이정표를 의지해 오로지 앞으로 나아갔다.

청년의 말대로 오토바이를 타면 이렇게 고생하지 않아도 될지 모른다는 생각이 고개를 들 때마다 좀 전에 받은 모욕을 뇌리에 되새기며 흔들리는 마음을 다잡았다.

"그런 짓을 하다니 믿을 수 없어."

아이코의 목덜미에 감긴 그의 억센 팔과 입술에 남은 부드러운 감촉이 그녀를 불쾌하게 했다.

"저질."

청년을 향한 분노가 머리를 지배하고 있는 동안 아이코는 상당한 거리를 걸었다. 그래도 도쿄까지는 아직도 요원한 길이었다.

뒤에서 경적이 울었다. 아이코가 도로 가로 붙어도 경적 소리는 멈추질 않았다.

"어디로 가요? 역까지 데려다줄까요?"

짙은 감색의 사륜구동 차가 그녀의 걸음에 맞추듯 속도를 줄이고 나란히 가기 시작했다. 운전석과 조수석에는 청년과 비슷한 또래로 보이는 남자 둘이 앉아 있었다. 두 사람은 나이는 청년과 비슷했지만 부자연스러울 정도로 태운 갈색 피부나 귀에서 반짝이는 피어스가 그와는 사는 세계가 다르다는 것을 아이코에게 가르쳐주었다.

"어이, 듣고 있어?"

조수석의 남자가 천박한 말투로 말을 걸어왔다. 아이코가 무시하고 걸음을 빨리 한 것은 당연한 일이었다.

"그러지 말고 타고 갑시다."

두 사람은 집요했다. 차 안에서 흘러나오는 시끄러운 음악이 그녀의 혐오감과 공포심을 부채질했다.

"하지 마요. 사람들 부를 거예요."

"부르고 싶으면 부르시던가."

조수석의 남자가 가소롭다는 듯 입술의 한쪽 끝만 올리고 비열한 미소를 지으면서 아이코의 팔을 잡았다. 그리고 그것이 신호라도 된 듯 조수석의 문이 열리더니 뚱뚱한 남자가 그녀의 등을 강제로 끌어안고 차 안으로 끌고 들어가려고 했다.

"그만둬…… 싫어, 이거 놔, 그만하란 말이야! 누구…… 누구 없어요?"

"아무리 소리쳐도 아무도 도와주러 오지 않을걸."

"어딜, 여기 왔다!"

오토바이를 전속력으로 몰고 온 청년이 급브레이크를 잡고 뛰어내리더니 뚱뚱한 남자를 아이코에게서 떼어내고 주먹을 배에 먹

인 다음 몸이 ㄱ자로 꺾이자 발끝으로 턱을 차올렸다.

"웨, 웬 놈이야……?"

이어서 청년은 운전석에 있던 남자의 얼굴에 주먹을 날리고 얼어붙은 듯 그 자리에 꼼짝 않고 서 있는 아이코의 손을 잡고 오토바이로 뛰었다.

"뒤에 타."

"하, 하지만……."

"빨리."

주저하던 아이코는 청년의 재촉에 오토바이에 올랐다. 곧바로 엔진 소리가 울리고 주위 풍경이 빠르게 뒤로 물러나기 시작했다. 청년의 등에 달라붙은 그녀의 온몸은 수십 초 전에 본 충격적인 광경에 아직도 부들부들 떨리고 있었다.

"당신은 야만인이야."

아이코의 목소리는 입에서 나오자마자 바람에 묻혀버렸다.

"뭐? 뭐라고?"

"당신은 야만인이에요!"

이번엔 바람에 지지 않으려고 큰 소리로 외쳤다. 바람뿐만이 아니라 흔들리는 마음에도 지지 않으려고.

"기껏 도와줬는데 너무 섭섭한 말인걸."

청년도 큰 소리로 대꾸했다.

"도와달라고 부탁한 적 없어요."

안 돼, 안 돼 하고 생각하면서도 그에게는 생각과는 반대로 밉살스런 말을 퍼붓고 마는 것은 뭣 때문일까, 하고 아이코는 생각한다. 생각해보면 그녀의 인생에서 누군가에 대한 감정을 이렇게까지 드러낸 것은 처음이었다.

설령 그것이 분노라 해도…….

"이 고집불통."

청년의 웃음소리가 바람에 실려 귓전을 스쳐 지나갔다.

"고집불통이라서 미안하네요. 그보다《백년 연인》을 알아요?"

아이코는 아까 했던 질문을 다시 했다. 청년이 대답해주지 않아서 아직 대답을 듣지 못했던 것이다.

"응. 옛날부터 우리 집에 있었으니까."

"옛날부터 집에 있었다면…… 당신 이름이 뭐죠?"

어떤 예감이 아이코의 가슴에 확신을 갖고 노크했다. 가능하다면 그 예감이 빗나가기를 바라는 마음이 그녀의 가슴속에서 고개를 들었다.

"와카바야시 슈. 이제부터는 슈라고 불러."

청년의 목소리가 아이코의 고막에서 멀어져갔다.

그래서 어쨌다는 건데? 그가 와카바야시 가 사람이라고 해서 무슨 상관이냐고…….

아이코는 작은 동요가 이는 마음을 외면하고 오토바이가 만드는 바람의 바다에 몸을 맡겼다.

2

아이코는 슈와 헤어지고 나서 벌써 30분 가까이나 현관 앞에서 이리저리 왔다 갔다 할 뿐이었다.

후지사와를 나올 때는 높았던 해도 기울고, 서쪽 하늘이 어슴 푸레 검붉게 물들고 있었다.

그것은 마치 작은 우리에 갇힌 강아지 같기도 했고, 쫓겨나서 어쩔 줄 모르고 있는 아이 같기도 했다. 외출한 언니가 벌써 돌아 와 있으리라는 것은 아이코의 휴대전화 착신 내역에 남아 있는 하 나야기 가의 전화번호가 가르쳐주었다.

물론 언니한테 비밀로 하고 외출한 것에도 미안함은 있었다. 그 러나 그 이상으로 함께 있던 상대가 와카바야시 가 사람이었다는 것이 아이코의 죄의식을 불러일으켰다.

— 이게 살아서 맺어진다는 거 아닌가?

고막에 되살아나는 슈의 목소리에 아이코는 검지로 가만히 입 술을 쓰다듬었다. 이때까지 아이코는 입맞춤은커녕 남자와 손을 잡은 경험조차 없었다. 그런 아이코에게 해안에서의 일은 지금까 지의 인생에서 가장 큰 사건이라고 해도 과언이 아니었다.

그런데 왜 그는 그런 짓을 한 걸까, 하고 아이코는 생각했다. 그 전에 왜 자기를 바다로 데리고 간 걸까, 라는 생각도 들었다.

분명히 슈는 진지하다고는 말하기 어려운 사람이다. 그렇다고 플레이보이와도 다르다. 어제 위험을 무릅쓰고 소년의 풍선을 잡아왔을 때의 슈를 생각하면 더욱 그런 생각은 할 수 없다. 만약 그가 경박하기만 한 사내라면 목숨을 잃을 수도 있는 일을 하면서까지 누군가를 위해 무언가를 하지는 않는다.

개구쟁이에다 무모하지만 마음이 따뜻하고 순수한 청년 그 자체였다.

슈에 대해 이런저런 생각을 하고 있는 아이코의 어깨를 누군가의 손이 두드렸다.

"자기 집을 잊은 거야?"

뒤를 돌아본 아이코는 방금 전까지 사고를 점령하고 있던 슈가 눈앞에 있는 것을 보고 심장이 튀어나올 정도로 놀랐다.

"이런 곳에서 뭐 하고 있어요?"

아이코는 동요를 감추기 위해 퉁명스레 말했다.

"그건 내가 할 말이야. 아까부터 어슬렁어슬렁…… 경찰관한테 거동 수상자로 불심검문당하기 딱이야."

"혹시 당신 날 쭉 보고 있었던 거예요?"

태평하게 웃는 얼굴로 고개를 끄덕이는 슈를 보고 아이코의 뺨은 부끄러움으로 달아올랐다.

"동물원의 곰 같았어."

"너무해요! 이제 쓸데없는 참견은 됐으니까, 어서 돌아가요…….

앗, 어디로 가는 거예요?"

슈는 아이코의 옆을 빠져나가 하나야기 가의 인터폰을 눌렀다.

"잠깐만…… 지금 뭐 하는 거예요!"

"네, 하나야기입니다."

아이코는 황급히 슈의 손을 막았지만 이미 스피커에서는 언니의 목소리가 들린 뒤였다. 무의식적으로 돌아선 아이코의 팔을 슈가 잡았다.

"아이코의 친구입니다만."

"당신, 지금 무슨 말……."

아이코가 슈에게 항의하려고 했을 때 거칠게 문이 열렸다.

"아이코, 도대체 어디에 갔었니! 그렇게 밖에 나가면 안 된다고 했는데, 멋대로 빠져 나가기나 하고 어떻게 된 거야?"

눈앞에 나타난 시즈에의 눈가는 분노로 빨갛게 충혈되어 있었다.

"언니 미안해. 나……."

"아이코를 탓하지 마세요. 제가 억지로 데리고 간 겁니다."

슈가 아이코를 대할 때와는 전혀 다른 사람처럼 성실한 말투로 말했다.

"당신은 누구죠?"

남자를 본 시즈에의 눈초리가 치켜 올라갔다.

"아, 처음 뵙겠습니다. 아이코의 친구 슈라고 합니다."

슈가 성이 아닌 이름을 말한 것은 하나야기 가와 와카바야시 가의 갈등을 알고 있기 때문임이 틀림없었다.

"아이코. 언제부터니?"

그때까지의 불같은 말투와는 사뭇 다른, 조용하면서도 쌀쌀맞은 목소리가 오히려 시즈에의 분노의 깊이를 느끼게 했다.

"저와 그녀는 그런 사이가……."

"당신한테 물은 게 아니에요. 난 동생한테 묻고 있는 거예요."

슈의 말을 가로막고 시즈에가 아이코에게 험악한 시선을 보냈다.

"이 사람하곤 어제 처음 만났어."

"어제!? 그런데 벌써 이상한 사이가 됐다는 거니?"

"언니, 너무해……."

시즈에의 한마디가 예리한 칼끝이 되어 아이코의 가슴을 날카롭게 찔렀다.

"그렇네요. 아무리 그래도 언니 분의 말씀이 좀 지나칩니다."

아이코의 눈물에 반응한 슈가 한 걸음 앞으로 나와 시즈에에게 항의했다.

그런 슈를 아이코는 오토바이 뒷좌석에서 넓고 큰 등에 안겨 있었을 때처럼 믿음직스럽게 생각하면서 동시에 괜히 귀찮아지겠구나 하는 생각도 들었다.

"당신하곤 상관없는 일이라고 했죠!? 다른 사람 일에 뭘 안다고 참견이죠? 쓸데없이 참견하지 말아요!"

아니나 다를까 슈의 한마디는 시즈에의 신경을 거슬리는 결과

가 되었다.

"그런 식으로 뭐든 덮어놓고 단정지어버리면 조상님들의 실수를 되풀이하게 됩니다."

슈가 그렇게 말했을 때 아이코의 등에 긴장이 흘렀다.

"그게…… 도대체 무슨 말이죠?"

그렇지 않아도 험악했던 시즈에의 미간에 더 깊은 주름이 잡혔다.

"그러니까 100년 전의…….'

"미안하지만 이만 돌아가주세요. 언니 말대로 이건 당신하곤 상관없는 일이니까요."

아이코는 슈의 말을 막고 도망치듯 현관으로 뛰어 들어가 문을 닫았다.

안 그래도 최악의 첫인상을 주고 만 슈가 와카바야시 가의 아들이라는 것을 언니가 알게 되면 앞으로 어떻게 흘러갈지는 불을 보듯 뻔하다고 생각했던 것이다.

두 번 다시 만나지 않을 텐데 무슨 상관이야? 하고 심술궂은 목소리가 아이코의 행동에 물음표를 붙였다.

양가의 갈등을 장난삼아 부채질하는 것은 안 될 일이야, 하고 심술궂은 목소리에 반론해본다.

하지만 아이코 자신도 자신의 행동이 하나야기 가와 와카바야시 가를 위한 것만은 아니라는 것을 누구보다도 잘 알고 있었다.

"아이코, 그 사람 도대체 뭐니!? 조상님들의 실수를 되풀이한다고? 100년 전이면…… 설마 그 책을 말하는 건 아니겠지!?"

"그 책이라니?"

시치미는 떼보았지만 아이코는 물론 언니가 말하는 '그 책'이 무엇을 가리키는지 알고 있었다.

"《백년 연인》이지 뭐겠어?"

"설마……."

시즈에에게서 눈길을 돌리고 마치 꺼진 촛불처럼 약하디약한 목소리로 중얼거리는 아이코는 이때만큼 거짓말이 서툰 자신을 원망한 적이 없었다.

"그럼, 조상님들의 실수라든가 100년 전이라는 건 무슨 말이지?"

"그걸 나한테 물으면 내가 어떻게 알아? 오늘은 피곤하니까 이만 방에 갈래…… 아야……."

계단 쪽으로 가려는 아이코의 팔을 시즈에가 잡았다.

"아이코, 혹시 저 남자 와카바야시 가 사람은 아니겠지?"

"그게 말이 돼?"

아이코의 양심에 죄책감이 손톱을 세웠다. 엄마 대신 지금까지 키워준 언니한테 거짓말을 하는 것은 가슴이 아팠다.

"설마 잊지는 않았겠지? 엄마가 와카바야시 가에 살해되었다는 걸. 할머니도 그래. 100년이라는 긴 세월 동안 하나야기 가는 와카바야시 가에 지옥만을 보여줬단 말이야."

"그 말은 너무 심한 것 같아. 엄마가 와카바야시 가의 차에 치여

죽은 건 틀림없는 사실이지만, 일부러 그런 건 아니잖아. 게다가 100년 전 일도…… 두 사람은 서로 사랑했으니까……."

"아이코!"

시즈에의 날카로운 목소리에 아이코는 다음 말을 삼켜버렸다.

"너 어떻게 그런 천벌받을 소릴 하는 거야! 나랑 아버지가 그 집 때문에 얼마나 힘들었는데……."

얼굴을 가리고 당장이라도 울며 쓰러질 것처럼 떨리는 시즈에의 어깨를 보고 아이코는 자신이 너무 심한 죄를 저질렀다는 것을 깨달았다.

"미안해."

그 말을 남기고 아이코는 계단을 뛰어 올라갔다. 언니를 더 이상 똑바로 쳐다볼 수 없었다. 불가항력이라곤 해도 언니에게 고통을 주는 와카바야시 가 사람과 입맞춤까지 나눴으니까.

미안해.

다시 한 번 아이코는 마음속으로 중얼거렸다.

3

 오랜만에 걷는 통학로는 왠지 서먹서먹한 게 헤어진 애인처럼 느껴졌다. 연분홍 꽃잎을 떨어뜨린 벚나무는 어딘지 모르게 쓸쓸해 보였고, 가지 끝 너머로 보이는 푸른 하늘도 맨송맨송하게 느껴졌다.

 천식도 잦아들고, 마침내 어젯밤 언니에게서 통학 허락이 떨어졌다. 다른 때 같으면 시곗바늘을 10분마다 올려다보며 날이 새기를 기다렸을 아이코다. 그러나 그녀의 마음은 끄무레한 구름이 걸린 하늘처럼 맑지 못했다.

 ─사실 그 남자가 걱정되긴 하지만 이 이상 쉬었다가 졸업이라도 못하게 되면 돌아가신 엄마한테 죄송하잖아. 학교에 가 있는 동안엔 내가 볼 수 없어. 하지만 엄마는 계속 널 지켜보고 있을 거야. 엄마한테 부끄러운 짓만은 절대로 하지 마.

 언니의 말에 아이코의 발걸음은 쇠신발을 신은 듯 무거웠다.

 그러나 그것만이 원인은 아니었다.

 슈와 바다에 다녀오고 일주일이 지났다. 시즈에의 태도에 마음이 상했는지 그날 이후 슈가 모습을 보이는 일은 없었다. 다음에 만날 약속을 한 것도, 또 그런 사이도 아니기 때문에 슈가 나타나지 않아도 이상할 것은 없었지만, 좋지 않았던 마지막이 아이코의 마음에 응어리를 남겨놓았다.

게다가 생각해보면 슈가 학생인지 직장인인지도 몰랐다.

"앗, 귀하신 분이 가고 계시네?"

아이코는 등 뒤에서 쫓아오는 불쾌한 목소리로부터 도망치려고 걸음을 빨리 했다.

"어이 하나야기, 기다려."

쫓아온 두 남자가 그녀의 앞을 가로막았다. 키가 크고 다부진 쪽이 이타미, 깨깨 말라서 피부가 하얀 쪽이 가미오카로 두 사람은 근처 대학에 다니는 와카바야시 가의 친척이었다.

그녀에게 말을 건 사람은 이타미였다.

"길 비켜주세요."

"그렇게 쌀쌀맞게 굴지 마. 오늘은 너한테 말해줄 게 있으니까. 응?"

이타미가 한쪽 입꼬리를 올리고 징그러운 미소를 떠올리면서 말하자 동의를 표하듯 가미오카도 심술궂은 미소를 지으며 몇 번이나 고개를 끄덕였다.

아이코는 두 사람에게 혐오감만을 갖고 있었기 때문에 이야기를 들을 마음이라곤 전혀 없었다.

"비켜줄래요?"

"너, 학교 계속 쉰 거 갖고 애들이 뭐라고 하는지 알아?"

아이코의 말 따위 들리지 않는다는 듯 이타미가 얼굴을 바짝 들이댔다.

"그런 건 몰……."

"원조교제를 해서 임신했다는 소문이 돌던데, 정말이야?"

"뭐라구요!? 누가 그런 소릴!"

가미오카의 말에 아이코는 자기도 모르게 소리를 질렀다.

"글쎄. 너희 학교 애들은 이미 다 알고 있는 소문이야. 봐, 이런 게 뿌려졌어."

이타미가 눈앞에 내민 전단지에 박혀 있는 글자를 보고 아이코 는 숨을 삼켰다.

3학년 A반의 하나야기 아이코는 출산휴가 중입니다.

"어떻게 이런 심한 짓을!?"

아이코는 천박한 미소를 짓고 있는 두 사람을 노려보았다.

이런 비열한 거짓말이 쓰여 있는 전단지를 만든 범인을 굳이 찾 을 필요조차 없었다.

"뭐야 그 눈빛은? 마치 우리가 이 전단지를 만든 것처럼 말하는 것 같은데?"

"맞아. 기껏 널 위해 일부러 말해주러 왔구먼."

이타미가 으름장을 놓고, 가미오카가 과장되게 한숨을 쉬어 보 였다.

"돌려주세요."

아이코에겐 더 이상 따져 물을 마음이 없었다. 그것이 오히려 그

들의 계략이라는 것을 알고 있었기 때문이다.

두 사람이 아이코를 짓궂게 괴롭힌 건 이번뿐만이 아니다. 하나야기 가와의 갈등을 부모에게 들었는지 이타미도 가미오카도 어렸을 때부터 아이코를 괴롭혀왔다. 아이코가 믿을 수 없는 것은 성인이 된 지금도 그들의 행위가 10여 년 전과 똑같다는 것이다.

학교에 가던 학생들의 호기심 어린 시선이 아이코의 뺨을 찔렀다. 아는 애들도 몇 명인가 있었다. 그러나 모두 멀찌감치 돌아서 갈 뿐 누구 하나 말을 걸어오지 않았다.

"왜 내가 돌려줘야 되지? 이건 네 게 아니잖아?"

아이코가 뻗은 손에서 도망치면서 이타미가 말했다.

"그럼 네 거냐?"

두 사람의 등 뒤에서 들려오는 목소리…… 슈가 이타미에게서 빼앗은 전단지를 갈기갈기 찢었다.

"슈, 너 지금 뭐 하는 거야!?"

이타미가 안색을 바꾸고 슈에게 달려들었다. 와카바야시 가의 대를 잇는 슈와 친척인 그들이 안면이 있는 것은 이상할 게 없다.

"그래, 뭐 하는 거야!?"

가미오카는 어미 고양이의 그늘에 숨은 새끼 고양이처럼 이타미의 등 뒤로 숨었다.

"너희들이야말로 지금 뭐 하는 짓이야? 이런 엉터리 전단지를 만들어서 여자애나 괴롭히고, 부끄럽지도 않아?"

색종이를 뿌리듯 전단지 조각을 허공에 뿌리면서 슈가 잔뜩 힘이 들어간 눈동자로 이타미를 노려보았다.

"어, 어디에 우리가 만들었다는 증거가 있는데? 게다가 엉터리라고 단언할 수 없다고."

아귀차 보이려고 무던히도 애를 썼지만 이타미가 슈를 두려워하고 있는 것은 분명했다.

"만에 하나 그렇다고 해도 너희들이 그녀를 괴롭힐 권리는 없어. 아니야?"

슈가 더욱 다그쳤다.

아이코는 공포에 다리가 굳어 그저 우뚝 서서 사태를 지켜보고 있을 수밖에 없었다.

"슈, 혹시 모를까 싶어서 가르쳐주는데 네가 편들고 있는 이 여자는 하나야기 가의 딸이야!"

"그래서?"

"그래서라니…… 너 정신 나갔어? 하나야기 가의 인간들한테 당한 걸 잊은 건 아니겠지?"

이타미가 마치 외계인이라도 보는 듯한 시선을 슈에게 던졌다.

"너야말로 정신 있는 거야? 하나야기 가 사람들한테 당한 게 도대체 뭔데? 100년, 200년 전의 비극적인 사랑 이야기? 지금은 21세기야. 도대체 언제까지 19세기에 태어난 사람처럼 말하고 다닐래?"

어이가 없다는 슈의 말투에 아이코는 마음속으로 맞장구를 쳤다.

100년 전의 일은 분명 와카바야시, 하나야기 양가의 역사에 있어서 불행한 비극이었다. 그러나 조상들의 증오를 자손들이 물려받아 서로 미워하는 것을 아이코는 도저히 이해할 수 없었다.

"이거 놀랐는걸. 역사는 반복된다는 건가. 네 아버지가 알면 어떻게 될까?"

"말하고 싶으면 맘대로 해. 단……."

슈가 이타미의 멱살을 잡고 자기 쪽으로 확 잡아당겼다.

"앞으론 절대 그녀한테 접근하지 마. 나에 대해선 무슨 말을 해도 상관없지만 하나야기 아이코를 매도하는 말은 절대로 용서 못해."

"아, 알았으니까 이거 놔."

슈가 이타미를 뿌리치듯이 멱살을 놓았다.

"너, 지금 한 말이 뭘 의미하는지 알아!? 조만간 된통 당할 줄 알아!"

이타미는 일방적으로 내뱉고 쏜살같이 뛰어갔다.

가미오카도 버림받아 남겨진 아이처럼 이타미의 뒤를 따랐다.

"인터넷으로 세상 소식을 클릭 한 번이면 알 수 있는 시대에 아직도 저런 시대착오적인 놈이 있으니."

작아지는 두 사람을 바라보는 슈의 등을 보고 아이코는 바다에서 그랬던 것보다 더 심하게 두근거리는 가슴을 느끼고 있었다.

"저기, 정말로……."

"도와준 게 벌써 두 번째네. 나한테 반했지?"

아이코는 장난기 가득한 미소를 떠올리며 뒤를 돌아보는 슈에게 하려던 말을 삼켰다.

고마워요, 라는 말을……

"농담 아니라고요. 당신 같은 사람, 좋아하지 않는다고요."

아이코는 '구경'하고 있을 참새 떼들의 시선도 아랑곳하지 않고 큰 소리로 말했다.

"그럼 내가 다른 여자아이와 키스하는 걸 봐도 아무렇지 않겠네?"

순간 슈와 S라인 몸매를 자랑하는 여성의 실루엣이 겹쳐지는 영상이 머릿속에 떠오르면서 아이코는 위가 콕콕 찔리는 듯한 고통에 휩싸였다. 그 육체적 이변을 만들어내는 감정을 아이코는 어떻게 처리해야 좋을지 몰랐다.

"이봐 이봐, 얼굴에 다 써 있는걸 뭐. 그렇게 싫다고 하더니."

"자…… 잠깐만요. 그렇게 멋대로 단정 짓지 말아요. 내가 언제 그런 말을 했죠?"

마음을 들킨 만큼 아이코는 과잉 반응했다.

"그러니까 얼굴에 써 있다고 했지."

"이제, 그만 좀 해요……."

"아이코, 무슨 일이야?"

정색을 하고 슈에게 덤벼들려고 한 아이코 앞에 한 남학생이 나타났다.

남학생은 어렸을 때부터 친하게 지내는 다도코로 요스케였다.

백년후愛

요스케는 유치원 때부터 초등학교, 중학교, 고등학교까지 늘 아이코와 같은 학교였다.

"이 사람이 자꾸 치근거려."

말하는 순간 아이코는 후회했다.

슈에게 놀림당한 것에 대한 앙갚음으로 한 말이었지만, 슈는 자기를 두 번이나 도와준 사람이다. 은혜를 원수로 갚은 것 같아 아이코는 몹시 괴로웠다.

"이런, 정의의 히어로한테 그런 말은 곤란하지."

슈가 서양인들이 하듯 양손을 벌리고 어깨를 으쓱해 보였다.

"당신 누군지는 모르겠지만 아이코가 싫어하는 것 같은데?"

요스케가 짙고 굵은 한 일— 자 눈썹을 치켜 올리고 슈에게 다가섰다.

옛날부터 요스케는 정의감이 넘쳤다. 당연히 아이코에게 치근대며 귀찮게 구는 남자를 용서할 리가 없었다.

"요스케 잠깐만. 됐어, 가자."

아이코는 일이 더 커지기 전에 요스케의 손을 잡고 그 자리를 벗어나려고 했다.

"아니야, 여기서 확실히 해두지 않으면 또 나타날 거야."

아이코는 자기 일이라면 상대가 누구든 결코 물러나지 않는 요스케의 성격을 깜빡했다.

그 일은 2년 전…… 그녀가 고등학교 1학년 때였다.

나미카와 미도리라는 여학생의 지갑이 없어진 일이 있었는데, 학급회의 시간에 범인 수색이 시작되었다.

— 하나야기는 오늘 아침에 왜 그렇게 일찍 와 있었어?

'피해자'인 미도리의 발언으로 학급회의의 장이 아이코에 대한 추궁의 장으로 변했다.

그날 아침 아이코가 평소보다 일찍 등교한 것은 수학 숙제로 받은 프린트 물을 교실에 두고 온 것 때문이었다.

— 숙제는 내일 모레까지잖아?

아이코의 설명을 들은 미도리의 한마디로 반 친구들의 아이코를 보는 시선이 달라졌다. 아이코는 이때 태어나서 처음으로 악의라는 것의 존재를 알았다. 실제로 미도리는 아이코가 느끼고 있는 것처럼 그녀에게 심한 적개심을 품고 있었다. 이유는 한 달쯤 전에 미도리가 호의를 갖고 있던 남학생이 미도리가 마음을 털어놓았을 때 아이코에게 마음이 있는 듯한 말을 했기 때문이다.

— 하나야기. 어떻게 된 거니?

여자 담임선생님까지 아이코가 범인이 아닐까 하고 의심하는 듯한 말투로 물었다.

— 빨리 숙제를 끝내놓으려고 했겠죠. 그게 그렇게 잘못된 건가요? 이건 마치 하나야기가 범인이라고 말하고 있는 것 같네요. 선생님도 다른 모든 사람들도 그녀에게 실례예요.

갑자기 자리에서 일어선 요스케가 분연한 말투로 말했다.

결국 '지갑 도난 사건'의 범인은 그 후의 조사로 학교에서 일하는 사람이라는 것이 밝혀져서 아이코에 대한 의심은 풀렸지만 대신 요스케와의 소문이 학급 안에 퍼지게 되었다.

소문대로 요스케는 아이코를 좋아하고 있었다. 아이코 역시 요스케를 좋아했지만 그것은 연애 감정이 아닌 형제애에 가까운 것이었다.

"열혈남아, 너 그녀에게 반한 거야?

"뭐, 뭐라고……"

요스케의 안색이 바뀌었다.

"그렇다면 내 라이벌이네. 그럼."

요스케의 말을 가로막고 슈는 그 말을 남기고 한손을 들어 흔들면서 사라졌다.

아이코의 몸속에 흐르는 피가 열기를 띠었다.

"아이코, 아이코?"

"응……? 왜?"

슈의 뒷모습을 멍한 시선으로 배웅하고 있던 아이코는 요스케가 걱정스럽게 부르는 소리에 정신을 차렸다.

"저 사람 대체 뭐 하는 사람이야?"

슈는 도대체 뭐 하는 사람일까?

아이코는 요스케의 질문을 마음속으로 되풀이했다.

묻고 싶은 것은 나야, 하고 아이코는 생각했다.

와카바야시 슈…… 그 외에는 나이도, 뭘 하고 있는지도 몰랐다. 하지만 한 가지 분명한 것은 슈와 만난 것이 오늘로 고작 세 번째인데도 아이코의 마음속에는 슈의 존재가 확실하게 자리 잡았다는 것이었다.

만나서 얘기를 나누다보면 화날 말만 하는 상대였지만 후지사와에서 불량배들을 만났을 때도, 이타미와 가미오카에게 괴롭힘을 당했을 때도 마치 백마 탄 왕자님처럼 나타나서 아이코를 도와주었다.

아이코는 말없이 요스케의 손을 잡고 호기심 어린 시선을 보내오는 참새 떼들의 울타리를 헤치고 나갔다.

"어디로 가는 거야?"

불안한 듯 묻는 요스케의 질문에는 대답하지 않고 아이코가 향한 곳은 공원이었다.

"와카바야시 가의 아들 같아."

아이코는 벤치에 앉으면서 관심 없다는 식으로 말했다. 요스케도 옆에 앉았다.

"어쩐지 싫다 했어."

요스케의 말투가 강했다.

요스케는 어렸을 때부터 하나야기 가에 드나들었기 때문에 아이코의 아버지나 시즈에에게서 와카바야시 가와의 갈등을 들어 알고 있었다.

"아니야. 반대야. 이타미와 가미오카에게 괴롭힘당하고 있을 때 그가 도와주었어."

무의식적으로 슈를 두둔하고 있었다.

"그 녀석들 한패 아니야?"

한패라는 말에 심한 거부감을 느꼈지만 아이코는 그것이 얼굴에 드러나지 않도록 조심했다.

"모르지만 왠지 사이가 좋아 보이지는 않았어."

"흠. 뭐 어쨌든 조심하는 게 좋아. 순 날라리처럼 보였으니까. 옷차림이나 생긴 걸 보면 금방 알 수 있어."

요스케의 짙은 눈썹이 불쾌감으로 찡그려졌다. 그의 가슴속에 슈에 대한 적개심이 있으리라는 것이 아이코에게 전해졌다.

"그렇지도 않아."

아이코는 무심결에 말했다. 순간 요스케는 무언가에 얻어맞은 듯 어이없어하다가 잠시 후 서글픈 눈빛으로 아이코를 보았다.

"혹시 너 그 녀석 좋아하니?"

"무슨 말이야? 그런 거 아니야."

아이코는 요스케를 노려보면서 목소리를 크게 해서 부정했다.

"다행이네, 그럼 안심이고."

안심하며 입가가 벌어지는 요스케가 만약 슈와 입맞춤을 했다는 것을 안다면 어떤 얼굴을 할까, 하고 아이코는 생각했다. 그러자 느닷없이 아이코의 몸속에서 아플 정도로 격렬하게 심장이 고

60
61

동치기 시작했다.

"나 말야, 아이코 널⋯⋯."

"요스케, 오늘 학교 땡땡이치고 어디 놀러 갈까?"

요스케의 말을 자르고 아이코가 뜬금없이 말했다. 화제를 돌린 것은 요스케의 마음을 알고 싶지 않았기 때문이다. 그 말을 듣고 나면 틀림없이 요스케와 지금처럼 지낼 수 없으리라는 것을 알고 있었다.

그러나 어디로 가고 싶다는 말은 진심이었다. 아까 그 소동을 많은 학생들이 보았다. 호기심 어린 시선의 표적이 된다고 생각하니 우울했다.

"뭐? 안 돼. 학교엔 꼭 가야지."

"하지만⋯⋯."

"괴로운 일이 있어도 도망쳐선 안 돼. 정면으로 맞서서 이겨내야지. 자, 가자."

너무나도 긍정적인 요스케의 말을 듣고 슈라면 분명히 반대로 말했을 것이라는 생각이 들었다.

바다에 가자고 했을 거야, 그때처럼⋯⋯.

아이코는 긴장을 풀면 슈를 떠올리고 마는 자신을 깨닫고 당황하며 생각을 바꿔 벤치에서 일어나 벚나무 가로수 사이의 통학로로 향하는 요스케의 뒤를 따랐다.

4

현관을 열자마자 신발 벗는 곳에 가지런히 놓인 가죽신발을 보고 아이코의 등줄기에 긴장이 느껴졌다.

가죽신발은 아버지⋯⋯ 기요시潔가 집에 있다는 증거였다.

아버지는 경비원 일을 하고 있고, 일주일마다 주간반과 야간반을 교대로 맡고 있다. 이번 주는 주간반이지만 그래도 밤 8시나 돼야 집에 오기 때문에 아이코가 학교에서 돌아오는 저녁 시간대에 집에 있는 경우는 없었다. 필시 조퇴한 것일 텐데, 아이코는 아버지가 왜 그랬는지 대강은 짐작이 갔다. 그래서 그런지 아까부터 스스로도 들릴 정도로 심장이 요란스럽게 고동치고 있었다.

다녀왔습니다, 라는 인사도 없이 살금살금 발소리를 죽여가며 계단을 올라가려고 했을 때였다. 거실로 이어지는 문이 열리고 시즈에가 모습을 나타냈다.

"아이코. 잠깐 이리 좀 와."

언니의 낮게 소리를 죽인 목소리와 험악한 미간이 앞으로 거실에서 어떤 이야기가 오가게 될지를 예감케 했다.

"너, 엄청난 일을 저질렀더라."

거실로 발을 들여놓기 직전에 시즈에가 아이코를 노려보며 말했다.

"자, 어서."

고개를 숙이는 아이코의 팔을 잡고 시즈에가 가시 돋친 목소리로 재촉했다. 소파에 책상다리를 하고 앉아 있는 아버지는 아직 해가 높은데도 눈가가 벌게진 채 텔레비전을 보면서 술잔을 기울이고 있었다.

"앉거라."

기요시는 불쾌한 기색이 역력한 목소리로 말하고, 자신이 앉아 있는 소파의 정면을 가리켰다. 아이코는 언니에게 엄마가 죽기 전의 아버지는 술이라곤 한 방울도 입에 대지 못하는 사람이었다고 들었다. 그때는 도 내에 레스토랑을 몇 개 갖고 있었고, 술도 담배도 도박도 하지 않고 놀이라곤 가족을 데리고 낚시를 가는 게 전부인 모범이라는 글자를 그대로 판에 박은 듯한 남자였다.

그러던 아버지가 엄마가 돌아가신 뒤로는 모든 것에 대해 퇴폐적이 되었고 레스토랑 경영도 등한시하게 되었다. 아니, 단순히 등한시한 것이 아니라 사생활이 매우 문란해져서 낮에는 파친코 가게나 경마장에 드나들었고, 밤에는 번화가를 돌아다니며 마시지도 못하는 술에 빠져 살게 되었다.

가장 사랑하는 여성을 잃은 슬픔으로부터 도망치듯이 기요시는 거친 길, 황폐한 길로 스스로 덤벼들듯이 돌진했다. 그에 대한 대가는 바로 눈앞에 나타났다. 우선 레스토랑 운영이 어려워졌고, 모아둔 돈도 순식간에 바닥을 드러냈다.

기요시에게서는 점잖고 의젓한 가장으로서의 풍모는 전혀 찾아볼 수 없었다. 집안일은 어린 딸에게 맡겨버린 채 사소한 일에도 화를 내기 일쑤였고, 일은 하지 않고 술과 도박으로 방탕한 나날을 보내게 되었다.

그동안 회사의 적자는 눈덩이처럼 불어났고, 결국엔 세이조에 갖고 있던 저택을 처분하고 대출금을 갚고 남은 얼마 안 되는 돈으로 지금 살고 있는 중고 단독주택으로 이사했다.

회사를 처분한 기요시는 넌더리를 낸다거나 놀러 다니는 일은 없어졌지만 그 대신 패기가 없는 허수아비 같은 남자가 되었다. 새로 입사한 경비회사에서 돌아오면 잠을 잘 때까지 술을 마셨고, 쉬는 날에는 아침부터 술병을 안고 뒹굴거렸다. 두 딸과는 대화도 하지 않고, 가끔 입을 여는 것도 와카바야시 가에 대한 원한 섞인 말과 회사에 대한 푸념뿐이었다.

기요시는 하나야기 가가 쇠락한 것도, 자신이 신세를 망친 것도 모두 와카바야시 가의 책임이라고 생각하고 있다. 엄마를 치어 돌아가시게 한 것은 와카바야시 가 사람이 분명하고, 옛날로 거슬러 올라가 조상님들의 원한을 생각하면 아버지가 그렇게 생각하고 싶어 하는 것도 이해 못하는 건 아니지만 그래도 아이코는 석연치 않은 기분이 드는 건 사실이었다.

"말씀하실 게 뭐죠?"

아이코는 소파에 앉아 아버지를 올려다보면서 물었다. 철 들 무렵부터 아이코는 아버지에게 이처럼 남 대하듯 무덤덤하게 말했다. 그럴 수밖에 없는 것이 아이코가 자신의 의사를 표현할 수 있게 된 후의 기요시는 딸이 아버지에게 어리광을 부릴 수 있는 분위기도 아니었고, 또 집에 있는 시간도 거의 없었기 때문에 남이나 다름없는 거리감이 있었다.

"너, 와카바야시의 아들과 사귄다고?"

기요시가 텔레비전으로 시선을 향한 채 떨리는 목소리로 물었다. 술잔 안의 술이 출렁이고 있었다.

옛날부터 아버지는 정말로 화가 나면 시선을 맞추지 않고 어딘가 다른 곳을 보면서 이야기하는 버릇이 있었다.

"사귀는 건 아니에요."

대답하면서 아이코는 이타미와 가미오카의 얼굴을 떠올리고 있었다. 그 두 사람이 아버지나 언니에게 밀고한 게 분명하다는 확신이 아이코에겐 있었다.

"집에서 요양 중에 몰래 빠져나가 사내새끼랑 놀러 다니는 게 사귀는 게 아니고 뭐냐!"

기요시가 테이블에 술잔을 내려놓는 소리에 아이코는 움찔하며 어깨를 움츠리고 눈을 감았다.

"아버지, 소리는 치지 마세요. 그리고 아이코 너도 잘못했어. 내가 전에 물었을 때는 그 남자가 와카바야시 가 사람이라고 넌 한마디도 하지 않았어. 하나야기 가와 와카바야시 가가 어떤 관계인

지 귀에 딱지가 앉도록 말하지 않았니?"

시즈에가 아이코보다는 아버지에게 자기변명을 하듯 말했다. 만약 시즈에가 그 사실을 알고 있었다면 그녀의 책임 문제로 발전하게 되기 때문이다.

"언니 말이 맞다. 하필이면 와카바야시의 빌어먹을 놈하고 사귀다니. 그런 벌레 같은 놈하고 말이다!"

"그런 식으로 말하지 마세요. 슈 씨는 벌레 같은 사람이 아니에요. 오늘 아침에도 절 괴롭히는 이타미와 가미오카로부터 절 지켜주었단 말이에요."

아이코는 기요시에게 호소하면서 《백년 연인》의 한 구절을 떠올렸다.

쇼이치를 있는 대로 깎아내리는 아버지에게 하루도 지금의 아이코와 마찬가지로 항의했다. 그렇다고 해서 하루와 쇼이치의 관계를 자신과 슈의 관계와 동일시할 마음은 없었다. 두 사람은 서로 사랑하고 장래를 약속한 사이였지만, 아이코와 슈는 그런 관계가 아니었다.

단지 아버지가 나쁘게 말하는 것을 잠자코 듣고 있을 수가 없었을 뿐이다.

"멍청한 것!"

아버지가 일어섰다. 뺨에 충격을 받고 아이코는 소파에 무너지듯 쓰러졌다. 이것도 하루와 같았다. 하지만 아이코는 하루처럼 집을 뛰쳐나가지는 않았다. 그것은 용기가 없기 때문이 아니라 아이코에겐 가족을 버릴 만한 상대가 없기 때문이었다.

"아버지 그만하세요. 아이코 어서 용설 빌어."

"못 빌어. 난 잘못한 게 없어."

아이코가 시즈에의 말에 따르지 않는 것은 드문 일이었다. 그러나 한편에선 슈와 입맞춤을 한 것에 양심의 가책을 느끼고 있었다.

"아이코!"

시즈에가 날카로운 목소리로 소리를 지르고 불단으로 뛰어갔다.

"이거 봐!"

아이코의 코끝에 영정을 들이댄다.

"우리 엄마야! 와카바야시 가에 살해되었다고! 그런데…… 엄마를 죽인 남자의 아들을 두둔하고 있는 거니! 네가 지금 얼마나 잔인한 짓을 하고 있는지 알아!?"

뭔가가 잘못됐다는 생각은 있었다. 하지만 엄마의 영정을 보자 아이코의 마음속에서 크게 소리치고 있던 의문이 사라져버리는 것이었다.

"아이코. 엄마는 좀 더 살고 싶어 했다. 그리고 너희들의 웨딩드레스를 자기 손으로 만들어주고 싶어 했어. 그런데 너란 녀석은……."

기요시가 알코올로 충혈된 눈에 눈물을 머금고 목소리를 떨었다.

아이코의 마음도 흔들렸다.

"알았어요. 알았으니까 이제 그만하세요."

아이코는 참지 못하고 '엄마'에게서 눈을 돌리고 계단을 뛰어 올라가 방에 들어가서 손을 뒤로 돌려 문을 닫고 오열했다.

아이코는 흐느껴 울면서 책상 서랍에서 《백년 연인》을 꺼내 침대에 드러누웠다. 이야기는 나머지 2, 30페이지. 쇼이치와 하루가 사랑의 도피를 하기 위해 만나는 장면이었다.

약속시간 15분 전에 보리밭에 도착한 쇼이치는 기도하는 심정으로 밤바람에 살랑거리는 보리 너머를 보았다. 오른손에 들고 있는 봉투에는 가정부인 기요가 만든 주먹밥 네 개와 단무지가 들어 있었다.

기요에게는 보리밭에서 저녁 피서를 하면서 반딧불을 보러 간다고 말해두었다.

보리밭에 있는 효탄 연못에는 여름에 녹색 반딧불 빛의 커튼이 환상적으로 나부낀다. 실제로 쇼이치는 해마다 효탄 연못으로 반딧불 구경을 하러 가는 것이 연례행사였기 때문에 기요에게 의심받을 일은 없었다.

그러나 쇼이치의 시선은 효탄 연못이 아니라 하루의 집이 있는 방향으로 향해 있었다.

몹시 초조했다.

하루는 함께 낯선 고장에서 새 인생을 시작하겠다고 약속해주었지만, 과연 정말로 가족을 버리고 올 수 있을지 쇼이치는 불안하기 짝이 없었다. 가족을 버리기로 했다고 해도 부모님에게 들켜 잡히지는 않았을까. 쇼이치는 하루와 가족을 헤어지게 만드는 것은 가슴이 아팠다.

하지만 하루가 시게루에게 시집가는 것은 더 가슴 아픈 일이었다.

시간이 아무리 흘러도 하루는 나타날 기미가 없었다. 쇼이치의 불안은 더욱 커졌다. 역시 약간의 문제가 생겼는지도 모른다.

쇼이치가 더 이상 참지 못하고 걸음을 내디디려고 했을 때였다. 멀리서 낯이 있는 작은 몸집의 사람 그림자가 밤안개에 젖은 흙을 꾹꾹 밟으면서 걸어오는 것이 보였다.

"하루……."

쇼이치는 양쪽 보리밭에서 불쑥 솟아오른 또 다른 그림자를 보고 말을 삼켰다. 그 세 개의 그림자는 모두 쇼이치가 아는 얼굴…… 사촌형제인 다케오와 그의 나쁜 친구들이었다.

다케오는 와카바야시 가에서도 문제아로 불리며 친척들 사이에서 악동으로 정평이 나 있었다. 그들이 어떻게 여길 안 것일까. 그 답은 쇼이치의 뇌리에 떠오르는 기요의 얼굴이 가르쳐주었다.

그리고 어떤 목적으로 숨어 있었는지도…….

"하루, 오면 안 돼!"

다급한 목소리로 쇼이치가 소리를 질렀다. 갑자기 쇼이치가 가는 방향을 가로막듯이 세 남자가 튀어나와 하루를 향해 돌진했다.

하루는 세 사람을 잘 알고 있었다. 한가운데에 있는 피부가 거

무스름하고 눈빛이 날카로운 남자는 다케오로 길에서 마주칠 때마다 하루에게 시비를 걸곤 했다.

"이 여우같은 게 와카바야시 가의 장손을 어디로 데려가려고!"

다케오가 검게 그을린 팔로 하루의 머리카락을 움켜잡고 앞뒤로 거칠게 흔들었다.

"하루에게 난폭하게 굴지 마!"

쇼이치가 다케오의 멱살을 잡고 오른 주먹으로 턱을 후려갈겼다. 벌렁 주저앉은 다케오가 깜짝 놀란 얼굴로 쇼이치를 올려다보았다.

"너, 정말로 하나야기의 딸과 도망칠 생각이었어?"

"그래."

"이런 여자랑…… 미친 거 아냐?"

다케오가 믿을 수 없다는 표정으로 물었다.

두 친구는 사슬에 묶인 사냥개처럼 당장이라도 덤벼들 듯한 기세로 쇼이치를 노려보고 있었다.

"하루를 그런 식으로 말하지 마."

"이거 이거, 놀랄 노 자군."

다케오가 입술 가장자리에 살짝 배어나온 피를 손등으로 닦으면서 일어섰다.

"그런 식으로 말한다는 게 어떤 식이지? 예를 들면 창녀촌 계집 같은 거?"

"이 새끼가! 하루를 모욕하는 말은 용서할 수 없어."

쇼이치는 조롱하듯 웃는 다케오의 얼굴에 다시 오른 주먹을 날렸다.

다케오의 얼굴이 사라졌다. 대상물을 잃은 쇼이치는 균형을 잃고 허공에서 헤엄치듯이 앞으로 기우뚱했다. 턱에 충격을 받은 쇼이치의 시야가 수면에서 들여다본 바다 밑바닥처럼 일그러졌다. 정신이 들었을 때는 엉덩방아를 찧은 뒤였다.

"쇼이치!"

하루는 비명을 지르며 쇼이치에게 달려갔다.

"미친 놈. 하나야기네 년들에 비하면 창녀가 훨씬 나아."

"취소해, 그 말 취소하란 말이야!"

쇼이치는 일어서서 다케오의 허리를 부둥켜안고 밀어서 넘어뜨린 뒤 그 위에 올라탔다.

"뭘 취소해? 너, 알지? 하나야기 가는 대대로 여자들이 남자를 꾀어 돈을 받아낸 것으로 부를 쌓아왔다는 걸 말이야."

하루는 차마 들을 수 없는 다케오의 매도에 심한 분노를 느꼈다. 자신보다도 엄마, 그리고 할머니와 하나야기 가 여자 전체의 존엄을 짓밟는 듯한 발언을 도저히 용서할 수 없었다.

그러나 그 이상으로 쇼이치의 몸이 걱정되었다. 다케오는 흥분하면 이성을 잃고 손을 쓸 수 없을 정도로 흉포한 남자가 된다는 것을 하루는 알고 있었다.

"하루한테 사과해. 사과하란 말이야!"

쇼이치가 다케오의 먹살을 잡은 손을 앞뒤로 흔들었다.

"이 새끼가, 다케오한테 손 떼."

친구 둘이 등 뒤에서 쇼이치의 팔을 잡았다.

"너랑 만나기 직전까지 손님 품에 안겨 있던 여자 때문에 와카
바야시 가에 똥칠할 셈이야?"

"더 이상 모독했다간 내가 용서하지 않아!"

두 사람의 팔을 뿌리친 쇼이치는 실성한 사람처럼 다케오를 마
구 걷어찼다. 하루는 다케오에게 받은 굴욕보다도 지금까지 본 적
이 없는 쇼이치의 악마 같은 얼굴에 할 말을 잃었다.

"그만…… 쇼이치…… 그만해요."

평생 가약을 맺은, 세상에서 가장 사랑하는 여자가 이토록 심한
모욕을 당한 쇼이치의 귀에 하루의 목소리가 들릴 리 없었다.

이대로 가다간 정말로 큰일이 벌어질 것 같은 예감에 하루는 몸
서리를 쳤다. 하지만 다리는 꼼짝도 하지 않았고, 온몸이 바위처
럼 딱딱해져서 한 걸음도 내디딜 수 없었다.

위를 보고 누워 있던 다케오의 상반신이 갑자기 벌떡 일어나더
니 쇼이치와 부둥켜안는 듯한 모습이 되었다. 그 순간 쇼이치의
표정이 초상화 속 인물처럼 움직임을 잃었다.

"어이…… 쇼이치…… 어이, 쇼이치……."

다케오가 창백해져서 쇼이치의 이름을 반복해서 불렀다. 두 친

구도 눈을 크게 뜨고 긴장된 얼굴로 우두커니 서 있었다. 쇼이치가 입고 있는 하얀 셔츠의 복부 주변이 진홍색 꽃이 핀 것처럼 점점 빨갛게 물들었다.

"다케오…… 안 돼…… 안 돼."

"난 아무 짓도 안 했으니까. 난…… 몰라!"

친구들이 약속이나 한 듯 그 자리에서 도망쳤다. 다케오도 쇼이치를 뿌리치고 일어나서 두 사람 뒤를 따랐다.

"쇼이치…… 쇼이치!"

하루는 풀숲 위에 누운 쇼이치에게 달려가 안아 일으켰다.

"하…… 하루…….."

쇼이치의 가늘게 떨리는 입술은 연분홍색으로 변색되었고, 얼굴은 밀가루를 뒤집어쓴 듯 하얗게 핏기를 잃었다.

"쇼이치 정신 차려요! 내가…… 내가 그런 말을 해서…… 미안해요……. 내가 잘못했어요."

하루는 자기가 어디 멀리 가고 싶다고만 하지 않았어도 이런 일은 일어나지 않았을 것이라고 자신을 심하게 책망했다.

"하루가…… 사과할 필요는…… 없어……. 당신 없는 삶을…… 난…… 생각할 수 없었어. 당신을…… 모욕하는 놈한테는…… 귀신이나 악마가 되기를 거부할 수 없었어. 당신과…… 함께 도망가기 위해서……라면, 그곳이…… 지옥이라도 상관없었어……. 난, 당신한테……."

"쇼이치…… 더 이상 아무 말도 하지 말아요……."

꺼져 들어가는 목소리로 자신의 마음을 전하는 쇼이치를 보며 하루는 눈물을 참을 수 없었다.

"당신한테……."

쇼이치가 심하게 기침하면서 대량의 피를 토해냈다.

"쇼이치, 괜찮아요!? 쇼이치!"

하루가 쇼이치의 입가에 댄 수건이 순식간에 빨갛게 물들었다.

"우리 만나서…… 정말…… 행복했어……."

하루의 두 팔에 가해지는 힘이 무거워졌다.

쇼이치의 두 눈이 천천히, 천천히 감기고 목에서 힘이 덜컥 빠졌다.

"쇼이치, 죽지 마요! 안 돼…… 안 돼요…… 안 돼!"

그렇게 하면 쇼이치가 눈을 뜨기라도 할 것처럼 하루는 목청껏 울부짖었다.

"나한텐 평생 함께할 운명의 공주님이 되어달라고 해놓고, 그 말은 거짓말이었나요? 당신이 먼저 죽어버리면 어떻게 평생을 함께한다는 거예요!"

말없는 쇼이치의 몸을 흔들면서 하루는 호소했다.

언제나 다정한 눈빛을 보내면서 부드러운 목소리로 불러주던 쇼이치는 이제 없다.

"쇼이치…… 내가 당신의 약속을 지켜 보이겠어요."

하루는 몽유병자처럼 일어서서 풀숲에서 달빛을 받아 짙은 쥐색으로 빛나는 식칼을 집어 들었다. 하루의 양손이 자신의 배를 향해 움직인 직후 그녀의 무릎이 꺾이고, 쇼이치와 포개지듯 무너져 내렸다.

어둠이 더해가는 칠흑의 공간을 형광빛으로 물들이면서 날아다니는 반딧불이 하루와 쇼이치의 주변을 에워쌌다. 반딧불들이 내뿜는 빛은 녹색이 아니라 푸르스름하고 환상적인 색이었다.

─하루, 가자.

공중에 떠 있는 쇼이치가 부드러운 미소를 지으면서 하루에게 손을 내밀었다. 하루는 싱긋이 미소 짓고 그의 손을 잡았다. 마치 민들레의 솜털처럼 몸이 둥실 떠올랐다.

─제게는 태어나기 전부터 평생을 함께할 운명의 공주님이 계십니다. 공주님이 제비처럼 넓은 하늘을 날고 싶다면 전 평생을 바람을 가르는 날개로 살 것이옵니다…….

어디선가 들려오는 쇼이치의 목소리에 이끌리듯 하루는 하늘 높이 날아올랐다.

다음 날 아침 보리밭에서 발견된, 서로 부둥켜안듯 쓰러져 있는 두 구의 피투성이 사체는 그 처참한 모습과는 딴판으로 편안한 얼굴을 하고 있었다고 한다.

두 사람은 저세상에서 약속했을 것이다.

설령 100년의 세월이 흘러 다시 태어난다 해도 해후하여 평생 함께할 것을…….

아이코의 검은 눈동자에 이슬이 맺혀 마지막 부분은 글자가 거의 보이지 않았다. 아이코는 퉁퉁 부은 허망한 시선을 창밖의 푸른 하늘로 옮겼다.

하루와 쇼이치는 천국에서 행복하게 살고 있을까?

─두 사람은 마지막 순간을 어떤 기분으로 맞았을까.

문득 아이코는 후지사와의 바다에서 슈가 툭 내뱉듯이 한 말을 떠올렸다. 그때 슈는 둘이 같이 죽었으니 행복했을 거라고 말했고, 아이코는 죽는 것이 행복할 리가 없다고 말했다.

그러나 정말로 그럴까, 하고 아이코는 생각했다.

서로 원한이 깊은 가문에 태어난 연인…… 평생 그 마음을 허락받지 못하고 헤어져야 할 운명에 있다면 슈가 말한 대로 죽어서 맺어지는 게 행복하다고 할 수 있을지도 모르겠다는 생각이 아이코의 머리를 스쳐 지나갔다.

"100년 후에 다시 태어난다 해도 해후하여 평생 함께하자……고. 100년 후면 바로 지금인데……."

아이코는 말을 멈추고 눈을 감고 귀를 기울였다.

─그 공주님은 장미가 한숨을 토할 정도로 아름답고 목소리는 여름 밤바람에 흔들리는 풍경처럼 사랑스럽도다.

─그 공주님이 영원한 충성을 원한다면 나는 평생을 감옥에서 살아도 좋다.

─그 공주님이 달빛이 비치는 심해를 여행하고 싶다면 난 돌고

래가 되어 당신을 신비의 바닷속으로 인도하리라.

쇼이치의 말을 방불케 하는 슈의 목소리가 아이코의 고막에 되살아났다.

"설마…… 그렇게 자기중심적이고 경박한 사람이…… 그럼, 쇼이치 씨가 불쌍해."

아이코는 당황해서 슈를 머릿속에서 쫓아내려고 했다.

─나에 대해선 무슨 말을 해도 상관없지만 하나야기 아이코를 매도하는 말은 절대로 용서 못해.

이타미와 가미오카에서 구해줬을 때 슈는 아이코에게는 틀림없는 백마 탄 왕자님 자체였다.

─도와준 게 벌써 두 번째네. 나한테 반했지?

고맙다는 말을 하려고 했을 때 슈가 익살스럽게 말하는 바람에 아이코는 자기도 모르게 기분이 상해서 솔직해질 수 없었다.

"도움을 받아 인사하는 것뿐이잖아. 엄마도 분명 그렇게 하라고 가르쳐주었어."

아이코는 자신을 향해 말하면서 침대에서 일어나 가만히 문을 열었다. 발소리를 죽이고 계단을 내려갔다.

인사하러 가는 거야…….

마음속으로 되풀이하면서 밖으로 뛰어나갔다.

아이코는 하루의 마음을 아주 조금은 알 것 같았다.

백년후愛

아이코가 와카바야시 가에 도착했을 때는 해도 완전히 지고 주택가가 인공 불빛에 지배될 무렵이었다.

아이코는 하나야기 가의 1층 부분이 완전히 뒤덮일 만큼 거대한 문짝에 압도되어 있었다. 집 근처이고 몇 번인가 지나간 적도 있어서 와카바야시 가가 으리으리한 저택이라는 것은 알고 있었다. 하지만 막상 이렇게 자신이 방문자로서 집 앞에 서보니 새삼 그 존재감에 주눅이 들었다.

아이코는 인터폰 앞에서 망설였다. 아무리 자신을 도와준 것에 대한 감사의 말을 전하기 위해서라곤 해도 집까지 찾아온 것을 보고 낯 두껍게 생각하진 않을까? 하고 불안했기 때문이다.

전화번호를 모르니까, 하고 스스로에게 말해보아도 불안감을 씻어낼 수는 없었다. 갑자기 집에 들이닥치면 오히려 슈가 난처해질지도 몰라, 하고 생각을 고쳐먹고 아이코가 발길을 돌리려고 했을 때였다. 대문 안쪽 현관문이 열리고, 실루엣 두 개가 나타났다.

아이코는 황급히 대문에서 떨어져 문기둥 그늘에 몸을 숨겼다.

실루엣 중 하나는 슈였다. 그리고 다른 하나는 검고 긴 머리카락이 인상적이고 이목구비가 반듯한 아름다운 여성이었다. 나이는 아이코보다 한두 살 위로 보이는 인상으로 아직 젊다.

"오늘은 바쁜데도 고마웠어."

"아니요, 저야말로 별로 도움이 되지 못해서."

슈가 뭔가에 대해 감사를 표하자 여자가 조금 수줍은 표정으로 미소 지었다. 눈초리가 길게 찢어지고 큰 눈동자, 예쁜 치열, 뺨에서 턱까지 산뜻하게 떨어지는 선, 풍덩 빠져버릴 것 같은 하얀 피부⋯⋯. 하얀 블라우스 위에 핑크색 카디건을 입은 그녀는 동성의 눈으로 보아도 청초한 분위기를 물씬 풍기는 호감형이었다.

그녀의 용모와 옷차림을 관찰하면서 아이코는 무의식적으로 자신과 비교하고 있다는 걸 깨달았다. 그리고 가슴 안쪽이 콕콕 쑤시는 아픔과 답답함을 느꼈다. 그 불쾌한 몸의 변화가 질투라는 것을 깨닫기까지 잠시 시간이 필요했다.

"아야노 지금 바로 돌아가는 거야?"

아야노라는 이름은 그녀의 깨끗한 분위기와 아주 잘 어울린다고 아이코는 생각했다.

"네, 오늘은 레슨이 있어서요. 그럼 수요일에 봬요. 안녕히 주무세요."

아야노가 머리를 숙여 인사를 하고 돌아섰다.

"잘 가."

슈가 아야노의 등에 대고 손을 흔들었다.

아야노가 뭘 배우고 있는 걸까?

수요일에 그녀는 또 와카바야시 가에 오는 걸까?

백년후愛

슈와 아야노는 연인관계일까?

두 사람에 대해 이런저런 생각을 하고 있는 아이코의 마음속은 거친 바람에 요동치는 북쪽 바다처럼 혼란스러웠다.

그 두 사람이 연인 사이이든 아니든 자신과 무슨 상관이냐고 발길을 돌리려던 아이코의 발밑에서 시끄러운 소리가 났다. 아이코가 빈 깡통을 차서 쓰러뜨렸던 것이다.

"어……?"

황급히 그 자리를 떠나려고 했을 때 슈가 아이코 쪽으로 고개를 돌리고 눈을 가늘게 떴다.

"아이코? 역시 아이코 맞구나. 여긴 어쩐 일이야?"

종종걸음으로 아이코 쪽으로 뛰어온 슈의 하얀 이가 어슴푸레한 어둠 속에서 반짝였다.

"아, 잠깐 장을 보고 가는 길이에요."

아이코는 순간적으로 거짓말을 했다.

아야노가 슈와 함께 나온 것을 보지 않았다면 전에 있었던 일에 고맙다는 말을 하러 왔다고 솔직하게 말할 생각이었다.

"뭘 샀는데? 아무것도 들고 있지 않잖아. 너 혹시 내가 보고 싶어서 온 거 아냐?"

"바보 같은 소리 말아요. 사려던 게 없었을 뿐이에요."

속내를 들킨 아이코는 정색을 하고 다시 거짓말을 했다.

정말이지 왜 항상 슈와 있으면 이렇게 우왕좌왕하는지, 하고 아이코는 속으로 한숨을 쉬었다. 좀 전의 아야노처럼 얌전하고 사랑스럽게 행동하고 싶어도 슈가 계속 딴지를 거는 바람에 아이코가 원하는 자신과는 다른 자신이 그만 얼굴을 보이고 만다.

"알았다, 알았어. 그렇다고 해줄게."

억지를 부리는 어린아이를 달래듯 슈가 말했다.

"그 태도……"

"재밌는 거 보여줄게. 잠깐 기다려봐."

슈는 아이코의 말을 자르고 현관으로 돌아가 손에 종이봉투를 들고 와서 집과는 반대 방향으로 걸어갔다.

"저기, 어디 가는데요?"

아이코는 뒤를 따랐다.

실은 이대로 집에 돌아가려고 했던 아이코였지만, 그래버리면 다시 같은 일의 반복이 될 것 같아 단념했다.

슈와 사귀려는 것은 아니다. 상식 있는 인간으로서 도움을 받은 것에 대한 예의를 표하러 왔을 뿐이라고 아이코는 스스로에게 들려주면서 말없이 걸음을 옮기는 슈의 뒤를 따라갔다.

확실하게 감사의 말을 전하고 나면 다시는 만나지 않을 생각이었다. 애초에 슈가 억지로 바다로 데리고 가서 느닷없이 입맞춤을 해버린 것이니, 그 상황에 아이코의 의지는 전혀 개입되지 않았다.

무엇보다 아이코의 이상형은 쇼이치처럼 성실하고 진지하게 한결같은 마음을 갖는 타입이었다. 슈처럼 가볍게 행동하며, 처음 보

는 여자에게 멋대로 키스하는 남자는 좋아하지 않는다.

다시 한 번 아이코는 자신에게 들려주었다.

밤의 발소리가 소리 없이 다가오는 주택가를 뚫고 나아가듯 성큼성큼 걷던 슈가 느티나무 정원수들 앞에서 걸음을 멈췄다.

"따라와."

슈가 손짓을 하면서 정원수들 틈새로 미끄러지듯 들어갔다. 뒤이어 따라온 아이코는 눈앞에 펼쳐진 의외의 광경에 작게 소리를 질렀다.

네 면이 느티나무 파티션에 둘러싸인 채 가로등 불빛에 희미하게 빛나고 있는 정방형의 공간은 작고 아담했지만 벤치가 있고, 그 벤치에 둘러싸이듯 한가운데에는 천사 동상이 있었다. 언뜻 보기에 공원 같았지만 소위 아이들이 뛰어노는 어린이 공원과는 분위기가 달랐다.

"놀랐지? 내가 어렸을 때부터 있던 공원이야. 침대를 빠져나와 종종 놀러 왔었지. 봐, 이 공원은 말이야, 사각형이고 주위가 나무로 차단되어 있는 데다 입구도 작아서 통행인도 모르고 지나갈 때가 많아. 숨겨진 명소라고나 할까."

슈는 그리운 듯 흐뭇한 표정으로 사각형 공간을 훑어보았다.

"침대를 빠져나와서? 아팠을 때 얘기?"

"아팠을 때……라, 그럴 수도 있지, 매일 아팠으니까."

"에? 당신이?"

아이코는 스스로도 민망할 정도로 얼빠진 목소리로 물었다.

"믿지 못할지도 모르지만, 나 어렸을 때 몸이 약했어. 초등학교 땐 한 달에 반은 쉬었으니까. 병에 걸리고 싶다고 농담 삼아 말하는 녀석도 있지만 학교를 쉬는 것도 가끔이야 괜찮지 계속 이어지다보면 지겹기만 해."

아이코는 놀라움을 감추지 못했다.

건강한 우량아를 그림에 그려놓은 듯한 슈가 어렸을 때 허약체질이라 학교를 쉬었다니, 도저히 믿을 수 없었다.

그리고 동시에 슈의 말에 공감했다.

아이코도 천식 발작이 심해졌을 때는 어쩔 수 없는 장기 결석으로 인해 자기만 뒤처지는 게 아닐까 하고 매일이다시피 우울한 기분과 맞서야 했다. 그것은 수업을 따라갈 수 없다는 의미에서가 아니라 다양한 체험을 거쳐 매일매일 성장해가는 다른 애들에 비해 하나야기 아이코만이 같은 곳에 머물러 있는 것은 아닌가 하는 불안이었다.

"어떤 병이었어요?"

"그게, 나도 잘 몰라. 심장 기능이 이렇다 저렇다 들은 기억은 있지만, 이제 옛날이야기이니까. 그보다 재밌는 거 보여줄게."

슈가 들뜬 표정으로 말하고는 천사 동상 쪽으로 걸어갔다.

"오늘로 딱 13년 만이야. 타이밍이 좋을 때 왔어."

슈는 말하고 손에 들고 있던 종이봉투에서 모종삽을 꺼내 동상

뒤쪽으로 돌아 들어갔다.

"뭐 해요?"

"기다려봐. 아직 있으면 좋겠는데."

혼잣말처럼 중얼거리면서 슈는 동상 주변의 흙을 모종삽으로 파기 시작했다.

"있다."

30센티미터 정도 파 들어간 곳에서 슈는 삽을 내던지고 맨손으로 흙을 퍼 올렸다. 흙투성이가 된 슈의 양손에 쥐어져 있는 것은 원통 모양의 음료수 캔이었다. 인쇄물이 벗겨져 떨어져 나간 표면은 녹이 뒤덮고 있었다.

슈가 초조해 보이는 손놀림으로 캔 뚜껑을 열고 봉투 두 통을 꺼냈다.

"혹시 그거 타임캡슐 같은 거예요?"

아이코는 흥미진진한 시선을 캔과 봉투에 번갈아 던지면서 말했다.

"맞아. 일곱 살 때 침대 속에서 쓴 걸 여기에 묻어둔 거야. 그때 읽었던 만화에 10년 전에 소원을 써서 흙 속에 묻은 편지를 파내는 장면이 있었는데…… 주인공이 키가 아주 작은 꼬마라 어른이 되면 키가 크고 싶다고 썼더니 정말로 3미터나 되는 거인이 됐다고. 지금 생각하면 유치하기 짝이 없는 얘기지만, 어렸을 때는 소원을 타임캡슐에 넣으면 정말로 이루어진다고 믿었으니까."

아이코는 당시의 추억을 떠올렸는지 멋쩍은 표정으로 웃음을 터뜨리는 슈의 옆얼굴을 보면서 진지한 표정으로 소원을 쓰는 어린 그가 떠올랐다.

"그리워라."

반짝반짝 눈을 빛내며 슈는 봉투 한 통을 찢었다.

"아, 이런 걸 써놨네."

"어디어디, 보여줘요."

아이코도 슈와 나란히 앉아 누렇게 바랜 노트에 쓰여 있는 글자를 시선으로 좇았다.

난 어른이 되면 우리나라 전국 곳곳을 달리는 사람이 되고 싶다.

"어른이 되었을 때의 꿈이 우리나라 전국 곳곳을 달리는 사람이라니 웃기지?"

슈가 쑥스러운 웃음을 지으면서 말했다. 아이코는 1년에 절반을 누워서 보내야 했던 소년의 안타까운 마음을 생각하니 웃을 수 없었다.

"그래도 그때 나에겐 파일럿보다도 의사보다도 되고 싶었던 것이 실컷, 그리고 자유롭게 달릴 수 있는 어른이었던 거야."

그때까지와는 전혀 다른, 우울함이 깃든 슈의 표정을 보고 아이코의 가슴이 무언가에 옥죄는 듯 아팠다. 마찬가지로 허약체질인

아이코는 슈의 기분을 자신의 것처럼 이해할 수 있었다.

"지금 난 어딜 가든 오토바이를 타고 가. 어떤 의미에서는 소원을 이룬 셈이지."

슈가 다시 웃음을 터뜨렸다.

그것이 더욱 아이코의 마음의 문을 두드렸다.

"저기…… 고마워요."

아이코는 큰맘 먹고 말을 꺼냈다.

"응……? 뭐가?"

슈가 아이코 쪽을 돌아보았다.

"후지사와 바다에서도, 통학로에서도 도와줬잖아요. 인사도 제대로 못하고."

"아아, 그거. 신경 쓰지 마. 별로 대단한 일도 아닌데 뭐."

"그래도 두 번이나 도와줬는데. 요스케 앞에서도 심하게 말하고……."

"요스케라면 그때 그 열혈남아?"

"네. 악의는 없지만 그가 옛날부터 정의감이 투철해서. 정말로 미안해요."

"과연 그랬군."

슈가 의미심장한 미소를 떠올리며 고개를 끄덕였다.

"뭐가요?"

"아니, 그냥 잘 어울리는 커플이라는 생각이 들어서."

"그, 그런 사이 아니에요. 나랑 요스케는 그냥 소꿉친구라구요!"

놀림을 당한 것에 대한 분함보다도 슈에게 요스케와의 관계를 부정하고 싶은 마음 쪽이 앞섰다.

"과민 반응하는 게 더 이상한걸."

"당신이야말로 어떻게 된 거죠? 아까 그 여자와 분위기가 아주 좋던데."

말로 할 생각까지는 없었는데, 요스케와의 사이를 추궁받게 되자 자기도 모르게 말이 튀어나오고 말았다.

"혹시 질투하는 거야?"

"아니요. 당신이 요스케에 대해 물어와서 나도 묻는 거잖아요."

"흠, 뭐 그런 걸로 해두지. 그녀는 어떤 사람이 소개해줘서."

슈가 말을 꺼내며 하늘을 올려다보았다.

"그래서……?"

기다려도 대답이 없자 아이코는 다음 말을 재촉했다.

"뭐가?"

"어떤 사이냐구요?"

슈가 아야노에 대한 화제를 피하고 있는 것 같아 아이코는 평소와 다르게 집요하게 물고 늘어졌다.

"그러니까 아는 사람 소개였다고."

더 이상 파고들어서는 안 될 것 같은 분위기가 슈의 주변에 흐르고 있었다. 아이코는 물어볼 수 없게 되자 쓸데없이 아야노의

존재가 신경 쓰였다. 아야노가 신경 쓰이는 것이 슈를 어엿한 한 남자로 의식하기 시작했기 때문일까? 그런 생각이 머릿속을 가로지르자 아이코는 황급히 사고의 채널을 돌렸다.

"그럼, 다른 소원 하나는 뭐예요?"

아이코는 일단 화제를 바꿨다.

그것만이 목적이 아니라 정말로 궁금하기도 했다.

"뭐라고 생각해?"

슈가 장난기 가득한 표정으로 쳐다본다.

그는 그런 개구쟁이 같은 표정이 잘 어울린다, 고 아이코는 생각했다.

"아이스크림이나 케이크를 배 터지도록 먹을 수 있게 해달라고?"

"땡. 그런 건 소원을 빌 것까지도 없이 배 터지도록 먹었으니까. 새장에 갇힌 새였던 만큼 먹이만은 풍족하게 먹을 수 있었지."

아이코에겐 슈의 그런 말투가 복잡했던 어린 시절의 심경을 나타내고 있는 것 같았다.

"그럼 시험에 100점 맞는 거?"

"그것도 땡. 타임캡슐에 들어갈 소원이라고. 열었을 때는 어른이 되었을 텐데."

"그런가……. 몰라. 뭘 빌었는지 가르쳐줘요."

"이 편지에 쓴 소원은…… 비밀이야."

슈가 다시 장난스런 미소를 지으면서 말했다.

"아이, 여기까지 물어보게 해놓고, 너무 못됐어. 가르쳐줘요."

"안 돼."

"왜? 왜, 그것만 안 가르쳐주죠?"

"절대 안 돼. 이 소원은 다음에 파냈을 때 가르쳐줄게."

슈는 말하면서 봉투를 집어넣고 캔을 다시 묻기 시작했다.

"다음이면 언제?"

"글쎄, 50년 후쯤? 만약 그때 내가 먼저 죽는다면 아이짱 너한테 타임캡슐을 열 권리를 줄게."

"50년 후라니…… 내가 파파 할머니가 되고 나서? 그리고 별로 친하지도 않은데 아이짱이라고 부르지 마요."

기분 탓일까, 순간 아이코에게는 슈가 쓸쓸한 표정을 지은 것처럼 보였다.

"그럼 아이코짱이라고 부를까?"

역시 기분 탓이었다. 슈가 이 정도 일에 반응을 보일 만큼 섬세한 성격일 리가 없다고 아이코는 재확인했다.

"이만 돌아갈래요. 용건도 끝났고."

"잠깐만."

일어선 아이코를 슈가 불러 세웠다.

"여기, 아까 그 여자애한테 빌려준 책을 돌려받았어. 내가 아는 사람이 쓴 책인데, 시집이지만 읽어보면 재미있을 거야. 빌려줄게."

슈가 종이봉투에서 꺼낸 한 권의 책을 아이코에게 내밀었다.

아까 그 여자애…… 아야노일 것이다.

그녀 다음에 빌려주는 책 따위는 필요 없다, 고 거절하려던 아이코는 초승달 그네를 타는 천사 표지가 너무 사랑스러워서 유혹되듯 손을 뻗어 책을 받았다.

"언제 돌려줘도 상관없으니까, 시간 날 때 읽어봐."

"고마워요."

결국 인사까지 하고 만 것을 후회했지만 아이코는 이제 와서 새삼 돌려줄 수도 없어서 아야노가 읽은 책을 빌릴 수밖에 없었다.

"음, 만약 네가 하루라면 어떻게 했을 것 같아?"

아이코와 나란히 걸으면서 슈가 뜬금없이 물었다.

"뭘요?"

"쇼이치가 죽었을 때 자기도 뒤를 따라가니 마니 한 거 말이야."

"그 정도로 사랑하는 사이였다면 똑같이 했을지도 모르죠."

하늘을 올려다보았다. 도쿄에서는 드물게 보석을 박아놓은 듯한 별이 짙은 남색 하늘에 총총히 박혀 있다. 100년 전 사랑의 순교자들은 저 광활한 별무리의 바다 어딘가에서 빛나고 있을까…… 하고 아이코의 가슴에 깊은 감회가 소용돌이쳤다.

눈부실 정도로 반짝이는 별들이 지금은 아이코를 슬프게 했다.

"나는 달라. 아무리 사랑한다고 해서 뒤를 따라 스스로 목숨을 끊는다는 건 믿을 수 없어."

아이코에겐 슈의 말이 의외였다. 그러면 반드시 같은 생각을 갖고 있을 거라 생각했던 것이다.

"전엔 둘이 함께 죽어서 행복했을 거라고 말했잖아요."

"그건 살아 있는 동안 헤어져야 할 운명에 있었다는 상황만을 보고 한 말이야. 그렇다고 해서 하루가 자살한 것에 찬성한다고는 말하지 않았어. 나라면 목숨을 걸고 사랑하는 사람을 지키려고 했을 거야. 그래도 어쩔 수 없이 보내야 했다면 사랑하는 사람의 몫까지 열심히 살아야지. 살고 싶어도 죽음을 선택할 수밖에 없는 사람도 있어. 네 어머니처럼."

마음이 날카로운 칼끝에 찔린 듯한 기분이었다.

"먼저 가요. 같이 걷고 싶지 않아요."

아이코는 걸음을 멈추고, 기분 좋은 밤공기가 주위만 얼어붙은 듯한 싸늘한 목소리로 말했다. 슈는 잠깐 쓸쓸한 눈빛을 보였지만 금방 그다운 태연한 목소리로 치한을 만날 수 있으니까 빨리 돌아가라는 말을 남기고 빠른 걸음으로 공원을 뒤로 했다.

혼자 남게 된 아이코는 몇 초도 안 돼 후회가 밀려왔다.

어쩌다 이렇게 되어버렸지? 아이코는 자신에게 정말로 어이가 없었다.

지금쯤 아이코의 무단외출을 알고 잔뜩 인상을 그리고 있을 아버지와 언니가 기다리고 있는 집에는 돌아가고 싶지 않아 벤치에 앉았다.

《인생─사랑＝죽음》

슈에게 빌린 책을 보고 아이코가 처음 생각한 것은 이상한 제목이구나, 하는 것이었다.

저자는 레이*라고 되어 있었다.

이 책의 저자는 슈가 아는 사람이라고 했던 말을 떠올린 아이코는 레이라는 저자에 대해 알고 싶어서 책 말미에 있는 프로필 페이지를 펼쳤다. 그때 작은 종잇조각이 발밑에 떨어졌다. 종잇조각에는 슈의 이름과 휴대전화 번호, 그리고 메일 주소가 쓰여 있었다.

아야노에게 전하려고 했던 것이리라. 사포로 마음이 쏠리는 듯한 기분이었다.

어지러운 마음을 외면하듯 종잇조각에서 프로필로 시선을 옮긴 아이코는 자신의 눈을 의심했다.

저자명 레이, 출생지 지구

딱 이 한 줄로 된 프로필에 놀라움을 감출 수 없었지만, 이상하게도 이 저자가 관심 끌기용이나 장난삼아 한 것은 아니라는 생각이 들어 아이코의 흥미는 어떤 시를 썼는지로 옮겨갔다.

'인생−사랑=죽음'. 내가 이 제목을 붙인 이유는 평생 인간이 경험하는 것들, 행위, 감정은 하나만 제외하고 모두 '사랑'이 원인이라는 지론이 있기 때문이다.

인간은 태어나서 죽을 때까지 평생 다양한 '사랑'에 지배되어 산다.

이 세상에서 삶을 영위한다는 것 자체가 연애 감정의 행위 끝에 얻어진 결과이고, 갓난아기에게 젖을 준다는 어머니의 행위는 모성애이고, 호흡하는 행위는 자기애다.

이성과의 교제나 결혼생활은 당연히 연애라는 카테고리에 속한다.

수면과 식사는 살기 위해 필요한 행위…… 호흡과 같은 자기애에 속하고, 일이라는 행위는 가족을 위해 움직이는, 연인을 위해 움직이는, 자신을 위해 움직이는…… 가족애, 연애, 자기애라는 카테고리에 각각 들어간다.

그럼 증오라는 감정은 어떨까? 얼핏 '사랑'과는 정반대에 있는 것처럼 보인다. 그러나 증오 역시 '사랑'의 카테고리에 속한다.

왜일까? 그것은 증오라는 감정은 타자애他者愛보다 자기애가 강했을 때 일어나는 것이기 때문이다.

사랑하는 사람에게 버림받았다, 믿고 있던 사람에게 배신당했다, 누군가에게 심한 모욕이나 굴욕을 당했다…… 이 외에도 예로 들 수 있는 것은 수없이 많지만 공통적인 것은 모든 증오는 자신의 신체나 마음에 상처를 받았을 때 일어난다는 것, 즉 자기애의 주장이 되는 셈이다.

그런데 앞에서도 썼듯이 인생에서 '사랑'과는 무관한 행위가 딱하나 있다. 그것은 '죽음'이다. 물론 아내나 자식을 보호하다 대신

백년후愛

죽는다는 '죽음'이 아니라 병, 천재, 인재, 사고 등에 의한 '죽음'이다.

'태어난다'는 행위가 앞에서도 말했듯이 사랑의 결정체인 것에 비해 '죽음'은 가족을 남기고 죽을 수는 없다. 아직 인생을 구가하고 싶다는 생각과는 반대로 강제적으로 찾아오는 경우가 많다. 그곳엔 타자애나 자기애, 그 어느 쪽 사랑도 존재하지 않는다.

인생에서 모든 '사랑'을 하나도 남기지 않고 없애고 나면 '죽음' 밖에 남지 않는다는 의미에서 '인생-사랑=죽음'이라는 제목이 태어났다.

쓸데없이 말이 길어졌는데, 이 책에 수록된 시는 그러한 인생관이라고나 할까 사생관을 갖고 있는 내 생각을 담은 작품이므로 괴로울 때나 슬플 때 내 시를 읽고 마음의 위안을 삼는다면 기쁘기 그지없을 것이다.

아이코의 가슴에는 머리말을 읽었을 뿐인데도 소름이 돋았다.

'사랑'과 '죽음'에 대해 다루고 있는 관계 서적을 수없이 보아온 아이코였지만, 이렇게까지 겉꾸밈 없이 넓은 시야로, 또 참신하게 다룬 책을 만난 적은 없었다.

그리고 아이코가 과거에 읽은 치유에 관한 책이나 영적인 것과는 달리 호감을 갖고 자극을 받은 것은, '사랑'과 '죽음'의 테마를 진지하게 다루고 있지만 그런 류의 책에서 흔히 볼 수 있는 예쁜 말이나 강요하는 듯한 말을 늘어놓는 것이 아니라 좋은 의미에서 어딘가 방치해놓은 듯한 냉정한 시점에서 이야기하고 있다는 느낌이 드는 점이었다.

책을 빌릴 때의 불쾌감과는 다른 기대감으로 가슴이 부풀어 올라서 페이지를 넘기려던 아이코의 귀에 웅성거리는 소리가 한꺼번에 밀려왔다.

그 소리에 이끌리듯 벤치에서 일어난 아이코는 공원 출입구로 향했다.

"여자다, 여자가 쓰러져 있다!"

"어머, 뭐 하고 있어요. 누가 구급차 좀 불러줘요!"

"우와, 엄청난 출혈이야!"

"비켜, 비켜, 위험해!"

공원 밖에는 열 명 전후의 사람들이 모여들어 고성과 비명을 여기저기서 질러대고 있었다.

군중 곁으로 다가간 아이코는 노상에 쓰러져 있는 여자…… 입에서 대량의 피를 토하고 경련을 일으키고 있는 아야노를 보고 숨을 삼켰다.

6

썰렁한 대합실에 가득 찬 병원 특유의 소독약 냄새가 아이코의 불안을 자극했다.

아이코 옆에 앉은 슈는 무릎에 팔꿈치를 괴고 머리를 감싸 안은 채 마치 내일 세상에 작별이라도 고하는 사람처럼 비통하게 얼굴을 구기고 있었다. 그들의 정면 벤치에는 슈에 못잖게 창백하고 굳은 표정을 지은 로맨스그레이(머리가 희끗희끗하고 매력적인 초로의 신사-옮긴이)의 남자가 동년배 여자의 어깨를 끌어안고 있었다. 여자의 흐느낌이 대합실의 무거운 공기에 박차를 가한다.

두 사람은 아야노의 부모였다. 병원에서 연락을 받고 부랴부랴 달려왔을 부친은 파자마에 얇은 카디건을 걸친 모습이었고, 모친은 맨발에 샌들 차림이었다.

슈가 아야노의 부모와 아는 사이라는 것은 병원에 도착했을 때 모친과 그가 슬픔을 나눠 가지듯 서로 부둥켜안았을 때 알았다. 아이코가 그 모습을 보았을 때는 단순히 아는 사이보다도 친척 사이 같은 인상을 받을 정도로 인연이 깊은 것을 느꼈다.

아야노가 병원에 실려온 것을 슈에게 알린 것은 아이코였다. 웅성거림에 이끌려 천사 동상이 있는 공원을 뒤로 한 아이코는 포장도로에 생긴 군중들 한가운데에 쓰러져 있는 아야노를 우연히 발견했다.

　얼마 지나지 않아 도착한 구급대원에게 어느 병원으로 데려가는지를 묻고 곧장 와카바야시 가 근처까지 가서 슈의 휴대전화 번호를 눌렀던 것이다.

　휴대전화 번호는 슈에게 빌린 레이라는 저자의 시집……《인생－사랑＝죽음》에 끼워져 있던 메모지에 메일 주소와 함께 쓰여 있었다.

　설마, 이런 식으로 도움이 되다니 얄궂다.

　와카바야시 가에서 뛰어나온 슈의 금방이라도 울음을 터뜨릴 것 같은 얼굴은 아이코의 뇌리에 깊이 새겨져 있었다. 두 사람이 교제하고 있는 사이라면 슈가 낭패한 표정을 지은 것도 이해가 되고, 또 모친과 친한 것도 이해된다…… 따위를 생각하는 자신이 아이코는 혐오스러웠다.

　지금은 아야노의 생사가 달린 수술을 하고 있다.

　“아이코, 잠깐 괜찮아?”

　아야노의 수술이 시작되고 두 시간쯤 흘렀을 때였다. 슈가 아야노의 부모에게 가볍게 목례를 하고 아이코를 병원 밖으로 재촉했다.

　환상環狀 8호선 연변에 자리한 사립병원 내 벤치에 앉은 슈는 길고 큰 숨을 토해냈다.

　“밖에 나와 있는 동안 수술이 끝나면 어쩌려고요?”

　“나팔꽃이 피는 모습을 보고 빨간 입술에서 안도의 한숨을 내

쉬고, 메꽃이 피는 모습을 보고 자신을 북돋우고, 밤메꽃이 피는 모습을 보고 가슴 앞에서 가늘고 하얀 손가락을 맞대고 기도를 올리는 소녀는 꽃의 무상함을 누구보다도 잘 안다."(나팔꽃은 아침에 활짝 피었다가 낮에 지고, 메꽃은 낮에 피었다가 밤에 지고, 밤메꽃은 밤에 피었다가 새벽에 진다–옮긴이)

슈가 멍청히 하늘을 올려다본 채 혼잣말하듯 말했다.

"네……?"

"《인생 − 사랑 = 죽음》에 나오는 시의 한 구절이야. 이 시에 나오는 여자가 꼭 아야노 같아."

"무슨 말이죠?"

아이코는 슈 옆에 앉으면서 물었다.

"해설에도 있지만 이 시는 말이야, 불치병을 앓고 있는 소녀에 관한 시야. 즉, 언제 죽을지 모르는 공포와 싸우고 있는 소녀가 아침에 일어나 숨을 쉬고 있는 것에 안도하고, 햇빛 아래에서 활기차게 뛰어다니는 친구들을 보고 병을 이겨내겠다고 맹세하고, 밤의 발소리가 들려올 즈음에는 맹세나 불안을 대신해 내일도 무사히 잠에서 깰 수 있게 해달라고 기도하면서 잠자리에 든다……는 내용이야."

여전히 하늘을 올려다보고 있는 슈의 옆얼굴은 몹시 슬퍼 보였다.

"아야노 씨는 무슨 병이에요?"

"스키루스 형 위암이라고 알아?"

"스키루스······?"

"그래, 일반적인 위암과는 달리 발생부터 진행까지가 수개월로 짧아서 암인 걸 알았을 때는 복막에까지 전이되어버려서 손을 쓸 수 없는 경우가 많아. 수술로 종양을 제거해도 수술 후 5년간 생존율이 10퍼센트 대래. 아야노는 올해 들어와서 줄곧 스키루스와 싸우고 있어. 의사로부터는 앞으로 고작 반년밖에 남지 않았다는 말을 들었고."

슈가 하늘에서 시선을 거두고 우울한 시선으로 아이코를 보았다.

"반년이라니······ 너무해······."

아이코는 그 이상 말을 이을 수가 없었다.

자기 또래로 보이는 여자가 고작 반년의 인생밖에 남겨두지 않았다는 사실을 어떻게 받아들여야 될지 몰랐던 것이다. 아이코도 어렸을 때부터 병에 잘 걸려서 또래의 친구들에 비해 제약이 많은 인생을 살아왔다. 그러나 아야노에 비하면 그 정도의 제약 따위는 고생 축에도 들지 않는다.

── 살고 싶어도 죽음을 선택할 수밖에 없는 사람도 있어.

슈가 쇼이치를 따라 스스로 목숨을 끊은 하루에 대해 비판적이었던 것도 남은 삶이 반년이라고 선고받은 아야노를 떠올렸기 때문이리라.

"그녀는 피아니스트가 되어 훗날 쇼팽 콩쿠르 무대에 서는 것이 꿈이었어. 세 살 무렵부터 피아노를 배우기 시작해서 발병했을 때

는 음대생이었지. 내 친구가 아야노와 소꿉친구라서 그녀 얘길 듣고 꼭 피아노를 배우고 싶다고 청했던 거야."

"피아노에 관심 있어요?"

아이코는 놀라움을 감추려고도 하지 않고 물었다. 슈와 만나고 나서 시간도 얼마 되지 않았고, 그에 대해 아는 것도 거의 없었지만 적어도 피아노를 취미로 할 만한 타입으로는 보이지 않았다.

"전혀. 하지만 그녀가 가르쳐주는 피아노는 배우고 싶었어. 아니, 그보다 그녀가 꿈을 이루기 위해 노력해온 것의 100분의 1이라도 좋으니까 내가 이어받아서 이 세상에 남겨두고 싶었지. 그리고 뭔가 힘이 되고 싶었어. 주제넘을지도 모르지만 내게 피아노를 가르침으로써 조금이라도 삶에 대한 애착을 가져주길 바란 거야."

"그래서 그 책을?"

"응. 내가 뭘 하든 그녀에게 남은 시간이 바뀔 일은 없을지도 모르지만 희망을 가질 권리는 있어. 신은 목숨을 빼앗을 수는 있어도, 순수하게 살려는 사람의 눈빛까지 빼앗을 권리는 없어."

슈가 입술을 깨물고 무릎 위에 놓은 손을 쥐었다.

아이코는 슈의 마음에 감동을 받았다. 동시에 슈에게 그런 마음을 받는 아야노가 조금은 부럽기도 했다.

"내가 연애 감정으로 이런 행동을 한다고 생각해?"

"네……? 뭐예요, 갑자기……."

아이코는 갑작스런 슈의 질문에 당황했다.

"혹시나 해서 말해두는데 그녀에게 그런 감정을 가진 적은 한 번도 없어. 그건 아야노가 매력적이지 않다거나 그런 의미가 아니라…… 아니 그녀는 충분히 매력적인 여자야. 하지만 그녀를 그런 대상으로 봐서는 안 돼."

"왜요?"

아이코는 자기도 모르게 물었다.

"쇼이치가 하루를 남겨두고 죽을 때의 심정이 어땠다고 생각해?"

"그건…… 아마도 걱정되고, 몹시 괴로웠겠죠."

"맞아, 사랑하는 사람을 남겨두고 죽는 것은 미련이 남는 것 따위와는 질적으로 다른 거야."

그녀를 좋아하기 때문에 좋아해서는 안 되는 거네, 라는 말을 아이코는 꿀꺽 삼켰다. 그렇게까지 그의 마음을 파고드는 것은 예의가 아니라고 생각했다.

"저기, 당신은 몇 살이죠?"

아야노의 병에 관한 이야기를 이 이상 끄는 것을 견딜 수 없어서 아이코는 화제를 돌렸다.

물론 전부터 알고 싶었던 것이기도 했다.

"스무 살. 말 안 했나?"

"네. 그럼 대학생?"

"아니 대학엔 다니지 않아."

"회사원이에요?"

"아니."

"응? 재수생인가?"

슈가 고개를 옆으로 흔들었다.

"설마 백수?"

"백수란 말은 듣기 그렇고. 자유인이라고 해둬."

아이코는 슈의 대답에 약간 불쾌했다.

와카바야시 가라는 명문집안의 상속자는 취직활동을 위해 대학을 나올 필요도, 아득바득 일할 필요도 없다는 건가? 라고 생각할 수밖에 없었다.

"너무 여유롭군요. 우린 생각할 수도 없는 일이에요. 명문집안의 자손은 다르네요."

자신에게도 와카바야시 가에 대해 적의를 갖는 선조의 피가 흐르고 있는 것일까? 하고 아이코는 불안해진다.

"그럼, 난 이만 들어가볼게."

아이코의 빈정거림을 흘려듣고 슈가 벤치에서 일어났다. 아이코도 벤치에서 일어나 슈의 뒤를 따라가려고 했을 때였다.

"넌 이제 돌아가."

슈가 뒤를 돌아보고 쌀쌀맞게 말했다.

"저도 갈래요. 걱정된다구요."

"아니, 이만하면 됐어."

"화난 거예요?"

"아니. 사정을 모르는 사람한테는 분명 내 생활 스타일이 여유롭게 보일 테니까."

"빈정대지 말고요."

"먼저 말한 것은 너 아냐?"

아이코는 말문이 막혔다. 슈의 말대로 먼저 상대를 불쾌하게 만든 것은 자기라는 것을 알고 있었다.

"게다가 너랑은 상관없는 일이니까."

슈의 한마디로 아이코는 빙하의 바다에 떨어진 것처럼 얼어붙었다.

"내게 알려준 것에 대해서는 감사를 표하지."

평소 개구쟁이 같던 청년과 동일인물이라고는 생각할 수 없을 정도로 슈의 목소리는 냉랭했다. 그리고 동굴처럼 어두운 눈동자로 아이코를 일별하고는 발길을 돌렸다.

아이코는 그 자리에 못 박힌 채 슈의 뒷모습을 멍하니 배웅했다.

7

"너, 이 시간까지 뭐 하고 다닌 거야!"

시즈에가 평소보다 더 귀신같은 형상으로 현관을 가로막고 있었다. 저녁에 슈의 일로 아버지와 언니를 화나게 하고 무단으로 외출했다가 돌아온 것이 자정 무렵이니 그러는 것도 당연했다.

아이코는 언니에게 눈도 주지 않고 계단을 뛰어 올라갔다.

"아이코, 잠깐 기다려!"

시즈에의 목소리를 뿌리치고 방으로 들어온 아이코는 문을 잠갔다. 지금은 언니의 설교를 냉정하게 듣고 있을 기분이 아니었다.

― 너랑은 상관없는 일이니까.

머릿속에서 재생되는 슈의 말이 아이코를 우울하게 했다. 확실히 아야노를 본 것은 오늘이 처음이고 슈의 말처럼 아무 관계가 없는 사람이므로 그 이상 대합실에 있는 것도 부자연스럽다. 하지만 한편으로는 그렇게 쌀쌀맞게 말하지 않아도……라는 생각도 있었다.

슈는 아야노와의 관계를 방해받고 싶지 않았던 것일까? 아니면 자신의 빈정거리는 말에 기분이 상했던 걸까?

아이코는 생각의 폭주를 멈췄다. 아무리 생각해도 지나간 일은 바뀔 수 없으니까, 하고 반 강제로 못을 박고 책상 의자에 앉아 책을 폈다.

슈에게 빌린 《인생－사랑＝죽음》이었다.

저자의 머리말 뒤에 있는 본편 페이지를 펼쳤다.

새처럼 지저귀어보세요. 당신의 고민은 바람과 함께 사라진답
니다.

태양처럼 차별 없이 모든 것을 비춰보세요. 당신의 마음은 비를
흠뻑 머금은 대지처럼 촉촉해진답니다.

풀꽃처럼 헌걸차게 포기하지 말고 살아보세요. 당신의 눈에 들
어오는 모든 것은 어제까지와는 백팔십도로 달라진답니다.

아무 생각 없이 읽던 아이코는 정신을 차리고 보니 완전히 푹
빠져 페이지를 넘기고 있었다.

내 인생의 막이 내려갈 때 생각하는 것은, 어렸을 때 노을이 붉
게 타는 하늘을 올려다보면서 집에 돌아오다 어딘가에서 흘러오
는 그 피아노 연주를 다시 한 번 듣고 싶다.

단지 그것뿐이라고 생각한다.

아이코는 이 한 구절을 읽고 까닭 없이 서글퍼졌다. 인간은 죽
을 때면 어김없이 가장 행복했을 때를 떠올리는지도 모른다. 아야

노가 어떤 기분으로 이 시를 읽었을지를 생각했을 뿐인데도 가슴이 찢어지는 듯했다.

자신조차 이럴진대 슈는 더욱 고통스러울 것이라고 아이코는 생각했다.

아이코는 책 뒤표지를 펼쳤다. 슈의 휴대전화 번호와 컴퓨터와 휴대전화기 각각의 메일 주소가 쓰여 있는 메모지를 들었다.

잠깐 고민하던 아이코는 컴퓨터 전원을 켜고 메일 페이지를 열었다. 주소 창에 슈의 컴퓨터와 휴대전화의 메일 주소를 넣고, 다시 고민에 빠진다. 아야노에게 가르쳐주려고 적어놓은 주소로 자기가 메일을 보내는 것이 너무 낯 두꺼운 짓은 아닐까 하는 것이 주저하는 이유였다.

하지만 내게 빌려준 책에 메모지가 끼워져 있었으니까…… 하고 억지로 아이코는 스스로를 납득시키려고 했다.

와카바야시 슈 님
처음 메일을 보냅니다.
빌려주신 책에 당신의 휴대전화 번호와 메일 주소가 쓰여 있는 메모지가 끼워져 있어서 이렇게 연락드리게 되었습니다…….

아이코는 오늘 병원 벤치에서 슈에게 빈정거렸던 것을 사과했다. 그리고 마지막에 아야노에게 병 따위에 지지 말고 힘내길 바란다고 전해달라는 말을 덧붙였다.

　얼굴을 마주 보면 반발만 할 뿐 사과를 못하는 아이코였지만 메일이면 솔직해질 수 있었다.

　아이코의 손가락 끝이 보내기 버튼 위에서 방황했다. 슈와는 이대로 소원해지는 게 낫지 않을까, 하는 생각이 고개를 들었던 것이다.

　슈는 아야노에게 연애 감정은 없다고 했다. 하지만 그 말은 없는 것이 아니라, 그런 감정을 품을 수 없다고 하는 게 정확했다. 가령 앞으로 슈와 연락을 주고받는다 해도 슈가 와카바야시 가 사람인 이상 아버지와 언니의 맹렬한 반대에 부딪힐 것은 뻔하다. 무엇보다 오늘 일로 슈는 자신에게 정나미가 떨어졌을 것이다.

　아이코는 컴퓨터 앞에서 이리저리 생각을 굴리느라 어림잡아도 30분은 보냈다.

　이 메일을 마지막으로 하면 돼, 하고 아이코는 스스로에게 들려주고 보내기 버튼을 클릭했다.

　아이코의 가슴은 마치 100미터를 전력 질주했을 때처럼 박동이 빨라졌고 손가락 끝에는 땀이 배어나왔다.

　"아이코, 문 열어."

　시즈에가 문을 거칠게 노크하는 소리에 아이코의 심장은 뜀박질을 했다. 아이코는 귀를 막고 노크 소리를 떨쳐버렸다.

　"문 열어, 듣고 있니, 아이코!"

　손바닥을 뚫고 들어오는 시즈에의 목소리를 견디지 못하고 아

이코는 자리에서 일어나 문을 열었다.

"너란 애는 몇 번을 말해야 알겠니?"

시즈에가 찢어지는 목소리로 소리쳤다.

"이제 그만 좀 해. 나 열여덟이라고. 언제까지나 대여섯 살짜리 꼬마 취급하지 말란 말이야!"

아이코도 시즈에에게 지지 않을 큰 목소리로 대꾸했다.

"아이코…… 언제부터 네가 그렇게 심한 말을 하는 애가 된 거니? 그 남자 탓이야? 와카바야시 가의 아들인지 뭔지랑 사귀고 나서 이렇게 된 거야!"

"그만해! 그 사람은 상관없다고 했잖아? 왜 모든 걸 와카바야시가 탓을 하는 건데? 잘못한 건 나야. 멋대로 집을 뛰쳐나간 것도, 귀가 시간을 어긴 것도 와카바야시 슈가 아니라 하나야기 아이코라고. 게다가 그 사람하곤 사귀는 사이도 아니야."

아이코는 언성을 높이고 지금 느끼고 있는 초조함은 아까 슈와의 일이 영향을 주고 있다는 것을 깨달았다.

시즈에는 창백해진 얼굴로 발길을 돌려 계단을 뛰어 내려갔다. 그리고 머지않아 이번에는 계단을 뛰어 올라오는 발소리가 들렸다.

"아이코, 다시 한 번 같은 말을 엄마 앞에서 해보겠니?"

시즈에가 아이코 앞에 엄마의 영정을 내밀었다. 아이코는 마음 속으로 한숨을 쉬면서도 입을 다물 수밖에 없었다. 엄마의 영정을 보게 되면 아무래도 마음이 약해지고 만다.

"언니, 내가 그렇게 잘못한 거야? 엄마가 슬퍼할 정도로 그렇게 잘못한 거냐고?"

아이코는 절실한 표정으로 호소했다.

줄곧 죄의식에 시달려왔다. 어렸을 때부터 자신의 비밀스런 생각을 행동으로 옮길 때마다 가슴이 쥐어뜯기는 듯한 기분에 휩싸였다.

"엄마 목숨을 빼앗은 와카바야시 가 사람과 사귀는 것이 잘못이라는 것도 모르니?"

"그러니까 사귀는 게 아니라고……."

메일 수신음이 울렸다.

아이코는 반사적으로 뒤에 있는 컴퓨터를 돌아보았다.

"누구야? 설마 그 남자는 아니지?"

시즈에가 민감하게 반응했다.

"아니야. 미사코야. 내일 미니 테스트가 있는데 모르는 게 있어서 메일을 보냈어."

미사코는 아이코와 비교적 친하게 지내는 반 친구였다. 물론 내일 미니 테스트가 있다는 것도, 미사코에게 메일을 보냈다는 것도 거짓말이었다. 시즈에가 추측했듯이, 필시 메일을 보낸 사람은 슈가 틀림없을 것이다.

"거짓말 아니지?"

"내가 왜 언니한테 거짓말을 하겠어?"

아이코는 필사적으로 태연한 모습을 가장했다.

"글쎄, 그거야 모르지만…… 어쨌든 엄마를 슬프게 할 만한 짓은 하지 마."

그 말만 남기고 시즈에는 방을 나갔다.

문이 닫히자 아이코는 바로 책상에 앉아 수신 메일을 열었다.

아이코에게

아야노 일을 알려줘서 고마워. 나야 말로 심한 말을 해서 미안해. 그녀는 수술이 무사히 끝나서 일단 한숨 돌렸어. 아까는 나도 아야노 때문에 너무 놀라서 제정신이 아니었던 것 같아. 일부러 알려준 너한테 그런 심한 말을 하다니. 그건 그렇고 내일 수업 끝날 때쯤 만날 수 있을까? 괜찮으면 내일 사과하고 싶은데. 학원 거리에 '샤론'이라는 카페가 있어. 역전에서는 누가 볼지도 모르니까. 거기서 5시에 기다리고 있을게.

슈

휴대전화로 보낸 메일이었다.

"뭐야, 맘대로 정해버리고. 누가 간다고 했나? 나도 일정이라는 게 있어."

아이코는 투덜투덜 불평을 했지만 실제로 불쾌한 것은 아니었다. 그 증거로 슈에게서 받은 메일을 한 마디, 한 구절, 곱씹듯이 다시 한 번 읽었다. 특히 만날 수 있을까? 라는 말을 몇 번이나 눈으로 더듬었다.

"어쩔까. 내일은 특별히 약속도 없고……."

아이코는 컴퓨터 앞에서 망설였다.

아이코의 마음은 '샤론'에 가고 싶다는 쪽으로 기울고 있었지만, 와카바야시 가와 하나야기 가의 갈등, 그리고 아야노의 존재가 '알았다'는 메시지를 전할 답장 메일을 두드리는 손가락 끝을 주저하게 했다.

가만히 생각해보니 슈에게서 이런 메일이 온 것도 수술이 성공했기 때문이고, 휴대전화로 보낸 메일이라는 것에서 추측하면 아직도 슈는 병실에서 아야노를 돌보고 있음이 틀림없다는 것이 아이코의 심정을 복잡하게 했다. 위험한 상황에서 두 번이나 도와준 은인으로서 만나면 된다는 생각과, 자신의 마음속에서 은인에 대한 것과는 다른 감정이 있다는 사실이 팽팽하게 신경전을 벌이고 있었다.

아이코는 컴퓨터 화면을 뚫어져라 보며 두 목소리에 귀를 기울였다. 그때 갑자기 아이코의 뇌리에 백조가 날갯짓하듯 하얀 모시 재킷을 펄럭이면서 공중으로 날아오르는 소년의 풍선을 잡으려고 점프하는 슈의 모습이 되살아났다.

아이코의 손가락 끝은 무의식적으로 키보드를 두드리고 있었다.

내일, 5시에 '샤론'이죠? 알았어요. 아이코

보내기 버튼을 클릭한 아이코의 온몸은 긴장 탓인지 갓 목욕을 마친 것처럼 뜨겁게 달아올라 있었다.

갈증을 풀기 위해 아이코는 아래층으로 내려갔다.

"아이코."

냉장고에서 페트병에 담긴 미네랄워터를 꺼냈을 때 시즈에가 등 뒤에서 불렀다. 아이코는 돌아보면서 또 잔소리를 듣겠구나 하고 몸을 경직시켰다.

"빨래를 욕실에 널어야 하니까 빨리 샤워해."

시즈에의 용무가 슈에 대한 것이 아니라 아이코는 안도하며 가슴을 쓸어내렸다. 시즈에의 마음이 바뀌어 다시 설교를 시작하기 전에 아이코는 고개를 끄덕이고 서둘러 욕실로 갔다.

그러나 아이코는 몰랐다.

시즈에가 아이코에게 와카바야시 가의 아들과 사귀는 문제에 대해 더 캐묻지 않고 샤워부터 하라고 재촉한 것은 의심 가는 것이 있어서 2층으로 올라가 확인하고 싶은 게 있었기 때문이다. 그리고 그 의심이 현실이 되었을 때 어떤 일을 해야만 하는 시간이 필요했던 것이다.

8

저녁의 학원 거리는 커플들로 넘쳐났다.

아이코는 슈와의 약속 장소인 '샤론' 앞을 지나갔다. 아직 약속 시간인 5시까지는 10분이나 남았다. 슈를 기다리고 있는 것으로 여겨지는 것이 싫었다. 아이코는 잡화점과 부티크를 아이쇼핑하면서 시간을 보냈다.

인생은 정말로 이상한 것이라고 생각한다. 설마 와카바야시 가 사람과 이렇게 몇 번이나 만나게 되리라고는 생각도 해보지 않았다.

이상한 걸로 치면 슈도 그랬다. 강인하면서 섬세하고, 활달하면서 그늘이 있다.

슈라는 청년과 만나고 있으면, 책으로 치면, 꼭 코미디 만화책과 순수문학책의 페이지를 번갈아 넘기고 있는 듯한…… 딱 그런 느낌에 휩싸인다. 슈에게는 누구에게도 밝힐 수 없는 비밀이 있는 듯한 느낌도 도무지 떨칠 수 없다. 남의 일에 간섭하길 좋아하지 않는 아이코에게 있어서 누군가를 이렇게 신경 쓰는 것은 처음이었고, 그 때문에 아이코는 당혹감을 느끼고 있었다.

아이코는 손목시계를 보았다. 정확히 5시였다. 아이코는 걸음을 옮기기 시작했다. 중간에 멈춰 서서 '샤론'의 이웃 건물인 미용실 유리에 비치는 자신의 얼굴과 머리 모양을 체크했다.

백년후愛

"내가 뭐 하는 거지?"

아이코는 자신이 겉모습에 신경 쓰고 있는 것에 동요했다. 몸속 깊이 들이마신 공기를 천천히 내뱉고 다시 걸음을 옮기기 시작했다.

'샤론'의 하얀 문을 열자 도어벨이 청명한 소리를 냈다.

아이코는 가게 안을 둘러보았다. 학생으로 보이는 커플이 두 쌍 정도 있을 뿐 슈는 보이지 않았다.

"어서 오세요. 혼자세요?"

아이코와 또래로 보이는 웨이트리스가 묻는다.

"네…… 아니요, 누가 올 거예요."

웨이트리스가 창가 카운터 석으로 뻗으려던 오른손을 플로어 중앙의 2인용 테이블로 돌렸다. 일부러 시간을 보내고 왔는데 아직도 안 오다니…… 하고 아이코의 마음속에 불만이 싹텄다.

아이코는 아이스밀크티를 주문하고 《인생−사랑=죽음》을 펼쳤다.

책을 가져오길 잘했다고 생각했다. 아무것도 하지 않고 있으면 슈가 오기를 이제나저제나 하며 기다리고 있는 것으로 보일까 봐 싫었던 것이다.

옛날, 대우주에는 '사랑'밖에 존재하지 않았습니다. 광대한 무한의 공간에서 유일한 존재로 존재했습니다.

그러나 '사랑'은 누군가에게 위로의 말을 건네지도, 사랑스런 눈빛을 보내지도, 구원의 손길을 뻗지도 않았습니다.

'사랑'은 이름뿐이고 매정한 존재였을까요?

아니요, '사랑'은 그 이름대로 넘치는 깊은 애정으로 사람들을 도와주고, 아무 대가를 바라지 않는 정신으로 최선을 다했습니다.

보상을 기대하는 마음 따위는 티끌도 없이 오로지 주기만 했습니다.

그럼 왜 '사랑'은 그렇게 하지 않은 걸까요? 그렇게 하지 않은 것이 아니라 할 수 없었던 것입니다.

왜냐하면 누군가를 위로하고 싶어도, 사랑하고 싶어도, 구원하고 싶어도 '사랑' 외에 존재하는 사람이 없었기 때문입니다.

슈에게 보여줄 목적으로 책을 읽기 시작한 아이코였지만 의표를 찌르는 이야기의 전개에 필자가 그려내는 세계관에 깊숙이 빨려 들어가 웨이트리스가 아이스밀크티를 가지고 온 것도 몰랐다.

독자 여러분에게 묻습니다.

몸무게가 100킬로그램인 사람이 무겁다고 생각합니까? 아니면 가볍다고 생각합니까?

열 명에게 물어보면 필시 열 명 모두 무겁다고 말하겠죠?

여기서 잠깐 생각해봅시다.

전 세계 유일한 생존자가 100킬로그램이라고 하면 무엇을 기준으로 무겁다고 할 수 있을까요?

만약 전 세계 인구가 두 명이라고 하고 다른 한 명이 200킬로그램이라면 100킬로그램은 가벼운 사람이 될 테고, 50킬로그램이라면 무거운 사람이 됩니다.

그렇습니다. '가볍다'가 있으니까 '무겁다'고 인식하듯이 '뜨겁다'가 있으니까 '차갑다'고 느낄 수 있고, '슬프다'가 있으니까 '유쾌하다'는 감정을 알 수 있는 것입니다.

즉, 이 세상의 모든 것은 대극적인 위치관계에 있는 존재에 의해서만 입증되는 맞거울질입니다.

더 자세히 말해서 '정의'가 존재하기 위해서는 '악'이 필요하다는 이야기가 되고, 바꿔 말하면 '정의'가 존재하니까 '악'이 생긴다고도 할 수 있습니다.

제가 이 장에서 전하고 싶은 것은 '죽는 것'은 '사는 것'과 같다……는 것입니다.

아이코는 눈앞에 놓인 아이스밀크티를 그제야 깨닫고 바싹 마른 목구멍을 적셨다.

이 '레이'라는 작가는 일관되게 '죽음'에 대해 이야기하고 있다고 아이코는 느꼈다. 그것도 서글플 정도로 차가운 시선으로 '죽음'이라는 것을 바라보고 있다고 생각했다. '죽는 것'과 '사는 것'은 같다는 식으로 잘라 말하는 것은 자신에게 들려주고자 하는 것인지, 또는 그렇게 생각할 수밖에 없다고 깨달은 것인지, 둘 중 하나밖에 없다고 아이코는 생각했다.

레이의 시선이라는 필터를 통과한 세상은 어떤 식으로 비칠까. 갑자기 그런 호기심이 일었다. 그 호기심은 레이의 나이는? 생김새는? 목소리의 느낌은? 결혼했을까? 따위의 소박한 궁금증으로 확대되었다.

아이코는 책을 덮고 문득 생각난 듯 손목시계를 보았다. 5시 45분. 벌써 약속 시간이 45분이나 지났다. 자기가 만나자고 해놓고 기다리게 하는 건 무슨 경우야? 하고 아이코의 마음속에 불쾌함이 치밀어 올랐다.

더 이상 책을 펼 마음도 생기지 않아서 아이코는 스트로로 글라스 안을 휘저었다. 딸랑딸랑 얼음이 부딪히는 기분 좋은 소리도 지금은 귀에 거슬리기만 한다. 다시 15분이 지났다. 먼저 와 있던 두 쌍의 손님이 차례차례 자리를 뜨고 가지고 놀던 얼음도 녹아버렸다.

아이코는 아야노가 갑자기 나빠진 걸까 하는 생각도 해봤다. 하지만 설령 그렇다 해도 연락 한 통 정도는 할 수 있을 것이다.

다시 15분이 지났을 때 아이코는 휴대전화를 들고 슈의 전화번호를 눌렀다. 액정 디스플레이에 뜨는 열한 자리의 번호를 응시하면서 통화 버튼 위에서 엄지가 머뭇거렸다.

전화를 걸 사람은 약속을 깬 슈 쪽이다. 하지만 이대로 연락이 안 되는 것도 서글프다.

백년후愛

아이코는 상반되는 감정 사이를 시계추처럼 왔다 갔다 했다.

"역시 무시당한 거야."

아이코가 투덜거리고 통화 버튼을 눌렀을 때였다.

"여보세요? 나야."

호출음이 울리기 전에 남자의 목소리가 수화구에서 흘러나왔다. 슈였다.

"도대체……"

"역시 이해할 수 없어."

"네……?"

"자신의 의사를 좀 더 밀어붙일 수 있는 사람이라 생각했어. 실망이야."

"잠깐만요, 무슨 소리를……"

"그럼, 끊어."

차가운 전자음이 아이코의 가슴을 찔렀다.

집에 돌아오는 길, 고막에서 리플레이되는 실망이야라는 슈의 목소리에 아이코의 발걸음은 병자처럼 무거웠다.

내가 그에게 뭘 어쨌다는 거지?

아이코는 몇 번이나 자문자답해보았다. 그러나 아무리 생각해도 짐작 가는 것은 없었다. 많은 사람과 스쳐 지나가고 차도 달리고 있었지만 아이코의 눈에는 아무것도 보이지 않았다. 상대가 슈가 아니라도 같은 상황에서 같은 말을 들었다면 자신은 우울했을 것이다. 슈가 특별한 사람이 아니라는 것을 자기 자신에게 인식시켜주고 싶었다.

"어? 너 아이코 맞지?"

갑자기 등 뒤에서 들려온 목소리에 아이코의 몸이 거부반응을 일으켰다.

아이코는 걸음을 빨리 했다.

그 걸음에 맞추듯 등 뒤의 발소리도 빨라졌다.

"잠깐만."

어깨를 잡힌 아이코는 뒤로 돌려세워졌다. 연갈색의 긴 스트레이트 머리에 크고 처진 눈동자의 소녀가 한쪽 입술 끝을 올렸다. 동안에 어울리지 않는 고집스런 미소였다.

소녀의 이름은 에리카라 하고 아이코와는 같은 학교 동급생이다.

에리카와는 생각이 맞지 않아 수시로 다퉜다. 아니 에리카가 아이코를 일방적으로 눈엣가시처럼 여기는 바람에 다툼의 원인은 늘 에리카 쪽이었다.

"내가 있는 걸 알고도 무시하거나 피하려고 하다니, 그럼 재미없다 너?"

에리카가 팔짱을 끼고 아이코를 내려다보면서 말했다. 아이코도

키는 작은 편이 아니지만 에리카는 170센티미터나 되었다.

"무시한 것도 피한 것도 아니야. 급한 볼일이 있었어."

"급한 볼일이라면 슈와 데이트?"

에리카의 옆에 선 이타미가 비실비실 웃으면서 말했다. 오늘은 늘 옆에 붙어 있던 가미오카는 없다.

"응? 오빠, 그게 정말이야!?"

에리카가 깜짝 놀란 듯 눈을 동그랗게 뜨고 느닷없이 괴상한 목소리로 물었다.

에리카와 이타미는 친남매다. 즉 그녀도 와카바야시 가의 먼 친척인 셈이다.

"나와 그는 그런 관계가 아니야."

"앞으론 절대 그녀한테 접근하지 마, 라고 했던가. 그땐 정말 기세등등하던걸?"

이타미가 슈의 목소리를 흉내 내며 증오에 찬 시선으로 아이코를 노려보았다. 슈에게 당한 것에 앙심을 품고 있는 게 틀림없다고 아이코는 생각했다.

"그게 무슨 말이야?"

에리카가 험악한 표정으로 이타미에게 물었다.

"아이코와 슈가 사귀어."

"거짓말이지!? 그게 말이 돼?"

에리카가 소리를 지르자 지나가던 사람 몇 명이 걸음을 멈췄다.

"거짓말 아냐. 요전에 나와 가미오카가 아이코를 잠깐 괴롭히고 있었더니 슈란 새끼가 핏대를 세우더라고."

그때 일을 떠올린 이타미는 굴욕감에 입술을 바들바들 떨었다.

"슈 오빠가 왜 하나야기 가의 여자랑 사귀는데!"

에리카가 호기심과 경악의 시선을 보내는 구경꾼들의 존재 따위는 눈에 들어오지 않는다는 듯 히스테릭하게 소리 질렀다.

대대로 이어져 내려오는 와카바야시 가와 하나야기 가의 원한 관계. 에리카의 분노가 그 때문만은 아니라는 것을 아이코는 느꼈다.

"글쎄. 나도 궁금해."

이타미가 에리카를 부추기듯 말했다. 필시 이타미는 여동생의 슈에 대한 마음을 알고 불을 지르려고 하는 게 틀림없었다.

"이번엔 어떤 수를 쓴 거야!? 정말이지 여우같은 년이네. 부끄러운 줄 알아!"

아이코는 에리카가 퍼붓는 모욕적인 말에 이끌리듯 기억의 문을 열었다.

─ 요스케에게 어떻게 접근한 거야!? 옛날부터 하나야기 가의 여자들은 남의 것을 훔치는 게 특기인 여우같은 년들뿐이었어.

1년 전에도 아이코는 에리카에게 지금과 똑같이 매도되었다. 그때는 어릴 때부터 친하고 학급 반장을 하고 있는 요스케의 어떤 행동이 원인이었다.

─ 하나야기, 나랑 같이 병원에 가지 않을래?

아침 학급회의 시간에 요스케의 발언에 교실 안이 술렁였다. 당시 아이코 반의 담임선생님이 간질환으로 병원에 입원해 있었다. 반장인 요스케가 앞장서서 담임선생님을 병문안하러 가게 되었다.

하지만 떼 지어 몰려갈 수도 없는 노릇이라 남학생과 여학생 대표를 한 사람씩 정해 병문안을 가기로 했는데, 모두가 술렁인 것은 요스케가 에리카가 아니라 아이코를 지명했기 때문이다. 그도 그럴 것이 에리카는 부반장을 하고 있었고, 보통은 그녀가 여학생의 대표로 병원에 가는 것이 당연했기 때문이다.

그런데 에리카가 화난 것은 부반장으로서의 자존심에 상처를 받았기 때문이 아니었다. 그녀는 요스케를 마음에 두고 있었다.

요스케는 전교에서도 늘 3등 안에 들 정도로 공부를 잘했고, 스포츠도 만능이었다. 배려심도 깊고 추진력도 강하고, 반장 투표에서는 학생들 대부분이 그를 지지했다. 여학생 팬도 많았고, 에리카도 그중 한 명이었다.

— 요스케. 부반장인 내가 아니라 왜 하나야기지?

에리카의 질문에 학생들이 동조하는 분위기였다.

— 입원 생활은 지루하잖아? 요코야마 선생님은 독서광이라 책을 몇 권 가져다 드리려고 생각했어. 하나야기는 너희들도 알다시피 책벌레이니까. 게다가 침대 위에서 시간을 죽이는 방법은 누구보다 잘 알고.

어렸을 때부터 친구인 요스케는 아이코가 천식으로 고생했던 것을 알고 있다.

《작은 아씨들》과 《이상한 나라의 앨리스》 등, 부득이하게 재택요양을 하고 있는 아이코가 좋아할 만한 책들을 도서관에서 빌려다 주기도 했다.

— 요스케, 어렸을 때부터 친하다고 해서 하나야기를 편드는 거야?

에리카의 발언에 교실 안의 공기가 얼어붙었다. 확실히 요스케는 아이코에게 마음이 끌리고 있었다. 하지만 개인적인 감정으로 공적인 문제를 결정하는 남자는 아니었다. 그렇기 때문에 아이코도 이성이긴 해도 오랫동안 요스케와의 '우정'을 이어올 수 있었다.

— 에리카. 네가 만약 아이코 이상으로 책벌레였다면 난 부반장인 너한테 당연히 병문안을 같이 가자고 했을 거야. 그 이상은 없어.

요스케의 단순명쾌한 대답에 에리카는 아무 말도 하지 못하고 그저 입술만 깨물고 있을 수밖에 없었다. 그날 방과 후 아이코는 에리카에게 불려나가 '여우'로 매도되었던 것이다.

"처음엔 요스케더니 이번엔 슈 오빠를 꼬실 생각이니?"

"그만 좀 해!"

아이코는 전에 없이 강한 어조로 말했다. 슈에게서 실망했다는 말을 들은 것이 아이코를 난폭하게 만들었다.

"역시, 피는 속일 수 없구나. 네 할머니도, 엄마도, 모두 그런 식으로 남자에게 추파를 던졌지?"

무의식적으로 아이코의 오른손이 날아갔다. 날카로운 비명소리

가 울려 퍼지고 에리카가 두세 걸음 뒤로 물러났다. 뛰어가는 아이코를 두 사람이 쫓아오는 기색은 없었다.

집 근처에서 아이코는 걸음을 멈췄다. 저리는 오른 주먹을 무심코 쳐다봤다. 이제야 후회가 밀려왔다.

슈를 만난 이후로 아이코의 마음속에서는 모든 톱니바퀴가 어긋나버렸다. 아버지나 언니에게 반항적인 태도를 보이기도 하고, 반 친구의 따귀를 때리기도 하고…… 이전의 아이코였다면 상상도 못할 행동뿐이었다. 지금까지는 단조롭지만 평온한 생활이었다. 이렇게 마음이 시끄러운 적은 한 번도 없었다.

와카바야시 가와 하나야기 가의 인연이 그렇게 만들어버린 걸까?

아이코는 그런 생각까지 하며 자기혐오에 빠졌다.

"세상이 끝난 것 같은 표정을 하고, 무슨 일 있어?"

아이코는 오른 주먹에서 시선을 떼고 얼굴을 들었다. 요스케가 걱정스런 눈빛으로 아이코를 보고 있었다.

"너야말로 무슨 일 있니?"

"아니 아무것도 아니지만……."

요스케가 말끝을 흐렸다.

"아무것도 아니지만?"

아이코가 요스케의 말을 그대로 따라하며 물었다.

"나도 잘 모르겠는데 뭔가 찜찜해."

— 아이코, 왜 울고 있니?

일곱 살 때쯤 천식으로 학교를 쉬는 일이 많았던 아이코의 '친구'는 이웃집에서 키우는 시바이누柴犬(일본의 천연 기념물로 진돗개보다 체구가 조금 작은 개-옮긴이)인 곤스케였다.

곤스케는 주인 외의 다른 사람은 따르지 않는 것으로 유명한 개였다. 그러나 아이코만은 희한하게 잘 따랐다. 파자마 차림으로 방에서 몰래 빠져나간 아이코를 보면 조심스러워하면서도 꼬리를 흔들며 환영의 뜻을 나타냈다.

밤중에 기침이 멎지 않아 괴로웠던 일, 운동회 연습에 참가하고 싶었던 것, 수영장에서 마음껏 헤엄치고 싶었던 것…… 등등 곤스케와는 많은 이야기를 나눴다. 아이코는 곤스케와 이야기를 나눌 때만 고독을 느끼지 않을 수 있었다.

어느 날 여느 때처럼 곤스케를 만나러 간 아이코가 본 것은 부서진 개집과 땅바닥에 나뒹굴고 있는 개 줄이었다.

곤스케가 죽었다.

'친구'를 잃은 아이코는 어쩔 줄을 모르고 그 자리에 서 있을 수밖에 없었다.

— 곤스케가 죽었어.

울먹이는 아이코 옆에서 요스케는 그저 잠자코 있을 뿐이었다.

옛날부터 요스케는 아이코가 슬퍼하고 있을 때 늘 옆에 있어주었다.

"미안."

아이코는 잠긴 목소리로 요스케에게 사과했다.

"응……? 왜 네가 미안해?"

요스케가 어리둥절한 표정으로 말했다.

"으응, 아냐. 고마워. 이만 갈게."

아이코는 요스케에게서 시선을 돌리고 도망치듯 집으로 뛰어 들어갔다. 이 이상 요스케를 보고 있다간 눈물이 쏟아질 것 같았기 때문이다.

자기 방에 돌아온 아이코는 바로 컴퓨터 앞에 앉았다. 아이코는 슈에게서 온 메일에 커서를 가져가 삭제 버튼을 눌렀다.

컴퓨터 앞에서 일어나려던 아이코는 무언가 생각난 듯 삭제 페이지를 열었다. 만에 하나라도 언니가 볼 수 없도록 완전히 삭제해둘 필요가 있었다. 삭제 버튼을 누르려던 아이코의 손가락 끝이 허공에서 멈췄다. 슈에게 보낸 송신이력에 낯선 메일이 있었다.

아이코는 주저하며 메일을 열었다.

와카바야시 슈 님

내일은 역시 만날 수 없을 것 같네요.

내가 하나야기 가 사람인 이상 와카바야시 가 사람과 사귈 수는 없습니다.

앞으로 절대 연락하지 말아주세요.

하나야기 아이코

아이코는 자신의 눈을 의심했다. 다시 한 번 메일을 읽어보았다.

"이게…… 뭐지?"

마우스에 놓인 아이코의 손가락 끝이 떨렸다.

―자신의 의사를 좀 더 밀어붙일 수 있는 사람이라 생각했어. 실망이야.

슈의 목소리가 뇌리에 또렷이 되살아났다.

"내가 아니야……. 내가 아니라고."

모니터를 망연히 쳐다보면서 아이코는 잠긴 목소리로 중얼거렸다. 한 여자의 얼굴이 떠올랐다.

9

학교 가는 차림으로 아이코는 멀리서 와카바야시 가의 대문을 보며 서성이고 있었다. 이틀 전에도 슈에게 감사를 전하려고 똑같은 행동을 했다. 그때와 다른 것은 학교에서 일단 돌아온 다음이었던 것에 비해 오늘은 등교 전이라는 것이었다. 등교 전이라는 것이 오전 7시 30분이라는 단순한 시간이 아니라 수업의 참가 여부를 말하는 것이라면 그것은 올바른 표현이 아니었다. 왜냐하면 아이코는 학교에 갈 마음이 없었기 때문이다.

근처 뜰에 핀 양귀비의 선명한 붉은색도 아이코에게는 아무 감흥을 주지 못하고, 산울타리에 오도카니 앉아 있는 멧새의 변화무쌍한 지저귐도 아이코의 마음을 어루만져주지 못했다. 주택가에서 회사로, 또는 학교로 향하는 사람들은 조심스러운 아침햇살에 안겨 있기라도 한 듯 온화한 표정을 짓고 있었지만 아이코의 주위만은 색이 바래 쓸쓸하게 보였다.

대문 너머에 오토바이가 서 있었다. 슈가 아이코를 바다로 데리고 갔을 때의 오토바이였다.

―자신의 의사를 좀 더 밀어붙일 수 있는 사람이라 생각했어. 실망이야.

어제 약속 장소에 슈는 나타나지 않았다.

자기가 만나자고 해놓고……. 화가 치민 아이코에게 전화를 건 슈의 입에서 나온 말은 믿을 수 없는 것이었다.

—앞으로 절대 연락하지 말아주세요.

석연치 않은 마음으로 집에 돌아온 아이코가 본 컴퓨터의 삭제 페이지에는 전혀 짚이는 데가 없는 문장이 들어 있었다.

그 메일을 봤을 때 아이코는 슈가 왜 전화를 걸어 그런 말을 했는지 이해했다. 만약 반대 입장에서 아이코가 똑같은 메일을 보았더라도 역시 슈와 같은 말을 했을 것이다.

아이코는 자신을 빙자한 사람을 짐작하고 있었다. 범인을 추측하는 것은 그렇게 어려운 일이 아니었다. 설마 외부에서 누군가가 몰래 들어왔을 리는 없을 테고, 방에 있는 컴퓨터를 조작할 가능성이 있는 사람은 두 사람뿐인 데다 그중 한 사람은 완벽한 기계치였다. 아이코는 설마 하는 마음 한편으로 역시 하고 납득하는 마음도 있었다.

그때 아이코의 시야에 에리카가 들어왔다.

"어라, 너 여기서 뭐 하는 거야?"

에리카가 아이코에게 다가와 적의를 감추려고도 하지 않고 험악한 시선을 보냈다.

"응…… 아니, 잠깐……."

아이코는 횡설수설했다. 이러는 것이 에리카에게 공격할 틈을 준다는 것은 알고 있었지만 진실을 말할 수는 없었다.

"설마 슈 오빠를 기다리고 있는 거야?"

에리카가 아이코의 마음을 꿰뚫어보듯 말했다.

"아니야. 학교에 가는 길이었어."

"너희 집이 이쪽 방향이 아니……."

에리카가 입을 다물고 뒤를 돌아보았다. 현관문이 열리고 슈가 오토바이로 향했다. 아이코가 그 자리를 떠야 할지 고민할 틈도 없이 슈가 두 사람의 존재를 알아챘다.

"저기……."

아이코 쪽을 흘긋 보았지만 슈는 모른 척하며 오토바이를 밀면서 대문으로 나왔다.

"슈 오빠, 어디 가?"

"학원 도로."

"그럼 학교 방향이네? 나 좀 태워줘."

아이코는 에리카의 적극성이 믿을 수 없었다.

"그래, 오늘만이야."

"야호!"

에리카가 신이 나서 오토바이 뒤에 올라탔다.

아이코는 심장이 쥐어뜯기는 듯한 고통을 느꼈다.

배기음의 울림과 함께 에리카의 등이 작아졌다. 멀어지는 오토바이를 멍하니 보고 있는 아이코의 어깨를 누군가가 두드렸다. 놀라서 뒤를 돌아보니 그곳에는 요스케가 서 있었다.

"날 스토킹하는 거니?"

아이코는 조금 마음을 놓으며 농담 반 진담 반의 말투로 요스케에게 말했다.

"서두르지 않으면 지각이야."

"너 먼저 가."

"넌, 어쩌고?"

"오늘은 학교 안 가."

아이코는 요스케의 잔소리를 각오하고 말했다. 모범생의 표본인 요스케가 불성실한 모습을 싫어한다는 것을 아이코는 알고 있었다.

"그래? 그럼 나도 안 갈래. 네가 좋아하는 케이크라도 먹으러 갈까?"

요스케의 말에 아이코는 귀를 의심했다. 아이코가 놀란 것은 그가 케이크를 먹고 싶다는 것이 아니라 학교를 가지 않겠다고 말한 것이었다.

요스케의 성실함은 고등학교 1학년 문화제 때 학급 반장으로서의 책임감 때문에 39도의 고열에도 등교하여 담임선생님의 집에 돌아가라는 말에도 따르지 않고, 다른 학생들에게 옮기면 어떡할 거냐는 아이코의 말에 겨우 조퇴할 정도로 유명하다.

"요스케, 뭐 잘못 먹었니?"

"무슨 소리야? 나도 가끔은 숨을 돌리고 싶을 때가 있다고. 너도 알지? 중학교 2학년 2학기 때 일주일 동안 학교를 쉰 적이 있

었잖아?"

요스케가 기억하고 있는 게 당연하다는 표정으로 4년 전 일을 말했다. 물론 아이코는 기억하고 있었다. 요스케가 일주일이나 결석하는 일은 이상사태라 해도 과언이 아니었다. 담임선생님이 요스케가 결석했다고 말했을 때 아이들이 웅성거리던 모습이 어제 일처럼 뇌리에 되살아났다.

"풍진에 걸렸던 거 아니었어!?"

"꾀병이었어."

시커멓고 늠름한 눈썹을 내려뜨리고 요스케가 개구쟁이 같은 표정으로 웃었다.

"꾀병?"

"응. 장소를 좀 옮기자."

요스케가 고개를 끄덕이고 아이코를 재촉하며 옆길로 걸음을 옮겼다.

통학로 한가운데에 서서 얘기를 나누는 두 사람은 학생들의 시선을 고스란히 받았다. 보금자리로 돌아가는 동물처럼 아무 망설임 없이 주택가 골목으로 들어선 요스케가 걸음을 멈춘 것은 느티나무 정원수들 앞이었다.

"아, 여기……."

정원수들 틈새로 몸을 옆으로 돌려 미끄러져 들어가는 요스케의 모습에서 아이코는 슈를 떠올렸다.

— 놀랐지? 내가 어렸을 때부터 있던 공원이야. 침대를 빠져나와 종종 놀러 왔었지.

공원 안을 내려다보듯 한가운데에 서 있는 천사 동상이, 그리운 듯 흐뭇한 표정으로 바라보던 슈의 옆모습을 떠올리게 했다. 병치레가 잦았던 어렸을 때 슈는 이 공원에 타임캡슐을 묻었다고 했다.

난 어른이 되면 우리나라 전국 곳곳을 달리는 사람이 되고 싶다.

13년 만에 타임캡슐에서 꺼낸 장래의 꿈을 적은 편지를 부끄러운 표정으로 바라보는 슈에게서 어렸을 때의 그를 보는 듯한 느낌을 받았었다.

"학교에 가지 않은 일주일 동안 난 매일 몇 시간씩 여기에 앉아서 저 천사를 보고 있었어."

요스케는 동상 정면에 있는 벤치에 앉으면서 혼잣말하듯 말했다.

"어…… 풍진이 아니었어?"

아이코는 요스케의 옆에 앉으면서 물었다.

"그건 거짓말이었어."

"거짓말!? 그게 무슨 말이야?"

스스로도 꼴사나울 정도로 아이코는 괴상한 소리를 질렀다.

"응. 풍진에 걸린 게 아니었어. 난 건강했어. 하지만 마음은 아팠지."

아이코는 요스케가 무슨 말을 하는지 얼른 이해가 되지 않았다.

백년후 愛

동시에 속고 있는 건 아닌지 의심이 가기도 했다. 그게 날라리 학생의 말이라면 놀랄 것도 없겠지만 정직하고 성실한 가정에서 태어난 요스케가 학교를 땡땡이쳤다면 이야기가 다르다.

"내가 꾀병을 핑계 댄 것은 너 때문이었어."

"나 때문이라고?"

아이코는 검지로 자신의 코를 가리키며 몸을 앞으로 내밀었다. 요스케가 꾀병을 핑계로 학교를 쉴 정도로 '기적'과 같은 일을 일으킬 만한 원인이 자신에게 있으리라고는 도저히 생각할 수 없었다.

"순스케 알지?"

"순스케라면 그 다테야마 순스케?"

요스케가 고개를 끄덕이고 아이코의 눈동자를 들여다보듯 가만히 응시했다.

"기억나지?"

"그래, 기억나. 꽤 인상적인 아이였으니까."

다테야마 순스케는 중학교 3년 동안 같은 반이었던 남학생으로 반에서 제일 익살맞고 인기가 많은 애였다. 고민 따위는 없는 것처럼 보일 정도로 밝은 아이였던 그는 점심시간이나 자습시간에 담임선생님이나 개그맨 흉내를 내며 종종 아이들을 웃겨주었다.

아이코는 그런 순스케에게 호감을 갖고 있었다. 하지만 그것은 연애 감정 같은 것이 아니라 굳이 말하자면 친밀감과 비슷했다.

"네가 그 애 집에 병문안 간 적 있지?"

"내가 그 애 집에?"

아이코는 기억을 더듬어 요스케가 말하는 것이 사실인지 생각해보았다.

"그러고 보니 그런 것도 같네. 하지만 잘 기억 안 나."

"그럼 기억해봐. 꽤 인상적인 일이었으니까."

요스케가 방금 전 아이코의 말투를 흉내 내며 장난스럽게 말했다. 하지만 그의 눈동자는 웃고 있지 않았다.

"근데, 그게 왜?"

"애들 사이에 전부 소문이 났어. 너랑 순스케가 사귀는 거 아니냐고."

아이코는 요스케가 왜 갑자기 순스케의 이름을 꺼냈는지 알 것 같았다. 아이코가 순스케의 병문안을 간 것에는 이유가 있었다. 순스케가 학교를 쉬기 전날 방과 후에 사소한 사건이 있었다.

그날 일단 학교를 나온 아이코는 다음 날 제출해야 되는 과제물을 잊고 나온 것을 알고 교실로 돌아갔다. 교실에서는 순스케가 별나게 침울한 표정으로 혼자 의자에 멍청히 앉아 있었다. 그는 늘 익살스러운 장난꾸러기 같은 표정을 거두고 지금까지는 볼 수 없었던 어두운 눈동자로 멍하니 칠판을 바라보고 있었다.

—자, 하스다 선생님 앙코르.

아이코는 가벼운 마음으로 순스케의 십팔번인 담임선생님 흉내를 청했다. 남을 웃기는 것을 삶의 보람으로 삼고 있는 이 소년은

누군가로부터 요청이 들어오면 싫은 표정을 한 번도 짓지 않고 들어주었다. 그러나 이날은 달랐다.

— 그만해!

순스케는 안색을 바꾸며 소리쳤다. 아이코는 순스케의 의외의 반응에 할 말을 잃고 자리에서 일어나 교실을 나가는 그의 뒷모습을 그저 바라보고 있을 수밖에 없었다.

나중에 순스케와 친한 아이에게 들은 이야기에 따르면 그의 집은 부모님의 이혼 이야기가 한창 오가고 있는 와중에 친권 문제로 다툼이 있었다고 한다. 친권 다툼도 서로 아이를 맡겠다는 것이 아니라 서로에게 아이를 미루는 것이었다. 아이에게 자신이 성가신 존재로 취급되는 것만큼 충격적인 일이 있을까?

하지만 아이코가 알고 있는 순스케에게서는 가정의 어두운 그림자를 한 번도 느낄 수 없었다. 뿐만 아니라 고민 따위는 전혀 없다고 해도 될 정도로 그의 얼굴에선 늘 웃음이 끊이지 않았고, 행동거지 또한 밝았다.

아이코는 담임선생님 흉내를 부탁한 자신의 행동에 죄책감을 느끼고, 왜 평소와는 다른 순스케를 보고 좀 더 일찍 알아채지 못했을까 하고 몹시 후회했다.

다음 날 교실에서 순스케는 볼 수 없었다. 아이코는 안절부절 못하며 수업이 끝나기만을 기다렸다가 그의 집으로 달려가 전날의 경솔한 언동을 사과했다.

그것이 요스케가 말하는 '그 애 집에 병문안 간 적 있지?'의 진상이었다.

"넌 어떻게 생각해?"

"뭘?"

"내가 순스케와 사귀었다고 생각해?"

"그건……."

요스케가 말끝을 흐렸다.

"그렇게 생각했으니까 꾀병을 핑계로 학교 쉰 거 아니야?"

요스케가 겸연쩍은 표정으로 고개를 끄덕였다.

"솔직히 아무 의욕이 없었어. 반에서 회의를 통해 대표자를 뽑아서 병문안을 갔으면 알았겠지만…… 그때 넌 개인적으로 간 거잖아?"

아이코는 요스케에게 사정을 설명할 생각이 없었다……기보다 설명해도 무의미하다고 생각했다. 그것은 요스케가 이해력이 부족하다든가, 그런 의미에서는 아니었다. 그가 구애받고 있는 문제가 4년 전의 병문안 건이 아니라 따로 있다는 것을 알고 있었기 때문이다.

"그래서 일주일 동안 무슨 생각을 했니?"

"난 너에게 어떤 존재인지에 대해서. 너에 대해서는 누구보다도 잘 알고, 나에 대해서도 네가 누구보다도 잘 안다는 자신감이 있었어. 하지만 그때 문득 생각했지. 알고 있다고 생각하지만 실은

아무것도 모르는 게 아니냐고. 아침 일찍부터 해질녘까지 그런 생각만 하고 있었지. 하지만 답은 찾을 수 없었어."

요스케가 먼 시선으로 천사 동상을 바라보았다.

아이코는 어떤 예감이 들었다.

"이 공원에 전에 온 적이 있었다고 했는데 그 슈라는 사람하고?"

느닷없이 요스케가 동상에서 아이코 쪽으로 시선을 옮기며 물었다. 빨개진 귓불이 요스케가 용기를 쥐어짜내 묻고 있다는 것을 증명했다.

"응. 요전에 이타미 애들한테 괴롭힘당할 때 그가 도와준 적이 있었지? 그에 대한 감사를 전하려고 집에 갔었어. 그런데 갑자기 따라오라고 해서……."

쓸데없는 말을 너무 많이 하고 있다고 아이코는 느꼈다.

"넌 상대가 누구라도 그렇게 따라갈 거야?"

"그럴 리가 없잖아!"

아이코는 모욕이라도 당한 듯 거친 말투로 부정했다.

"그럼 적어도 그는 너한테 기타 등등은 아니라는 거네?"

아이코는 요스케가 자신을 모욕하려고 한 말이 아니라는 것을 깨달았다.

"하고 싶은 말이 있으면 확실히 말해."

"그 사람보다 내가 부족한 게 도대체 뭐지?"

"뭐……?"

138
139

예측하고 있던 어떤 패턴과도 다른 질문에 아이코는 말을 잇지 못했다.

"연애가 시간이 아니라는 것쯤은 나도 알아. 하지만 납득하지 못하겠어. 집안의 반대를 무릅쓰면서까지 그런 경박한 남자를 왜 네가 좋아하는지."

"요스케, 맘대로 말하지 마. 내가 언제……."

"봤잖아? 그는 오토바이 뒤에 태워주는 사람이 네가 아니어도 된다고."

요스케가 아이코의 말을 자르고 한숨을 내쉬더니 살피는 듯한 시선을 던졌다.

"알고 있었어?"

아이코가 슈의 오토바이 뒤에 타고 후지사와 바다에 간 것을 말하고 있는 것이 틀림없었다. 그러나 그 장면을 요스케가 봤다고는 생각할 수 없었다.

"숙모님이 후지사와에 사서. 그 숙모님한테 너랑 꼭 닮은 여자애를 봤다는 말을 들었을 때는 신경도 쓰지 않았어. 그런데 그 여자애를 태우고 있는 사람이 와카바야시 가의 아들이라니까……. 난 하나야기 가 사람은 아니지만, 어렸을 때부터 너희 집에도 자주 들락거려서 와카바야시 가와의 관계는 좀 알아. 그래서 요전에 너랑 그가 함께 있는 것을 봤을 때는 솔직히 믿을 수 없었어. 너한테 말을 걸기 전까진 다른 사람과 착각한 것이라고 생각했어. 아이

코, 난 안 되겠니?"

아이코는 진지하고 성실한 소꿉친구에게 해줄 말을 찾을 수가 없었다. 그리고 대조적으로 자신은 왜 이리도 무책임하고 남의 비위를 잘 맞춰주는지 혐오스럽기조차 했다.

"나한텐 태어나기 전부터 평생을 함께할 운명의 공주님이 있어. 공주님이 제비처럼 넓은 하늘을 날고 싶다면 난 평생을 바람을 가르는 날개로 살 거야. 공주님이 도라지처럼 들판을 아름답게 수놓고 싶다면 난 평생을 연보랏빛 꽃잎으로 살 거야. 공주님이 눈처럼 덧없고도 아름답게 대지를 순백으로 물들이고 싶다면 난 평생을 찰나의 결정으로 살겠어."

갑자기 요스케는 《백년 연인》의 쇼이치가 하루에게 사랑을 고백하는 장면의 대사를 인용했다. 쇼이치를 슈, 하루를 아이코로 바꿔놓고 자신의 사랑을 전하고 있다는 것은 금방 알 수 있었다.

아이코는 《백년 연인》을 요스케가 읽었다는 사실에 놀랐다. 작열하는 햇볕을 쬐듯 가슴속이 뜨거워지고, 심장 박동은 갓난아기의 존엄한 탄생을 알리는 우렁찬 고동소리에 결코 뒤지지 않을 정도로 힘차게 가슴벽을 두드렸다.

"쇼이치는 하루의, 그는 너의 태양이고 빛일지도 몰라. 하지만 나라면 너의 달이, 그리고 그림자가 되겠어."

요스케답다고 아이코는 생각했다.

달빛에는 태양과 같은 강렬함이 없다. 그림자에는 빛과 같은 눈부심이 없다. 그러나 달빛은 조용하게 지켜보고, 그림자는 늘 곁에 있어준다.

요스케도 그랬다.

옛날부터 아이코에게는 어떤 요구도 하지 않았고, 물론 강요도 없었다. 아버지의 무릎 정도 오는 키일 때부터 늘 수동적인 자세로 아이코를 대해주었다. 그렇기 때문에 마음을 전부 털어놓은 요스케에게 아이코는 슈 때와는 다른 종류의 당혹감을 느꼈다.

"미안, 내가 나도 모르게 너한테 상처를 줬나봐. 그냥 편해서 그랬던 건데."

"아이코, 나랑 사귀자."

요스케가 아이코에게 깊은 눈빛을 보내며 말했다.

마치 친오빠한테 고백을 들은 듯한, 그런 복잡한 기분이었다. 아이코는 요스케를 연모하고 있었다. 하지만 그 감정은 《백년 연인》에서 예를 들면 하루가 시게루를 생각하는 마음과 매우 흡사했다.

"요스케, 오해하지 마. 지금 이대로는 안 되겠니?"

이 한마디가 요스케에게 얼마나 잔혹한 말인지는 알고 있었다. 알고 있었지만 애매한 태도가 쓸데없이 요스케를 괴롭히는 결과를 낳는 것보단 낫다.

"그에게 고백을 들어도 같은 말을 할 거니? 죽 친구로 지내자고?"

"요스케, 너 뭔가 오해하고 있어. 난 그를 그렇게 생각하지 않아."

"그럼……."

뭔가 말하려던 요스케가 아이코의 등 뒤로 시선을 옮기고 험악한 표정을 지었다. 뒤를 돌아본 아이코의 시선 끝에는 좀 전에 에리카를 오토바이에 태워 학교에 데려다준 슈가 놀란 표정으로 서 있었다.

"뭐야, 선약이 있었던 거야? 데이트를 방해하면 안 되니 물러가야겠군."

"장난삼아 열심히 살고 있는 사람을 희롱하지 말아요."

요스케가 던진 말에 공원에서 나가려던 슈의 걸음이 멈췄다.

"누가 열심히 살고 있는 사람을 희롱한다는 거지?"

슈의 목소리는 지금까지 초연하던 것과는 달리 딱딱하게 굳어 있었다.

"당신이 꼭 그렇잖아요?"

슈가 목소리와 마찬가지로 딱딱하게 굳은 표정으로 발길을 돌려 자리에서 일어난 아이코의 허리를 끌어안았다.

"장난삼아 하는 것은 이런 걸 말하는 거야."

후지사와의 바다에서 있었던 일을 재현하듯이 슈의 입술이 아이코의 입술을 덮었다.

"뭐 하는 짓이에요!"

아이코의 오른손이 슈의 뺨을 때리려고 하는 순간 슈의 얼굴이 눈앞에서 사라졌다.

"아이코를 모욕하는 놈은 용서할 수 없어."

주먹을 움켜쥔 요스케가 씩씩거리며 말했다.

"평생, 사랑 놀음이나 할 놈이군."

입술 끝에서 턱을 타고 흘러내리는 새빨간 액체를 손등으로 닦아내면서 일어선 슈가 깜짝 놀랄 정도로 차가운 시선을 남기고 공원을 뒤로 했다.

후지사와 때와는 달리 아이코의 마음은 입술의 감촉보다도 혹한의 호수처럼 싸늘한 슈의 눈동자에 점령되어 있었다.

10

아이코는 손목시계를 보며 집으로 천천히 걸었다.

오후 5시 5분. 6교시까지 수업을 마치고 곧장 돌아왔다는 말에 부자연스럽지 않은 시간까지 아이코는 공원에 혼자 있었다.

— 아이코. 두 번 다시 저런 놈은 만나지 않겠다고 약속해줘.

느닷없이 아이코의 입술을 빼앗은 슈를 때린 요스케는 후회의 눈물이라고도 분노의 표시라고도 단정할 수 없는 붉게 충혈된 눈으로 호소했다.

— 미안하지만 혼자 있게 해줘.

아이코는 젖은 눈동자를 발끝으로 떨어뜨리고 혼잣말처럼 중얼거렸다.

— 왠지, 내가 꼭 잘못한 것 같네.

요스케는 쓸쓸하게 중얼거리고 아이코를 두고 공원을 나섰다. 물론 아이코에게 굴욕을 준 슈를 응징한 요스케가 나쁘다는 것은 아니었다. 요스케가 그렇게 하지 않았다면 아이코가 슈의 뺨을 때렸을 것이다.

하지만 아이코는 후지사와 해안에서 같은 일을 당했을 때와는 달리 슈의 행위에서 굴욕을 느끼지는 않았다.

— 누가 열심히 살고 있는 사람을 희롱한다는 거지?

그때의 딱딱하게 굳은 슈의 표정과 혹한의 호수처럼 싸늘하고 암울한 눈동자가 뇌리에 새겨진 채 떠나지 않았다. 입맞춤에서도, 첫 번째의 가벼운 느낌과는 달리 어딘가 무책임하고, 그러면서도 절박한 인상을 받았다.

슈가 공원에 들어온 것도 우연인지 아이코와 요스케를 본 순간 놀라는 표정이었다.

증오의 말을 들은 것도, 그런 취급을 받은 것도, 요스케와 말싸움을 하는 와중에 오고 가는 것들일 뿐이다.

슈는 어렸을 때 타임캡슐을 묻은 추억의 공원에 무슨 일로 온 걸까?

이런저런 생각을 하다보니 어느새 집에 도착해 있었다.

문을 열자 전에 몇 번이나 조우한 상황이…… 시즈에가 허리에 양손을 대고 떡 버티고 서 있었다. 아이코는 겁을 먹지는 않았다. 시즈에가 오늘 공원에서 있었던 일을 알 리가 없고, 학교를 가지 않은 것도 마찬가지다.

"다녀왔습니다."

아이코는 태연을 가장하며 말했다.

"잠깐만."

시즈에가 복도로 올라가려는 아이코의 손목을, 그 가는 팔에서 나오는 것이라고는 상상도 할 수 없는 엄청난 힘으로 잡았다.

"왜?"

백년후 愛

"너, 학교는 어떻게 된 거야?"

"어…… 어떻게 된 거냐니?"

"땡땡이 좀 그만 쳐!"

오감을 긁어대는 듯한 시즈에의 성난 목소리에 겹치듯 휴대전화의 착신 멜로디가 울었다.

아이코는 시즈에가 볼 수 없도록 휴대전화 폴더를 반쯤 열었다. 액정 화면에 떠 있는 슈라는 글자.

"친구한테 온 거야…… 잠깐만."

자신이 동요하고 있는 것을 눈치 채지 못하도록 아이코는 천천히 밖으로 나왔다.

현관에서 떨어져 자기 방 바로 아래 근처…… 처음 슈와 만났던 곳까지 이동해서 통화 버튼을 눌렀다.

"여보세요?"

"아, 나…… 슈야. 아까는, 그게, 뭐랄까, 어쨌든 그런 짓 해서 미안해."

전화기 너머의 슈는 퉁명스러웠다. 그러나 아이코는 슈가 그러는 것이 부끄럽기 때문이란 걸 알고 있었다.

"으응, 요스케에게 펀치를 한 방 먹었으니 비긴 걸로 하죠 뭐."

아이코는 익살스런 말투로 말했다.

"그럼, 용서해주는 거야?"

"이번까지만. 다음에 또 그런 짓을 하면 요스케보다도 몇 배는 더 엄청난 내 주먹을 맛보게 될 테니까요. 참는 것도 한계가 있어요."

"두 번 있었던 일은 세 번도 있게 마련이야."

"흥, 정말로 내 메가톤 펀치를 맛봐야지 덤비지 않겠네."

"거짓말, 거짓말, 농담이야."

잠시 침묵이 흐른 뒤 두 사람은 마치 얼굴이 보이기라도 하는 듯 동시에 소리 높여 웃었다. 그때까지 색이 바랜 듯 보이던 벚나무 가로수가 갑자기 선명해진 것 같은 느낌이 들었다.

아이코는 슈와 이렇게 유쾌한 대화를 나누는 것이 실로 오랜만인 것 같았다. 그리고 갑자기 아이코의 마음속에 확신 같은 감정이 끓어올랐다. 그것은 예를 들면 종자에서 싹을 틔운 새싹처럼 어제까지는 아무 조짐도 없다가 오늘에 이르러 대지에서 얼굴을 내민 것과 같았다.

생각해보니 지금까지 누군가를 이렇게 걱정한 적이 없는데, 그 감정이야말로 사랑의 전조였던 것은 아닐까?

"요전에 만나기로 했던 것 말인데요, 그 메일을 보낸 것은 내가 아니에요."

"뭐? 그럼 도대체 누가?"

"실은……."

진실을 말하려는 순간, 아이코의 오른손에서 휴대전화가 사라졌다.

"이제 두 번 다시 아이코랑 만나지 말아요!"

시즈에는 눈초리를 곧추세우고 슈에게 쳇소리를 퍼붓더니 휴대 전화의 전원을 껐다.

"너 아직도 그 남자랑 사귀고 있었던 거야!"

시즈에의 귀신같은 형상에 아이코의 심장은 멎을 뻔했다.

"언니, 내가 말한 대로죠?"

시즈에의 등 뒤로 시선을 옮긴 아이코는 다시 한 번 소스라치게 놀랐다.

"어떻게 네가 여기에?"

파충류를 방불케 하는 얇은 입술 끝을 올리고 있는 에리카의 모습에 아이코는 눈을 의심했다.

"에리카 얘가 네가 학교에 안 간 것과 오늘 아침 와카바야시 가 앞에서 무슨 일이 있었는지 알려줬어."

시즈에의 말을 듣고 모든 것을 납득할 수 있었다.

"슈를 와카바야시 가 사람이라고 까닭 없이 싫어하는 거라면 그녀도 언니가 눈엣가시로 여기는 집안의 친척이잖아!?"

집요한 에리카의 심술에 아이코는 거친 목소리로 대들었다.

"그녀는 나한테 귀중한 정보를 알려주었어. 슈라는 지저분한 도둑고양이와는 달리 하나야기 가의 협력자라고."

"언니, 그에 대해 그런 식으로 말하지 마."

시즈에에게 밀리지 않는 기세로 아이코도 맞받아쳤다.

"어라, 얘가 꼭 슈 오빠의 와이프라도 되는 것처럼 말하네?"

잔뜩 비아냥거리며 에리카가 말했다.

"그, 그게 무슨 말도 안 되는 소리야."

와이프라는 말에 아이코의 가슴은 격렬하게 고동쳤다.

"그렇겠지. 하나야기 가 사람이 와카바야시 가 사람과 결혼이라니 천 번을 다시 태어나도 있을 수 없는 일이야."

강한 말투로 에리카가 말했다.

"그것도 재밌겠네."

아이코는 말하고 나서 바로 후회했지만 그렇다고 물러설 수는 없었다.

"아이코, 뭐가 재밌겠다는 거야! 하나야기 가와 와카바야시 가 사람이 결혼이라니, 그게 있을 수 있는 일이라고 생각해? 응, 알겠어!? 아이코, 대답해봐."

시즈에는 아이코의 어깨를 흔들면서 히스테릭하게 소리를 질렀다.

"이제는 끝내야지. 100년이나 옛날 일로 아직도 질질 끌며 서로를 증오하다니, 바보 같아…… 바보 같다고."

"엄마가 와카바야시 가 때문에 돌아가신 지 채 15년도 되지 않았어. 아직도 질질 끄는 게 당연한 거 아냐? 너, 슈라는 남자한테 어디까지 물든 거니? 너무 한심하고 슬프다……."

시즈에가 그 자리에 웅크리더니 손바닥으로 얼굴을 가리고 등을 들썩이면서 울기 시작했다.

"언니 말이 옳아. 아무리 슈 오빠가 좋아도, 너무 너만 생각하는 거 아니니?"

아이코를 비난하고 싶어서 와카바야시 가의 친척임에도 그 와카바야시 가를 저주하고 있는 시즈에의 편을 드는 에리카의 마음을 전혀 이해할 수 없었다.

"한심해. 그녀가 이렇게 하나야기 가를 이해해주고 있는데, 가족인 네가 그런 말을 하다니…… 한심해, 정말로 한심하다고."

시즈에가 눈물에 젖은 얼굴로 아이코를 올려다보며 주문을 외듯 같은 말을 반복했다.

"휴대전화 돌려줘."

아이코는 용기를 짜내 오른손을 내밀었다.

"그 남자와 또 연락하려고? 안 돼, 절대로 안 돼!"

"그건 내 전화기야. 부탁이니까 돌려줘."

그에게 연락하지 않을 테니까, 라는 말은 하지 않았다. 이제 거짓말은 하고 싶지 않았다. 언니에게…… 그리고 자신의 마음에.

"들어와."

아이코가 내민 오른손을 잡은 시즈에가 엄청난 힘으로 현관으로 끌어당겼다. 집 안에 들어가자 질질 끌다시피 거실로 데리고 갔다. 아이코는 언니가 무엇을 하려는지 짐작할 수 있었다. 그러면서도 굳이 저항하지 않았다.

"아이코, 여기 봐."

낯익은 광경……. 시즈에가 불단에 있는 엄마의 영정사진을 꽉 움켜쥐고 아이코의 얼굴 앞에 들이댔다.

"엄마 앞에서 아까 했던 말을 다시 한 번 해봐!"

평소의 아이코라면 죄책감에 눈을 돌렸을 것이다. 그걸 알기 때문에 무슨 일이 생길 때마다 시즈에는 '엄마'의 힘을 빌리려고 하는 것이었다.

아이코는 어렸을 때 돌아가신 엄마에 대한 기억이 별로 없다. 하지만 한 가지만은 확신하고 있었다. 만약 엄마가 아이코의 상상 속에 있는 엄마라면 연애에 조건을 붙이지는 않을 거라고.

"엄마, 어쩌면 나 좋아하는 사람이 생긴 것 같아. 그게 와카바야시 가 사람이라도 허락해주시겠어요?"

아이코는 '엄마'에게 아주 솔직한 마음으로 털어놓을 수 있었다. 가슴속에 맺혀 있던 것이 한꺼번에 내려가는 듯한 느낌이었다.

"너…… 미쳤니!? 지금 뭐라고 말한 거야? 네가 지금 얼마나 잔인한 말을 했는지 알기나 해!?"

시즈에가 엄마의 영정을 든 손을 부들부들 떨면서 육친에게 칼끝이 겨눠지기라도 한 듯이 창백한 얼굴로 말했다.

"언니한테는 미안해. 하지만 미치거나 잔인한 말을 했다고는 생각하지 않아. 나는 그저 와카바야시 슈라는 남자를 좋아하게 됐을 뿐이라고. 그게 그렇게 잘못한 짓이야?"

"엄마 죄송해요. 제가 제대로 가르치지 못해서 아이코가 이런

백년후愛

못된 애가 되어버렸어요……. 죄송해요……. 정말로 죄송해요."

시즈에가 영정을 불단에 돌려놓고 바르게 앉아 무언가에 씐 듯 두 손을 모아 기도하기 시작했다.

"아이코, 너 정말 지독하다. 언니가 이렇게 널 걱정하는데 감사할 줄도 모르니? 어디까지 그렇게 무신경하고 뻔뻔할 건데? 슈 오빠도 하나야기 가 사람한테 마음을 받으면 난처해진다는 걸 몰라? 사랑에 맹목적이 되는 것도 좋지만 주위도 좀 생각하란 말이야!"

에리카가 숨도 쉬지 않고 아이코를 몰아세웠다.

"역시…… 엄마를 대신하는 건 무리였어요……. 제가 좀 더 확실하게 잡아두었어야 했는데……."

시즈에는 아직도 영정 앞에 앉아 자신의 부족함을 참회하고 있었다.

아이코는 더 이상 참지 못하고 현관으로 향했다.

"아이코, 언니를 남겨두고 어디 가는 거야!"

쫓아오는 에리카의 목소리를 뿌리치고 아이코는 밖으로 뛰어 나갔다. 하나야기 가도 와카바야시 가도 관계가 없는 곳으로 가고 싶었다. 할 수 있다면 민들레 홀씨처럼 바람에 실려 어딘가로 날아가고 싶었다. 할 수 있다면 비눗방울처럼 찰나의 시간에 어딘가로 사라지고 싶었다. 그 누구에게도 고통을 주고 싶지 않았다. 고통을 줄 마음도 없었다. 하지만 자신이 있음으로 해서 하나야기 가 사람이 불행해진다면 아이코는 고독해지는 것조차 싫지 않았다.

그때 엔진 소리와 함께 검은 머리카락이 아이코 옆을 스치듯 지나가더니 눈앞에서 멈췄다.

"타."

오토바이를 세운 슈가 헬멧을 내밀었다.

아이코는 망설이지 않고 뒷자리에 올랐다.

"어디든 데려가……."

아이코의 말이 끝나기도 전에 오토바이는 움직이기 시작했다.

"그때 메일을 보낸 건……."

"응? 뭐?"

아이코의 목소리는 슈에게 닿기 전에 바람에 날아갔다.

"약속했을 때 메일을 보낸 건 내가 아니라 언니였어요!"

바람에 지지 않으려고 아이코는 좀 전보다 더 큰 목소리로 말했다.

"전에 언니가 전화를 끊었을 때 그런 줄 알았어!"

슈도 소리를 지르듯 대답했다.

"미안해요!"

"신경 쓰지 마. 어쩔 수 없잖아!"

두 사람의 목소리는 서로의 귀에 닿자마자 뒤로 사라졌다.

"근데 오늘 왜 그런 거예요?"

"응?"

"왜 그랬냐고 물었어요!"

"응? 안 들려!"

"능청 떨지 마요!"

"어쩔 수 없잖아. 바람이 세서 들리지 않으니까."

"어머, 듣고 있었네!"

"이런 들켰나?"

슈의 호탕한 웃음소리가 귓가를 스치듯 지나갔다.

"아야노 씨에게 가고 싶어요."

아이코의 말에 오토바이가 급하게 속도를 줄이더니 멈췄다.

슈가 고개를 뒤로 돌리고 풀페이스 헬멧의 안쪽에서 살피는 듯한 시선을 던졌다.

아이코는 무의식중에 말했다. 왜 그런 마음이 들었는지는 모르지만 무작정 아야노를 만나고 싶어졌다.

"꽉 잡아."

아이코가 슈의 허리에 팔을 감자 오토바이가 엔진 소리를 내며 달리기 시작했다.

11

오토바이가 멈췄어도 아이코는 한동안 멍한 상태로 움직일 수
없었다.

슈는 무언가를 잘라버리듯 속도를 높여 병원까지 달려왔다. 아
이코는 오토바이에서 떨어지지 않으려고 슈에게 매달려 있는 것만
으로도 아야노에게 무슨 말을 해야 좋을지 생각할 겨를이 없었다.

"겁났어?"

슈가 웃으면서 아이코의 허리에 팔을 감고 번쩍 안아 올렸다.

"그만해요, 어린아이도 아닌데."

아이코는 말은 그렇게 했지만 내심 자신이 보호받고 있다는 생
각에 기분이 좋았다.

병원에 들어가자 슈가 익숙한 모습으로 안내에 가서 옆에 있던
탁상시계를 보고 18시 12분이라고 내원 시각을 기입했다.

왜 아야노를 보고 싶었던 걸까? 아이코는 문득 생각했다.

병마와 싸우고 있는 아야노에게 힘을 주기 위해서라는 것과는
달랐다. 그런 목적으로 병문안을 할 만큼 친한 사이가 아니고, 무
엇보다도 아야노는 아이코를 모른다.

"어머, 와카바야시 씨."

면회 신청서를 다 쓰고 나서 엘리베이터를 타려는 슈에게 나이

가 좀 있어 보이는 간호사가 말을 걸었다.

"아, 안녕하세요. 아야노는 좀 어떻습니까?"

그때까지 미소를 짓고 있던 간호사의 표정이 조금 어두워졌다.

"항암제의 부작용으로 힘들 거예요. 하지만 잘 견뎌내고 있어요. 약한 소리를 한 마디도 하지 않고……. 정말로 그녀의 강한 의지에 고개가 숙여진답니다."

"그렇군요……. 지금 자고 있나요?"

"일어났어요. 지금은 비교적 상태가 좋아 보여요. 하지만 쉽게 피곤해지니까 가능한 한 짧게 끝내주세요."

"알았습니다."

다시 미소 띤 얼굴로 돌아와 물러가는 간호사에게 슈가 고개를 숙였다. 아이코도 슈를 따라 인사했다.

"역시 그냥 돌아가는 게 낫겠죠? 지금은 면회할 상황이 아닌 것 같은데."

아이코는 엘리베이터에 오르면서 내내 마음을 어지럽히던 갈등을 털어놓았다.

"아니, 병원 생활이 지루할 텐데 좋아할 거야. 그리고……."

슈가 말을 흐리고 어두운 표정을 지었다.

"만날 수 있을 때 만나는 게 좋아."

자신에게 들려주듯이 말하고 슈는 7층 버튼을 눌렀다.

— 의사로부터는 앞으로 고작 반년밖에 남지 않았다는 말을 들

었고.

아이코의 뇌리에 슈의 침울한 목소리가 되살아났다.

엘리베이터가 올라가는 동안 두 사람은 말없이 층수 표시 램프를 눈으로 좇았다.

"왜 그래?"

703호실 문 앞에서 걸음을 멈춘 슈는 노크하려던 손을 허공에서 멈추고 장미와 거베라로 꾸민 바구니를 가슴에 안고 2, 3미터 떨어져 있는 아이코를 돌아보며 말했다.

아이코는 자기가 먼저 말해놓고도 아야노를 보는 것이 갑자기 두려워졌다. 아야노는 맹장 같은 가벼운 병이 아니라 암…… 게다가 진행이 빠른 스키루스 형 위암으로 입원해 있는 것이다.

"정말로 괜찮겠어요?"

"미소를 짓기 힘들면 만나지 않는 게 나아. 그녀는 동정을 바라는 게 아니니까."

슈의 말에 아이코는 결심했다. 상대가 심각한 병에 걸렸다고 해서 어두운 표정밖에 짓지 못할 거라면 만나지 않는 게 맞다.

아이코가 작게 고개를 끄덕이고 다가오자 슈가 문을 노크했다.

"네, 들어오세요."

대답은 바로 들려왔다. 슈가 문을 열자 새하얀 커튼이 시야에 들어왔다. 아야노는 당연히 1인실이었다.

"아야노, 슈야. 오늘은 친구를 데리고 왔어."

커튼 너머에 대고 말하는 슈의 친구라는 표현에 아이코는 약간 서운했다.

"이쪽으로 오실래요?"

아야노의 조심스러워하는 목소리가 들려왔다.

슈를 따라 커튼 너머로 돌아간 아이코는 숨을 삼켰다.

연분홍 메시캡, 옅어진 눈썹, 병색이 완연한 뺨, 윤기가 없고 건조한 데다 창백한 피부……. 눈앞에서 팔에 주삿바늘을 꽂고 누워 있는 아야노는 와카바야시 가 앞에서 발견했을 때와는 다른 사람처럼 변모해 있었다.

"오늘은 정말 좋아 보이는데?"

슈가 밝고 명랑한 목소리로 말했다. 아이코도 마음의 동요가 얼굴에 드러나지 않도록 미소를 지어 보였다.

"네, 어젠 너무 괴로웠지만."

살며시 미소 짓는 아야노를 보며 아이코는 얼음세공 장미를 떠올렸다.

"소개할게. 하나야기 아이코. 이쪽은 내 피아노 선생님인 후지타니 아야노. 피아노를 배우고 있다고 네 이야기를 했더니 만나보고 싶다고 해서 데리고 왔어."

슈는 아야노가 쓰러져 있는 현장을 아이코가 목격한 것은 말하지 않는 게 낫다고 판단했으리라.

"이렇게 불쑥 찾아와서 미안해요."

"아니요. 말벗이 생겨서 좋네요. 누운 채 손님을 맞아서 제가 죄송해요."

"당치도 않아요. 신경 쓰지 마세요. 그보다 이것 좀 놓을게요."

아이코는 꽃바구니를 공중으로 들어 올렸다가 창가에 놓았다.

"우와, 정말 예쁘다! 감사합니다."

아야노가 어린아이처럼 천진난만하게 활짝 웃는 것을 보고 아이코는 여기에 오길 잘했다고 생각했다.

"뭐, 마실 거라도 사 올게."

슈가 나가고 아야노와 둘만 남은 아이코는 갑자기 안정을 잃었다. 무슨 말을 해야 할지 몰랐고, 또 아픈 아야노를 보고 있는 것도 괴로웠다.

"하나야기 씨, 이쪽으로 오세요."

"네."

아이코는 아야노에게 재촉되듯 침대 옆에 있는 둥근 의자에 앉았다.

"저기, 하나 물어봐도 될까요?"

아야노가 주저하며 물었다.

"제가 알고 있는 거라면 뭐든지요."

"하나야기 씨는 슈 씨의 연인인가요?"

"음……."

아야노의 갑작스런 질문에 아이코는 말을 잇지 못했다.

하지만 아무 때도 묻지 않은 순수한 그 눈동자는 에리카의 도발적인 그것과 대조적이었다.

"무슨 말씀이세요……? 그런 사이 아니에요."

"다행이다……. 제가 그를 좋아하거든요."

말과는 상반되는 아야노의 쓸쓸한 눈동자……. 예기치 못한 고백에 아이코는 할 말을 잃었다.

점적 스탠드를 잡고 휴대전화로 말하는 젊은 남성. 손녀로 보이는 네댓 살 소녀의 말에 얼굴 한가득 깊은 주름을 잡으며 만면에 웃음을 띠고 고개를 끄덕이는 휠체어의 노파. 격렬하게 기침을 해대면서도 독서 삼매경에 빠져 있는 중년 남성.

아이코는 전화를 받는 척 병실을 나와 커뮤니케이션 룸으로 갔다.

— 저, 알고 있어요. 그가 피아노를 배우고 있는 것도 저에게 용기를 주기 위해서라는 것을요. 그는 레슨 중에도 저한테 질문만 하고……. 그가 피아노 초보자인 건 확실하지만, 느낄 수 있어요. 남에게 의지가 됨으로써 저에게도 살아 있는 가치가 있다는 걸 그가 가르쳐주려고 한다는 것을요. 실제로 그에게 레슨을 시작하고부터 저는 사는 게 즐거워졌어요. 설령 앞으로 몇 개월 살지 못한다 해도 그는 제 생명의 은인이에요.

슈를 향한 마음을 고백하는 아야노의 행복해 보이는 눈동자가 머릿속에서 떠나질 않았다. 삶이 얼마 남지 않은 아야노의 소박한 희망을 알게 된 아이코는 가슴이 미어져서 더 이상 병실에 머무를 수 없었다.

"이런 곳에서 뭐 하고 있어?"

종이컵을 손에 든 슈가 아이코 앞에 나타났다.

"어머, 아야노 씨에게 못 들었어요? 친구와 통화를 하고 있었어요."

"그래. 이제 끝났어?"

슈가 말하면서 재촉하듯 아야노의 병실 쪽으로 눈길을 보냈다.

"네, 먼저 가요. 전화 올 데가 또 있어서요."

"그럼, 나도 같이 있지 뭐."

"됐어요. 바로 올지도 모르고, 아야노 씨에게 돌아가요."

옆에 앉는 슈에게 아이코는 동요를 감추고 말했다.

"지금 자. 한 시간쯤 자게 해주려고."

억지로 슈를 쫓아 보내려고 했던 아이코는 몹시 난처했다. 친구에게 전화가 올 약속 같은 것도 없고, 이제 와서 거짓말이라고 말할 수도 없다. 그렇다고 해서 아야노에게 들은 말을 해줄 마음도 전혀 없었다.

"이거 마셔."

슈가 내민 종이컵에 담긴 주스는 얼음이 녹아 묽었다.

"고마워요."

슈는 벤치에 몸을 깊숙이 기대고 테이블에 있던 스포츠 신문을 펼쳤다. 서로 아무 말도 없이 시간만 흘러가는 공간이 아이코에게 초조함을 불러일으켰다.

"전화가 안 오네?"

슈가 침묵을 깼다.

"그러네요. 어쩔까. 아야노 씨도 자고 있고, 난 돌아갈래요."

자리에서 일어선 아이코의 손목을 슈가 잡았다.

"왜요?"

"아야노가 한 말이 신경 쓰여?"

"네……? 무슨 말이요?"

태연을 가장했지만 아이코의 마음에는 작은 동요가 일었다.

"아야노의 마음을 알고 있었어. 하지만 그녀와 나는 그런 관계가 아니야."

"그러니까, 무슨 말이냐구요. 그리고 난 아야노 씨와 당신이 어떤 사이이든 상관없어요."

"내가 그렇게 싫어?"

슈의 괴로워 보이는 얼굴에 아이코는 내심 놀랐다.

"왜…… 그런 걸 물어요?"

아이코의 목소리는 떨렸다.

"널 좋아하니까."

슈가 평소의 대담함과 강인함으로부터는 상상할 수 없는 불안한 목소리로 느닷없이 고백했다.

"놀리지 마요."

아이코의 얼굴이 선홍빛 물감을 바른 듯 발그레해졌다.

"놀리는 거 아니야. 두 번째 만났을 때도 말했지? 널 전부터 계속 봐왔다고."

두 번째 만났을 때…… 슈는 창가에 있는 아이코를 향해《백년연인》의 쇼이치의 대사를 흉내 내어 사랑 고백을 했다.

그때는 장난 같은 고백이었기에 아이코도 진지하게 받아들이지는 않았다. 무엇보다도 처음 보는 사람에게 그런 말을 듣고 곧이곧대로 믿을 사람은 없다.

"당신을 어떻게 좋아하면 되죠?"

어떻게 보면 슈를 향한 마음을 긍정하는 듯한 발언에 아이코는 스스로도 놀라움을 감출 수 없었다.

와카바야시 슈라는 청년을 알고 고작 몇 주일밖에 지나지 않았는데도 마치 10년도 더 옛날부터 마음 어딘가에서 그 말을 기다리고 있었던 것 같다.

"그게 어떤 의미지?"

"모르겠어요? 하나야기 가와 와카바야시 가는 지금도 원수지간이에요. 와카바야시 가의 이름만 듣고도 아버지와 언니는 나를 죄인처럼 나무라고, 또……."

아야노 씨의 연적 같은 건 되고 싶지 않다는 말을 아이코는 목구멍에서 도로 삼켰다.

"또 뭐?"

"아니요, 아무것도 아니에요. 이만 가야겠어요."

"슈."

아이코가 벤치에서 일어섰을 때였다. 커뮤니케이션 룸에 나타난 기모노 차림의 여성을 보고 아이코의 다리가 얼어붙었다.

그녀는 슈의 어머니인 와카바야시 기미코였다. 투명할 정도로 하얀 피부가 인상적인 여성이다.

"오셨어요?"

슈의 표정도 굳어졌다.

"아주머니 안녕하세요?"

"이게 무슨 일이니?"

기미코는 아이코의 인사도 받지 않고 슈에게 물었다. 조용한 말투였지만 기미코가 아이코를 보는 눈은 험악했다.

"무슨 일이긴요. 그녀가 아야노의 병문안을 온 거죠."

"엄마가 물은 거는 왜 하나야기 가의 따님께서 너랑 같이 있는 거냐고."

"엄마까지 그런 말씀이세요? 그만 좀 하세요."

슈가 지긋지긋하다는 표정으로 말했다.

"그만하길 바라는 건 엄마 쪽이다. 도대체 무슨 생각인 거니? 넌 와카바야시 가의 독자이고 대를 이어야 할 중요한 사람이라는 걸 모르니?"

"알아요. 엄마나 집안 어른들에겐 나보다도 와카바야시 가의 대를 잇는 것이 더 중요하다는 걸요."

"너도 벌써 스무 살이다. 언제까지 어린아이처럼 말할래?"

"어린아이처럼 말하는 것은 엄마 쪽 아닌가요? 와카바야시 가다 하나야기 가다 하고 아직까지도 얽매여 있으니 한심해요."

"아무리 한심해도 이건 대대로 이어져 온 역사야. 100년간 이어져 온 역사를 너는 부정하겠다는 거니?"

기미코의 말투는 여전히 조용했지만 안색은 험악해져 있었다.

"네, 그런 쓸데없는 역사는 부정할래요. 말끝마다 하나야기, 하나야기, 이제 그만 좀 하세요."

"아이코 씨."

슈의 말에 할 말을 잃은 기미코가 아이코를 굳은 표정으로 보았다.

"이 애가 말썽을 피우긴 해도 이렇게 불효를 저지른 적은 없었어요. 도대체 이게 누구 때문이죠?"

기미코의 빈정거림이 아이코의 마음을 콕콕 찔렀다.

"죄송합니다."

고개를 숙이는 아이코의 귓불은 빨갛게 물들고 목소리는 떨렸다.

"네가 왜 사과해? 넌 잘못한 게 아무것도 없어."

슈가 일어나서 아이코의 어깨에 손을 얹었다. 그 큰 손바닥이 얼마나 따뜻하고 의지가 되던지.

"정말이지…… 믿을 수가 없구나. 조상님들이 들으셨다면 얼마나 슬퍼하셨을까……."

"그 조상님들이 한 일이 뭔데요? 자기들의 하찮은 의지나 프라이드 때문에 사랑하는 두 사람을 갈라놓고, 죽음으로 몰아넣은 거요? 그런 조상님들을 받드는 일이라면 난 할 수 없어요. 게다가 아버지는 그녀의 어머니를 치어 죽였어요. 부모의 원수에게 이런 말까지 듣는 아이코의 기분을 조금이라도 생각해보세요. 사과할 사람은 우리가 아닌가요?"

어렸을 때부터 입에 올리는 것조차 죄악시되어온 와카바야시가 사람이 자신의 엄마를 적으로 몰아 감싸주고 있다는 사실에 아이코는 가슴이 먹먹해지면서 소름이 돋았다.

"슈…… 너, 진심으로 하는 말이니? 어디까지 못되게 굴 거니?"

"그러니까 그 생각하는 방식 자체가……."

"슈, 이제 됐어요. 고마워요. 어머님, 걱정을 끼쳐드려서 정말 죄송합니다."

"어머니라고 부르지 마요!"

그때까지 우아하고 조용한 분위기로부터는 상상도 할 수 없는, 공간을 찢어발기는 듯한 노성에 아이코의 몸은 경직되었다.

"미안해요…… 큰 소리를 내서. 어쩌면 좋을까. 아이코 씨 부탁합니다. 두 번 다시 슈를 만나지 마세요."

기미코가 이성을 잃은 자신이 부끄러웠는지 애매모호한 미소를 떠올렸다. 그리고 간절한 표정을 지으며 진지하게 호소했다.

아이코는 말없이 고개를 숙이고 도망치듯 커뮤니케이션 룸을 나왔다.

"슈, 나가지 마라."

"아이코."

건물을 뛰쳐나가는 아이코의 뒤에서 힘찬 발소리가 쫓아왔다.

"기다려."

병원 안마당까지 왔을 때 팔이 잡혔다.

"그만……."

"엄마가 한 말은 신경 쓰지 마."

아이코의 말을 슈가 막았다.

"이기주의자. 난 당신이 아니라구요. 내 입장에서 어떻게 신경 쓰지 않을 수 있겠어요? 조금은 상대의 입장이 되어봐요!"

슈의 손을 뿌리치고 아이코는 뛰어갔다. 시야를 스쳐가는 풍경이 신기루처럼 흐릿해지고 슈의 목소리가 고막에서 멀어졌다.

누군가를 좋아하는 것이 죄라면 사랑 따위는 평생 몰라도 상관없었다.

◇　◇

방에 들어선 아이코는 금방 이상한 분위기를 느꼈다. 책상 위에 있던 컴퓨터가 없어졌다. 발길을 돌려 방을 나가려는 아이코의 눈 앞에 아버지…… 기요시가 서 있었다.

"컴퓨터는 버렸다."

"버리다니…… 왜요? 그건 내가 용돈을 모아 산 거잖아요?"

"그 용돈을 준 건 나니까 네 것이 아니야."

아버지의 말에 아이코는 귀를 의심했다.

"그렇다고 버릴 것까진 없잖아요!"

"몰래 불한당 같은 놈하고 연락하니까 이런 상황이 된 거야."

시즈에에게 들었다는 것은 바로 알 수 있었다.

"불한당이라는 표현은 하지 마세요. 그리고 내가 누군가와 연락하는 것을 일일이 아버지한테 보고해야 되나요!?"

아이코의 무릎은 분노와 슬픔으로 부들부들 떨렸다.

"보고든 뭐든 와카바야시 가의 불한당과 연락하는 것 자체가 안 된다는 걸 왜 모르냐? 난 연인을 만들면 안 된다는 게 아니야. 아이코. 왜 하필 그놈이냐? 남자는 그놈 말고도 얼마든지 있어."

"죄송하지만, 더 이상 말하고 싶지 않아요."

"말하지 않는 것은 자유지만, 놈을 만나는 것은 절대 허락할 수 없다. 그리고 이런 것도 필요 없어."

기요시는 말하고 나서 미리 가지고 온 드라이버를 꺼내 문 경첩의 나사를 풀기 시작했다.

"뭐 하시려고요?"

"이런 게 있으니까 나쁜 짓도 하는 거야."

아이코는 지금 눈앞에서 벌어지고 있는 일이 현실이라고는 도저히 받아들일 수 없었다.

"그만해요······. 그만하세요."

기요시의 팔을 잡으려는 아이코를 등 뒤에서 누군가가 끌어안았다.

"아이코, 이것도 다 너를 위해서야."

시즈에의 날카로운 목소리가 아이코의 고막을 흔들었다.

"나를 위해서가 아니라 하나야기 가를 위해서겠지!? 바보 같아······ 바보 같은 짓이라고."

아이코의 호소에도 아랑곳하지 않고 문은 아버지에 의해 떨어져 나갔다.

"미워해도 원망해도 상관없다. 자식을 올바른 길로 인도하는 것이 부모의 의무다. 지금은 이해할 수 없어도 몇 년만 지나면 반드시 알게 될 거다. 그러니 지금은 아버지랑 언니 말을 들어!"

"엄마가 살아 계셨다면 절대로 이렇게 심하게는 하지 않았을 거예요!"

아이코가 말한 순간 떼어낸 문을 벽에 세우던 기요시의 안색이 확 바뀌었다.

"그 엄마를 죽인 것이 누구지? 장례식에서 와카바야시가 아버지한테 뭐라고 했는지 아니? 나에게 죄는 없지만 차와 자전거 사이에서 일어난 사고이니 어쩔 수 없지요······. 놈은 그렇게 말했다. 그런······ 그런 악마 같은 놈의 자식과 넌 사귀겠다는 거냐!?"

—사과할 사람은 우리가 아닌가요?

아이코를 야단치는 엄마에게 슈는 역성을 들어주었다.

기요시와 시즈에가 대대로 이어져오는 악연만을 이유로 와카바야시 가를 증오하고 있는 것은 아니라는 건 안다. 하지만 와카바야시 가 사람들 중에도 그 사고에 책임을 느끼고 진심으로 사과하려는 사람은 있다. 와카바야시 가라는 이유만으로 누구를 막론하고 적대시하는 생각은 선량한 일반 시민을 사지로 몰아가는 전쟁이나 다름없다.

"아버진 왜 와카바야시 가에서 도망간 거죠?"

"내가 언제 도망갔어?"

기요시의 입술 표면이 박막이 덮이듯 하얗게 변색되었다.

"그래. 너 도대체 무슨 말을 하고 싶은 거야?"

시즈에가 기요시의 안색을 살피면서 물었다.

"아버지가 대낮부터 술을 마시고 있을 때 그쪽 아버지는 일을 하고 있어요. 와카바야시 가 사람에게 지고 싶지 않다면 왜 더 열심히 일하려고 하지 않는 거죠?"

기요시에게는 가장 민감한 문제를 아이코는 굳이 건드렸다. 아이코는 맞을지도 모른다고 각오하고 몸을 경직시켰다. 시즈에도 감정이 삭제되기라도 한 듯 표정을 잃고 아이코와 기요시의 얼굴로 번갈아가며 고개를 돌렸다.

할 말을 잃은 기요시의 동그래진 눈은 빨갛게 충혈되어 있었고 울대뼈가 아래위로 움직였다. 눈동자가 불규칙적으로 흔들리고 있는 것이 기요시가 받은 충격의 크기를 말해주고 있었다.

"패배자라도 상관없다. 네 엄마가 없는 세상에서 이겨봤자 아무 의미도 없어."

쓸쓸한 목소리로 중얼거리듯 말한 기요시는 떼어낸 문을 들고 계단을 내려가기 시작했다.

아이코는 복잡한 심경으로 아버지의 뒷모습을 바라보았다. 말을 심하게 했다는 후회가 없다면 거짓말일 것이다. 하지만 딸로서 아버지에게 평생 원한만을 안고 살아가고 싶지는 않았다.

갑자기 엄청난 충격음과 함께 아버지가 시야에서 사라졌다. 마지막 두세 계단을 남겨놓고 아버지가 발을 헛디뎌 문을 안은 채 굴러 떨어졌던 것이다.

"아버지!"

언니가 비명을 지르며 아버지에게 달려갔다.

"쓸데없는 짓 하지 마!"

계단을 내려가기 시작한 아이코의 다리가 아버지의 고함소리에 멈췄다. 아버지가 자신을 안아 일으키려는 언니의 손을 뿌리치고 비틀비틀 일어났다. 그리고 문을 내팽개치고 거실로 사라졌다.

"아이코……."

시즈에가 목소리를 죽이고 말하고는 천천히 돌아보았다.

"너, 우리 집안을 파멸시키고 싶은 거니?"

아이코를 향한 시즈에의 눈동자는 지금까지 본 적이 없는 증오로 불타오르고 있었다.

"내가? 그럴 리가 없잖아."

"널 지금까지 키워준 부모님에게 어떻게 그런 심한 말을 할 수 있지?"

"나는 그냥……."

"그냥, 뭐? 남자를 사귀지 못하게 했다고 해서 부모님께 상처를 줘도 된다는 거야?"

아이코는 말을 잇지 못했다. 아버지의 그런 슬픈 눈동자는 본 적이 없었다.

"아버지한테 조금이라도 미안한 생각이 있다면 지금 이 순간부터 마음을 고쳐먹어. 넌 학생이고, 학생의 본분은 공부 아니니? 남자를 사귀는 건 10년 후에 해도 늦지 않아. 난 엄마가 돌아가시고 나서 남자랑은 차도 마신 적이 없어!"

시즈에의 울부짖음이 아이코의 양심을 자극했다.

생각해보면 언니에게는 거의 자신을 위해 보내는 시간이 없었다. 연애에 연공서열이 없다고는 해도 서른 줄에 들어서려는 언니에게 미안한 마음이 있는 것은 부정할 수 없었다.

"깜빡하고 말하지 못했는데 내일부터 한동안 사토루 씨에게 와 달라고 했어."

"뭐? 사토루 씨가 왜……."

사토루의 이름을 들은 아이코의 등줄기로 혐오감이 내달렸고, 가슴에는 불쾌감이 소용돌이쳤다.

사토루는 아이코가 거의 수업을 받지 못하던 중학생 때 시즈에가 고용한 가정교사였다.

다섯 살 연상의 가정교사를 아이코는 별로 좋아하지 않았다.

사토루는 피부가 하얗고 호리호리한, 여자보다 더 여자 같은 남자였다. 겉모습뿐만 아니라 말투나 행동도 모두 여성스러웠다. 좋은 의미에서 여성스럽다면 아이코도 싫어하지 않았겠지만 사토루는 흔히 말하는 징글맞은 여성스러움이었다. 사소한 일에 언제까지나 우물쭈물 얽매이고, 포기를 모르고 미적거리고, 모든 일에 집요했다.

가정교사를 한 기간은 반년쯤이었지만 아버지나 언니는 사토루를 몹시 마음에 들어 하며 특별한 볼일도 없는데 마치 친척처럼 이따금 하나야기 가에 드나드는 그를 환영했다. 가족 앞에서의 사토루는 아이코와 둘만 있을 때와는 달리 유쾌한 인상을 주는 청년이었다.

사토루의 그런 극단적인 이중성도 아이코에게 나쁜 인상을 주는 한 요인이었다. 그러나 무엇보다도 아이코가 사토루를 혐오하는 것은 그가 자신에게 사귀자며 치근댔기 때문이다.

"네 감시역이야. 일은 여기서 다니기로 했어."

"감시역이라니…… 그게 뭐야? 싫어 그런 거. 왜 마음대로 그런

결정을 해!"

"널 위해서야. 사토루 씨라면 인품도 훌륭하고 진지해서 안심하고 맡길 수 있어. 공부도 배울 수 있고, 말할 필요도 없지."

"난 싫어, 무조건 싫단 말이야."

아이코는 계단을 뛰어올라가 방으로 돌아왔지만 문이 없어서 안정을 찾을 수 없었다.

아이코는 침대 커버를 입구에 압정으로 둘러치고 털썩 주저앉았다. 온몸의 모공에서 힘이 빠져나가는 듯한 기분이었다.

기요시, 시즈에, 기미코, 에리카, 이타미, 가미오카…… 모두가 슈와 사귄다고 아이코를 비난한다. 비극의 주인공을 하고 싶은 생각은 없지만, 지금의 아이코에겐 주변의 모든 사람이 적으로 보였다.

무엇보다도 아이코를 우울하게 만드는 것은 내일부터 사토루가 감시자로서 하나야기 가에서 머문다는 것이었다.

그때 소리가 났다. 벌 같은 것이 창문에 부딪힌 소리라고 아이코는 생각했다. 다시 딱 하고 소리가 났다. 아이코는 네 발로 기듯 창가로 갔다.

창을 열자 눈앞에 무언가가 날아왔다. 창문 아래로 시선을 옮긴 아이코는 눈이 동그래졌다.

"휴대전화가 연결되지 않아서. 읽어볼래?"

오토바이에 탄 슈는 그 말만 하고 엔진 소리를 울리며 사라졌다.

아이코는 방 안으로 날아 들어온 원통형 캡슐을 집어 들었다.

완구점 판매기 등에서 유아용 장난감이 들어 있는 것과 같은 것이었다. 안에는 장난감 대신 작게 접힌 종잇조각이 들어 있었다.

아이코는 종잇조각을 폈다.

사랑에 다다를 때까지 높은 산이 있다면 어떤 짓을 해서든 넘어가겠어.

사랑에 다다를 때까지 깊은 강이 있다면 어떤 짓을 해서든 건너가겠어.

사랑에 다다를 때까지 험준한 절벽이 있다면 어떤 짓을 해서든 올라가겠어.

만약 네가 내 사랑을 받아준다면 그냥 따라오기만 하면 돼.

일주일쯤 오토바이로 가나자와에 가 있지 않을래? 마음을 정화할 수 있을 것 같은데.

OK이면 오늘 밤 8시에 요 앞 공원에서 기다리고 있어.

슈

"가나자와⋯⋯ 거길 어떻게 가."

아이코는 편지를 향해 중얼거렸다. 그러나 마음과는 달리 아이코의 기분은 마음의 정화로 기울고 있었다.

"게다가 학교는 어떡하고⋯⋯."

잠깐 창가에 앉아 있던 아이코는 일어나서 옷장을 열었다.

12

5, 6미터 앞에 공원 출입구가 보였을 때 아이코의 온몸에서 한
꺼번에 힘이 빠져나갔다. 길가에는 슈의 것으로 보이는 오토바이
가 서 있었다.

아버지는 물론 언니에게도 들키지 않고 집을 빠져나올 수 있었
지만 아이코가 방에 없는 것을 아는 것은 시간문제였다. 아버지와
언니에게 죄책감이 없다고 말하면 거짓말이다. 믿을 수 없는 수많
은 언동도 아이코를 위하는 생각에서 비롯된 것이다.

"가출하는 건 아니니까. 일주일…… 딱 일주일만이야."

아이코는 자신에게 들려주면서 나무들 사이의 작은 출입구로
들어섰다.

걸음을 멈췄다.

천사 동상의 정면 벤치에 앉은 슈가 밤하늘을 올려다보고 있
었다.

"슈……."

아이코는 입을 막았다.

반월의 창백한 빛에 물든 슈의 옆얼굴은 말을 걸기가 망설여질
정도로 쓸쓸했다. 후지사와의 해변에서, 그리고 요스케와 있던 공
원에서 아이코는 지금 본 것과 같은 슈의 허무함에 싸인 표정을

보았다.

문득 어렸을 때 읽은 그림책의 한 페이지가 뇌리에 떠올랐다. 그 페이지에 그려져 있던 것은 사랑하던 돌고래를 바다로 돌려보내는 소년의 모습이었다. 이야기의 내용은 잊었지만 그림책 속의 소년의 눈동자도 깜짝 놀랄 만큼 형형하고 슬픔으로 가득했다.

슈도 그 소년과 마찬가지로 무언가 소중한 것을 잃어버린 걸까?

— 이 남자아이가 왜 슬픈 눈동자를 하고 있다고 생각하니?

어린 아이코에게 묻는 엄마의 목소리가 갑자기 되살아났다.

— 돌고래가 떠난 게 슬퍼서.

— 그래. 슬프겠지. 하지만 남자아이는 돌고래가 바다로 돌아가서 슬퍼하는 게 아니야.

— 왜? 돌고래가 떠나도 슬프지 않아? 나 같으면 울어버릴 텐데.

— 으응, 그게 아니라, 남자아이도 울고 싶을 거야. 하지만 돌고래는 바다로 돌아가게 해주고 싶다고 생각하고 있단다. 엄마나 아이코가 집에 있을 때 가장 안심할 수 있는 것과 마찬가지로 돌고래도 수영장이 아니라 가족이나 친구들이 있는 바다에서 사는 것이 행복할 거라고 생각하는 거야. 알겠니?

— 응. 그럼 돌고래가 행복한데 왜 오빠는 슬퍼?

— 그건 말이지, 돌고래가 사는 집에 갈 수 없기 때문이야.

— 왜? 돌고래가 친구잖아?

— 친구라도, 돌고래의 집은 바다니까 남자아이는 갈 수 없어.

아이코도 물속에서 계속 있으면 숨을 못 쉬게 되지? 사람은 말이지, 땅 위에서만 살 수 있는 신체 구조로 되어 있단다. 남자아이는 하느님께 물었어. 왜 나를 돌고래로 태어나게 해주지 않았냐고.

"오지 않을 줄 알았어."

어느새 슈의 시선이 하늘에서 아이코로 옮겨와 있었다.

"기다렸어요?"

무슨 생각을 하고 있었어요?

정말로 묻고 싶은 것을 아이코는 목구멍에서 삼켰다.

"아니, 지금 막 왔어."

"그래요, 다행이다."

아이코는 슈의 옆에 앉았다.

"저기, 아이코. 마법사가 소원을 하나 들어준다면 뭘 빌 거야?"

"갑자기 무슨 말이에요?"

"한번 생각해봐."

어린아이처럼 눈동자를 반짝이며 묻는 슈의 말을 거스를 수 없어서 아이코는 이리저리 생각해보았다.

"음…… 글쎄. 세계일주 여행으로 할까, 하늘을 나는 것도 괜찮고……. 아, 세상에서 전쟁을 없애는 것도 소원인데. 너무 많아서 하나만 고를 수 없어요."

"욕심꾸러기."

슈가 말하며 웃었다.

"그럼 당신은 뭘 빌 거예요?"

아이코는 입술을 뾰족 내밀며 되물었다.

"난 마법사가 되게 해달라고 빌 거야."

"마법사?"

"그래. 마법사가 되면 세계일주 여행도 갈 수 있고, 하늘을 날 수도 있고, 전쟁을 없앨 수도 있고, 뭐든 바라는 대로 이룰 수 있잖아?"

"아, 그렇구나. 머리 좋은데요?"

아이코는 뺨을 부풀리고 슈의 어깨를 쳤다.

"양가의 반목도 없앨 수 있어. 불치병도."

슈가 아이코를 보지 않고 중얼거리듯 말했다.

아마도 하나야기 가와 와카바야시 가의 악연…… 그리고 아야노에 대해 말하는 것이리라.

"그런데 왜 갑자기 나랑 가나자와에 갈 생각을 한 거예요?"

"파도 꽃을 보여주고 싶어서."

"파도 꽃?"

"파도가 부딪쳐서 만든 물방울이 바다에서 부는 바람을 타고 날아오르는 모습이 하얀 꽃잎처럼 보인다고 그렇게 불리는 거야."

"멋지다."

파도가 칠 때 바람에 흩날리는 물방울이라는 이미지에서 아이코는 머릿속으로 해변에 날리는 가루눈을 상상했다.

"재작년 겨울에 가나자와에 가서 시야를 온통 하얗게 물들이는 파도 꽃을 봤을 때는 온몸에 전율이 일었어. 뭐랄까, 대자연의 신비랄까……. 말로는 잘 표현할 수 없지만 소름 끼칠 정도로 흥분했어. 그래, 내가 안고 있는 고민 같은 사소한 것들을 느낄 수 있었지."

아이코는 슈가 하고 싶은 말이 뭔지 알 것 같았다. 우주비행사가 우주에서 지구를 봤을 때의 감정과 매우 흡사할 것이다. 그리고 왜 슈가 자기에게 파도 꽃을 보여주고 싶은지도…….

"가보고 싶다."

아이코는 불쑥 중얼거렸다.

"그러려고 왔잖아?"

슈의 말에 아이코는 스스로도 놀랄 정도로 순순히 고개를 끄덕였다.

그것은 하늘이 쪽빛을 늘려갈수록 달의 윤곽이 뚜렷해지는 것과 같이 자연스러운 흐름이었다.

"그럼 갈까?"

아이코는 일어나서 슈를 따라 공원 출구로 향했다.

"어디 가는 거야?"

공원을 나오자 슈의 오토바이에 앉은 이타미가 능글맞게 웃으면서 말했다. 뒷자리에는 가미오카가 앉아 있었다.

"무슨 일이야?"

"질문은 우리가 먼저 했어."

"너희들한테 말할 필요는 없어. 비켜."

"미안하지만 못 가. 내가 네 아버지께 혼나니까."

"아버지한테? 무슨 의미야?"

슈의 표정이 험악해졌다.

"네 어머님이 슬퍼하고 계셔. 못된 여자의 꾐에 빠져서 엄마를 모욕하는 아들이 되었다고."

"병원에서 있었던 일을 아버지한테 말했나보네."

슈가 지긋지긋하다는 표정으로 말했다. 병원에서 있었던 일이란 아이코가 슈와 아야노를 병문안하러 갔을 때를 말하는 것이리라.

"친척으로서 널 잘 부탁한다고 하셨어. 임시 탐정업인 거지. 잠복 중인 형사의 괴로움을 조금은 알 것 같기도 해. 그렇지?"

이타미가 짐짓 심각한 표정을 지으며 가미오카에게 동의를 구했다.

"응, 조금은 재밌을 줄 알았는데, 몇 시간이나 타깃이 나오기를 기다린다는 게 보통 일이 아니야."

"너희들…… 아버지한테 돈 받았어?"

"야야, 슈, 듣기 거북한 말은 하지 마. 친척 어른이 고민하고 있는 얼굴을 보고 뭔가 도움이 되어드릴 게 없나 하고 생각했을 뿐이야."

"장난도 정도껏 해. 어쨌든 오토바이에서 비켜. 아니면 힘으로라

도 끌어내릴 테니까."

슈가 이타미의 멱살을 잡았다.

"치고 싶으면 쳐라. 하지만 하나야기와 어디 가기라도 하면 더 이상 아야노 선생한테 피아노를 배우지 못할 줄 알아."

"뭐라고!?"

슈의 얼굴에서 핏기가 싹 가셨다.

"네 아버지와 그녀의 아버지가 승마 친구라고 하지 않았어? 아야노 선생을 와카바야시 가에 출입시키지 않을 이유쯤은 얼마든지 만들 수 있어."

"그녀는 지금 희망을 찾고 있어. 나에게 피아노를 가르치는 것에서 보람을 느끼고 있단 말이야. 만약 쓸데없는 짓을 하면 너희들을 절대로 용서하지 않겠어."

슈가 이타미의 멱살을 잡은 손을 앞뒤로 흔들었다.

"오호라 그렇단 말이지? 그럼, 아야노 선생에게 쇼크를 주고 싶지 않으면 곧장 집으로 돌아가면 되겠네."

"비열한…… 새끼."

"원망하려면 네 아버지를 원망해. 그리고 와카바야시 가의 역사를 원망하라고."

이타미가 슈의 손을 뿌리치고 오토바이에서 내려와 일방적인 말을 내뱉고 그 자리에서 떠났다.

"우리도 괴로워. 원망 말라고. 아, 맞다. 오늘 밤 네가 집에 돌아가지 않으면 네 아버지가 아야노 선생의 집에 전화를 하실 거야."

가미오카도 일방적인 말을 남기고 이타미의 뒤를 쫓았다.

"돌아가요."

주먹을 쥐고 분노를 억누르고 있는 슈의 등에 대고 아이코가 말했다.

"무슨 소리야. 파도 꽃, 보러 가고 싶지 않아?"

"이제, 그럴 기분도 아니에요."

"이랬다 저랬다 하지 마. 여기까지 와놓고."

"우리가 가나자와에 가면 아야노 씨의 희망을 빼앗게 돼요. 그런 상황에서 마음이 편하겠어요?"

슈에게 화내봤자 아무 소용이 없다는 걸 알면서도 말투가 거칠어졌다.

"쟤들 말은 신경 쓰지 않아도 돼. 아야노에겐 앞으로도 계속 피아노를 배울 거야."

"어떻게 그렇게 말할 수 있죠? 당신 부모님은 우리가 만나는 것을 반대하고 있잖아요? 그걸 무시하고 일주일이나 가나자와에 가 있으면 어떻게 될지 몰라요?"

가능하다면 아이코도 가나자와에 가고 싶었다. 하나야기 가에는 사생활도 안식도 없다. 24시간 늘 누군가에게 감시당하고 있는 것 같아서 마음 편히 쉴 틈이 없다.

"그렇다고 아버지나 어머니 말대로 하자는 거야? 평생 누군가의

눈치를 보면서 살아야 하는 거야?"

슈가 아이코의 눈동자를 들여다보듯이 하면서 간절한 표정으로 호소했다.

"주변에서 민감하게 반응하는 것은 내가 하나야기 가의 딸이고 당신이 와카바야시 가의 아들이라 그래요. 서로 다른 상대라면 간섭할 일은 없을 거예요. 도대체 우린 뭐죠? 만난 지도 얼마 안 됐고, 연인 사이도 아니고……. 이런 일로 괴로워하는 게 웃기지 않아요? 그리고 난 당신에 대해 아무것도 몰라요. 당신도 나에 대해 아무것도 모르죠? 이대로 없던 일로 해요. 처음부터 아무 일도 없었던 것으로."

아이코는 숨도 쉬지 않고 단숨에 말했다.

습기를 머금은 모래처럼 무겁게 가라앉은 공기가 두 사람 사이에 떠다녔다.

피지도 않은 꽃이 지는 것을 걱정하는 것만큼 바보 같은 짓도 없다.

그렇게 아이코는 자신에게 들려주었다.

"난……."

슈가 무슨 말인가를 하려다가 주저하는 표정을 지었다. 그러나 아이코에게는 그 표정이 주저한다기보다는 고민하는 것으로 보였다.

"왜 그래요?"

"아니, 아무것도 아니야."

"뭐예요? 말을 하다 말고. 기분 나쁘잖아요."

"정말로 아무것도 아니야. 그보다 서 있지 말고 앉아."

슈가 벤치에 앉으며 재촉하듯이 자기 옆자리를 손바닥으로 두드렸다.

"저기 말이야, 아이코는 개나 고양이로 다시 태어날 수 있다면 어느 쪽이 좋아?"

"또 심리 테스트?"

아이코는 슈의 옆자리에 앉으면서 말했다.

"대답해봐. 개와 고양이 중에 어느 걸 선택할래?"

"글쎄…… 개나 고양이 다 좋아하지만 내가 다시 태어난다면 고양이? 가고 싶은 곳이 있으면 가고 좋아하는 걸 하고……. 마음 편한 인생일 것 같아서 부러워요. 자, 심리 테스트 결과는?"

"구속받는 생활에 지쳐서 해방감을 찾고 있다고 할까? 하지만 안심할 수 있는 곳은 무슨 일이 있어도 확보해두고 싶어 하지…… 즉 제멋대로 구는 타입?"

슈가 우울한 분위기를 바꾸려는 듯 가벼운 말투로 말했다.

"그렇게 말하는 자신이야말로 고양이 타입이면서. 대학에도 가지 않고 일도 하지 않고 마음이 내키면 오토바이를 타고 여기로 쌩, 저기로 쌩. 어때요, 내가 정곡을 찔렀죠?"

"유감스럽지만 난 다시 태어난다면 개야."

"거짓말. 솔직해져봐요."

"정말이야. 개는 주인이 장을 보고 있을 때도 밖에서 가만히 기다리고 있고, 잠시라도 모습이 보이지 않으면 불안한 표정으로 찾아다니고……. 항상 주인을 바라보고 있잖아? 그런 점이 나랑 비슷하다고 생각해."

처음엔 농담이라고 생각했지만 슈의 눈동자는 매우 진지했다. 아이코는 문득 이 심리 테스트에는 어떤 깊은 의미가 담겨 있는 것은 아닌가 하고 생각했다.

"당신은 나랑 가나자와에 간 다음엔 어떻게 할 생각이었어요?"

아이코는 화제를 돌렸다……기보다는 핵심을 건드리고 싶은 충동에 휩싸였다.

"다음이면 언제?"

"일주일이 지나고 도쿄에 돌아오고 나서요."

"글쎄 어떻게 할 생각이었을까?"

남의 일처럼 건성으로 말하는 슈가 아이코는 불만스러웠다.

"무책임해요."

"어, 저기 좀 봐."

느닷없이 슈가 천사 동상을 둘러싸고 있는 나무를 가리켰다. 나뭇잎 위에 배추흰나비가 앉아 있었다.

"나, 밤에 나비를 보는 거 처음이에요."

"가만히 가보자."

벤치에서 일어난 아이코는 발소리를 죽이며 동상으로 다가갔다.

배추흰나비는 부채처럼 날개를 활짝 펴고 쉬고 있는 것처럼 보였다.

"이게 자고 있는 거야."

슈가 아이코 옆에 나란히 앉았다.

"자고 있다고요!"

탄성을 지르는 아이코의 입을 슈가 검지로 막았다.

"응. 옛날에 방에서 빠져나와 이 공원에 매일같이 왔었다고 했지? 해가 지면 개를 산책시키던 할아버지도, 아이를 데리고 나온 엄마도, 썰물이 밀려가듯 사라져버리지. 그때 난 배추흰나비에게 말을 걸면서 외로움을 달래곤 했어."

사랑스러운 눈으로 깊은 잠에 빠져 있는 배추흰나비를 바라보는 슈의 옆얼굴에서 아이코는 소년 시절의 그를 본 것 같은 기분이 들었다.

"아무것도 하지 않고, 한 시간이든 두 시간이든 지금처럼 쭈그리고 앉아 조용히 귀를 기울이고 있었어. 그러면 바람이 불어 나뭇잎이 서로 스치는 소리, 밤이슬이 땅에 떨어져 튀어 오르는 소리, 벌레 우는 소리…… 낮에는 들을 수 없었던 여러 가지 소리들이 들려. 부모님한테 발각돼서 호되게 야단맞은 적도 여러 번 있었어. 아프다는 핑계로 학교를 쉬고 있었으니까 당연했지. 하지만 다음 날에는 또 빠져나와서 이리로 왔어. 병약한 아이가 밤바람을 맞는 게 몸에 좋을 리는 없지만, 공원에 있을 때는 이상하게도 생기에 넘쳤지. 더위도 추위도 상관 않고 살아 있는 것을 실감했었

던 것 같아."

배추흰나비를 향하고 있는 슈의 눈빛은 어딘가 쓸쓸해 보였다.

"당신은 지금 집안에서 태어난 게 행복해요?"

짙은 안개에 덮여 있는 슈의 눈동자에 빨려 들어가듯 아이코는 물었다.

"부모님의 사랑을 받고 사는 것이 무조건적인 행복이라면 행복한 거지. 하지만 그 사랑이 일방통행으로 밀어붙여지는 거라면 어떤 의미에서 그보다 더한 불행은 없어. 와카바야시 가의 외아들이라는 것 때문에도 어렸을 때부터 많은 제약이 따랐어. 월요일부터 금요일까지는 진학 학원, 토, 일요일은 예절 교실과 영어회화 스쿨에 다녀야 했어. 일주일의 모든 스케줄이 '장래를 위해' 채워진 거야. 친구와 노는 시간이라곤 거의 없었어. 학교에 갈 수 없을 정도로 병세가 나빠졌을 때는 속으로 기쁘기까지 하더라고. 덕분에 여러 가지 배울 것들로부터 해방될 수 있었으니까."

슈가 복잡한 표정으로 웃었다.

"하지만 아니었어. 부모님은 자리에 누워 있는 내 학습 진도를 맞추기 위해 하루 여섯 시간씩 가정교사를 붙였지. 자고, 일어나고, 밥 먹고, 공부하고, 쉬고, 밥 먹고, 공부하고, 쉬고, 공부하고, 자고……. 그런 생활을 몇 년이나 되풀이하다보니 내가 뭣 때문에 태어났는지 생각하게 되더군. 중학생이 되었을 때는 의문이 반발로 바뀌었고, 고등학생이 된 나는 학원도 배움도 다 때려치웠어.

공부도 거의 하지 않고 오토바이로 일본 전국을 돌아다녔지. 어떤 일을 계기로 대학을 중퇴하게 되었는데, 그 무렵에는 부모님도 아무 말씀이 없으시더라고. 와카바야시 가의 후계자가 될 수 없게 된 나는 부모님이 원하는 존재가 되지 못한 거야."

아이코는 뭐라 해줄 말이 없었다.

슈에게 그런 과거가 있었다고는 꿈에도 생각할 수 없었다. 병치레가 잦은 유소년 시절을 보낸 것이나 유서 깊은 가문에서 태어난 탓에 구속받는 일이 많은 것 등 슈와 공통점은 많지만 아이코는 공부 때문에 시달린 적은 없었다.

"그런 동정 어린 눈으로 보지 마. 지금 내가 안고 있는 문제에 비하면 아무것도 아니니까."

"안고 있는 문제?"

"그건…… 말하고 싶지 않아."

슈가 괴로운 듯한 표정으로 말하고는 아이코에게서 시선을 돌렸다. 가끔씩 그가 보이는 어두운 표정이 부모님과의 불화 때문이 아니라면 도대체…….

"어차피 말할 거야. 비밀로 할 만한 것도 아니고."

슈가 억지로 밝은 목소리로 말했다.

"생각해볼게요."

"응? 뭘?"

"당신을 좋아하는 방법……."

작게 숨을 삼킨 슈가 깜짝 놀란 듯 눈을 동그랗게 떴다.

— 당신을 어떻게 좋아하면 되죠?

병원 커뮤니케이션 룸에서 슈의 고백을 듣고 대답해준 자신의 말이 아이코의 뇌리에 떠올랐다.

"진심이야?"

슈가 상기된 목소리로 물었다.

"당신에 대해서 아무것도 모르고, 당신이 어떤 사람인지, 어떻게 나 같은 여자를 좋아하게 되었는지도 잘 몰라요. 하지만 나쁜 사람은 아니라고…… 심성은 착한 사람이라는 것은 알아요."

줄곧 마음을 덮고 있던 안개가 일시에 걷히는 기분이었다.

더 이상 자신의 기분을 속이고 싶지 않았다……. 마음 가는 대로 살기로 했다.

"고마워."

슈가 아이코의 양 어깨에 가만히 손을 얹고 똑바로 쳐다보았다. 잠시 쭈그려 앉은 채 깊은 시선을 나눈 뒤 아이코는 조용히 눈을 감았다. 지난 두 번의 입맞춤과는 달라, 그래도 된다고 아이코는 생각했다.

자신의 고동이 들릴 정도로 아이코의 심장은 대량의 혈액을 내뿜고 있었다. 긴장으로 마른 입술이 입맞춤하는 데 불쾌하지는 않을까 걱정되었다. 대조적으로 달아오른 얼굴이 땀으로 범벅되어 싫지는 않을까 걱정되었다.

무릎 위에서 주먹을 꽉, 꽉 쥐었다.

부드럽고 따뜻한 감촉이 모든 의식을 집중시키고 있던 입술이 아니라 이마에 느껴졌다. 눈을 떴다. 축축한 시야에 슈의 웃는 얼굴이 뛰어 들어왔다.

"오늘 밤은 각자의 집에 돌아가자. 바래다줄게."

찡 하고 가슴에 통증이 느껴졌다.

이 순간 아이코는 하루의 마음을 조금은 알 것 같았다. 100년이 흘러도 퇴색되지 않을 사랑에 빠진 기분을……

13

하교 중인 통학로. 아이코의 발걸음은 다른 때보다 더 무거웠다. 어젯밤엔 운 좋게도 슈와 만나기로 한 공원에 가느라 집을 빠져나온 것을 들키지 않았기 때문에 집에 돌아가기가 싫은 이유는 아버지도 언니도 아니었다.

─내일부터 한동안 사토루 씨에게 와달라고 했어.

언니의 말이 아이코의 고막에 불쾌하게 되살아났다.

─아이코. 이번 일요일에 기분전환 겸 동물원에라도 갈까?

─하지만 천식으로 학교를 쉬고 있는데……

─언니한테는 내가 말해둘게. 천식은 말이지 집에만 틀어박혀 있어서도 안 돼. 가끔은 공기 좋은 곳에 가서 정신적으로 릴렉스하는 것도 필요해.

─난 집에서 독서를 하는 것이 릴렉스하는 거예요.

─릴렉스하고 있다고 생각해도 글자만 보고 있다보면 무의식중에 스트레스가 쌓이게 돼. 푸른 자연에 둘러싸여서 귀여운 동물들을 보며…… 응? 속는 셈 치고 가보자고.

─정말로 괜찮아요.

─아이코. 내가 싫어?

중학생 때 사토루와의 추억은 모든 것이 싫었다.

가정교사와 제자라는 관계 때문에 둘이서 방에 있는 시간이 길었는데 그것이 아이코에게는 고통 외에 아무것도 아니었다.

어쨌든 사토루는 집요했다. 쉴 때마다 어떤 이유든 붙여서 아이코에게 데이트를 청했다.

내가 싫어?

그리고 마지막에는 늘 같은 말로 아이코를 난처하게 했다. 솔직히 아이코는 사토루가 몹시 싫었다. 여자 같고, 단념을 못하고 미적거리고……. 사토루에겐 남자다운 면이 전혀 없었다.

─선생님을 바꿔줘.

아이코는 언니에게 몇 번이나 호소했다. 하지만 동물원 얘기는 하지 않았다……. 아니, 말할 수 없었다. 중학생이라는 민감한 시기에 데이트 운운하는 말을 하는 데는 용기가 필요했다.

─또 시작이니? 저렇게 좋은 선생님이 싫다면 어떤 선생님이 와도 소용없어.

언니의 말은 늘 똑같았다.

─동물원에 가자고 계속 귀찮게 한단 말이야.

아이코는 결국 사토루가 집요하게 데이트 신청을 한다고 언니에게 털어놓았다.

─사토루 씨 말로는 최근에 네 공부 능률이 오르지 않아서 기분 전환을 하는 게 좋을 것 같다고 그랬다는데? 옛날에 사토루 씨가 가르치던 학생 중에 우울증에 걸린 여자애가 있었다며 널 걱정했어.

다음 날 아버지가 같이 있는 자리에서 언니가 첫 마디로 말했다.

—그거 다 거짓말이야. 난 방에서 책을 읽는 게 제일 좋다고 몇 번이나 말했단 말이야.

—그게 은둔형 외톨이의 전조라고 했어. 그래서 널 아무래도 공기 좋은 곳에 데리고 가는 게 좋겠다고. 아이코. 사토루 씨는 말이지, 공부뿐만 아니라 네 인생도 걱정하고 있어. 이렇게 훌륭한 선생님이 어디 있겠니?

사토루에 대해 말하는 언니는 마치 교주에 세뇌된 신자 같았다. 맞다, 사토루는 사이비 종교의 교주처럼 말솜씨가 좋았다. 아이코 앞에서의 사토루와 언니 앞에서의 사토루는 지킬과 하이드처럼 양면성이 있었다.

—언니는 속은 거야. 그 사람은······.

—이제, 그만하거라! 사토루 군 같은 좋은 청년한테 뭐가 불만이냐!

'세뇌'되어 있는 건 언니뿐만이 아니었다. 아버지도 언니와 마찬가지로 사토루의 말에 넘어간 것이 분명했다.

—아이코. 난 진심으로 널 생각하고 있는 거야. 언니한테 들었어. 날 나쁘게 말했다며? 너무한 거 아니니? 왜지? 왜 넌 내 마음을 몰라주는 거야?

그 후 아이코는 수업 때마다 빙 돌려서 끈덕지게 졸라대는 소리를 들어야 했다.

중학교를 졸업하고 사토루의 가정교사 계약이 끝났을 때는 허풍이 아니라 하늘에라도 올라갈 것 같은 기분이었다. 그러나 지금 다시 '악몽'이 되살아나려고 한다.

아이코는 기합이라도 넣으려는 듯 굵고 짧은 숨을 내쉬고 문을 열었다. 투덜거려봤자 사토루가 없어지는 것도 아니다. 게다가 옛날의 자신과는 다르다는 자신감이 있었다.

지금은 사토루의 유혹을 단호하게 거절할 수 있다.

"다녀왔……."

신발 벗는 곳에 가지런히 놓여 있는 스니커를 보고 말을 삼켰다. 그 스니커가 아버지 것이 아닌 것은 분명했다.

"이야, 아이코, 오랜만이네."

스니커에 시선을 떨어뜨리고 있던 아이코의 팔에 소름이 돋았다. 주뼛주뼛 고개를 들었다. 불쾌한 예감은 적중했다.

아이코 못지않은 하얀 피부, 여자도 시샘할 정도로 가는 팔, 눈초리는 부드럽게 내려가 있지만 음탕한 빛을 내뿜는 눈동자……. 사토루가 불쾌지수 백퍼센트의 미소를 띠며 손을 들었다.

아이코는 사토루가 한밤중에나 올 줄 알았다. 설마 사토루의 마중을 받게 될 줄은 상상도 하지 못했다.

"얘, 아이코. 멍청히 서 있지 말고 사토루 씨께 인사해야지. 중학생 때랑 달라진 게 하나도 없다니까."

사토루 옆에 나란히 선 시즈에가 전에 없이 다정한 목소리로 말

했다. 트레이드마크인 미간의 주름도 오늘은 볼 수 없었다.

"아…… 오랜만이에요."

"많이 예뻐졌구나. 역시 자매의 피는 숨길 수가 없군."

사토루가 아이코와 시즈에를 번갈아 보았다. 아무 일도 없는 듯 비위를 맞추는 언니의 주도면밀함에 치가 떨렸다.

"어머, 사토루 씨도. 아부 떨어봤자 나올 것도 없어요."

시즈에가 귓불까지 빨개져서는 수줍어한다. 언니가 이렇게까지 기뻐하면서 여성스러운 표정을 짓는 것은 처음 보았다.

"아부라니요. 난 아부랑 벌레가 제일 싫어요."

사토루가 진실함뿐만 아니라 위트 있는 말솜씨로 언니의 미소를 유도했다. 이런 식으로 언니와 아버지가 '세뇌'되었지만 아이코는 소름만 돋을 뿐이었다.

"믿어드릴게요. 자, 이렇게 서 있지 말고 어서 방으로 들어가요."

소녀처럼 통통 튀는 걸음으로 복도를 걸어가는 시즈에의 뒷모습을 보고 아이코는 화가 치밀었다.

아버지와 동생을 보살피기 위해 지금까지의 인생 대부분을 희생해온 언니는 같은 또래의 여성들에 비해 남성에 대한 면역력이 없다. 그런 언니의 순진한 부분을 이용하는 것 같아서 사토루에 대한 화가 치밀어오르는 것이었다.

"나, 옷 갈아입고 올게."

아이코는 빠른 말투로 말하고 시즈에의 대답도 기다리지 않고 2층으로 뛰어 올라갔다. 자기 방 앞에서 걸음을 멈추었다. 사토루가 보면 난처했을, 떨어져나간 문이 원래대로 돌아와 있었다. 아이코로서는 두 사람만의 밀실공간을 피하기 위해 문이 떨어져 있는 게 나았다.

방에 들어간 아이코는 책상 위…… 슈와 메일을 주고받는 것을 들켜 버려진 줄 알았던 컴퓨터를 보았다.

원래라면 기쁠 일이지만 아버지가 컴퓨터를 되돌려놓은 이유를 생각하니 아이코는 기분이 우울해졌다.

— 네 감시역이야. 일은 여기서 다니기로 했어.

어제 언니의 말이 변심한 행동의 모든 것을 말해주고 있었다.

뭐라 설명할 수 없는 서글픔에 휩싸여 아이코는 침대에 주저앉았다. 아무리 갈등이 깊은 와카바야시 가 사람과 사귄다고 해서 제삼자에게 감시당해야 할 만큼 자신이 믿음을 주지 못했다는 것이 충격이었다.

발밑에 내동댕이친 가방이 열려 교과서와 노트가 흐트러졌지만 정리할 기력도 없었다.

사토루는 얼마나 오랫동안 우리 집에 머무를까?

설마 학교에 갈 때도 사토루를 감시자로 동행시킬까?

불안요소가 확산되는 머릿속에 노크 소리가 울렸다.

뭐 하고 있니? 사토루 씨가 밑에서 기다리고 있어.

언니가 어떤 목적으로 자신의 방에 찾아왔는지 손바닥 들여다

보듯 훤히 알 수 있었다.

일어서는 것도 내키지 않았지만 언니가 무시당하고도 순순히 물러날 성격이 아니라는 것은 아이코가 가장 잘 알고 있었다. 자리에서 일어섰을 때 열린 문으로 나타난 사람 그림자를 보고 아이코는 동작을 멈췄다.

"여기도 참 오랜만이네."

사토루가 소름끼치는 거짓 웃음을 지으며 한손을 들면서 방으로 들어왔다.

"지금 내려간다니까요."

아이코가 퉁명스럽게 말하고는 사토루와 눈을 맞추지 않으려고 애쓰면서 문으로 향했다.

"그럴 필요 없어. 언니한테 네가 어떤지 봐달라고 부탁받았어."

사토루가 태연하게 책상 의자에 앉더니 아무 거리낌 없이 컴퓨터를 켰다.

"지금 뭐 하는 거예요!"

아이코는 낯빛을 바꾸며 항의했다.

"아버지와 언니한테 허락받은 일이야."

사토루는 머뭇거리는 기색도 없이 말하더니 메일 수심함과 발신함을 체크하기 시작했다.

"이거, 농담이 아니네."

아이코는 사토루의 팔을 움켜잡았다.

"방해하지 마!"

갑자기 일어난 사토루가 쇳소리로 소리치며 눈을 희번덕였다. 너무나도 험악한 모습에 압도되어 아이코는 스스로 손을 놓았다.

"미안. 하지만 나도 언니한테 부탁받은 책임이 있으니까."

책상 의자에 앉은 사토루가 고작 몇 초 전과는 다른 사람처럼 냉정한 목소리로 말하고는 편지함을 다시 체크하기 시작했다.

옛날부터 사토루는 자기 생각대로 되지 않으면 격앙하는 버릇이 있었다.

"좋아, 문제없군."

사토루가 만족스런 표정으로 의자를 회전시켜 아이코 쪽으로 돌아앉았다.

"네가 화난 건 알지만 다른 가족들 기분도 생각해줘야지."

사토루가 마치 남의 일처럼 쿨한 표정으로 말했다. 아버지나 언니가 한 일도 납득할 수 없지만 가족도 연인도 아닌 사토루의 행동은 더욱 용납할 수 없었다.

"서 있지 말고 앉지?"

아이코의 책상 의자에 제 것인 양 앉아 있는 사토루가 침대를 오른손으로 가리켰다.

"아니, 괜찮아요."

"너는 여전히 고집통이구나?"

사토루가 자신에 대해 다 아는 듯이 말하자 아이코의 불쾌지수

는 더 올라갔다.

"그래도 아이코 너 정말 많이 예뻐졌어. 이제 어엿한 숙녀네."

여자라면 예쁘다는 소리를 듣고 좋아하는 게 당연하지만 사토루에게 듣는 것만은 달랐다.

"볼일 다 끝났으면 나가주세요."

"아주 제대로 훼방꾼 취급이네. 슬프다."

"난 슬프지 않아요."

"뭐, 그렇다 치고. 근데 미안하지만 볼일은 이제부터야. 슈란 남자에 대해선 들었다. 와카바야시 가와 하나야기 가의 갈등 관계도. 역시 고등학교를 졸업할 때까지 내가 가정교사를 계속 해야 했어. 그랬다면 그런 놈팡이가 들러붙지도 않았을 테고."

사토루가 검자주색 입술을 깨물었다. 정말로 그렇게 믿고 있는 맹목적인 성격이 두렵다.

놈팡이는 당신이에요.

욕이 터져 나오려는 것을 간신히 참았다.

"아이코. 왜 하필이면 와카바야시 가의 남자랑 사귀는 거니? 내가 가정교사를 그만뒀다고 자포자기한 거야?"

번질거리고 착 달라붙은 7대 3 가르마의 머리카락을 손으로 움켜쥔 사토루가 자신의 말에 한 톨의 의심도 없는 진지한 눈빛을 보내며 물었다.

이쯤에서 확실하게 방파제를 쌓아두지 않으면 '적'은 흙발로 쳐

들어올 것이다.

"가와니시 선생님은 중학생 때의 가정교사 그 이상도 이하도 아니에요."

이름에 선생님을 붙이는 것으로 아이코는 의사표시를 했다.

"여자아이들은 정말 복잡한 생물이야. 자신의 감정에 좀 더 솔직해지면 안 되나?"

지치지도 않는 사토루에게 아이코는 화가 더 났다.

"아이코 전에 가르쳤던 학생 중에 준나라는 여자아이가 있었어. 그 애는 수업을 농땡이치거나 숙제를 백지로 내는 등 어쨌든 반항적이었어. 나 같은 사람도 어떻게 해볼 수가 없고 의사소통도 될 것 같지 않아서 가정교사를 그만두겠다고 그 애 어머니께 말했지. 그 애 어머니도 딸의 수업 태도를 듣고 납득해주었어. 마지막 수업 날 준나는 심경에 변화가 생겼는지 그때까지와는 비교도 할 수 없을 정도로 순순히 수업에 임하더군. 이 상태라면 어쩌면…… 하고 생각했지만 난 결심을 바꾸지 않았어. 이 모습이 그녀 본래의 모습이라면 왜 그렇게 불성실했는지가 설명되지 않았기 때문이지. 그런데 아주 서프라이즈한 사건이 나를 기다리고 있더군. 수업이 끝나고 다른 말을 걸었을 때 느닷없이 준나가 울기 시작하는 거야. 이야기를 듣고 깜짝 놀랐어. 그녀는 나를 가정교사가 아니라 한 남자로서 좋아했다는 거야. 그 마음을 제대로 전달할 수가 없어서 반항적인 태도를 보였다는 것이지. 하지만 내 마음이 바뀌지

는 않았어. 왜 그랬을 거라고 생각해? 그건 내가 그녀의 마음을 받아들일 수 없다는 것을 알고 있었기 때문이야."

사토루가 울적한 표정으로 한숨을 쉬었다.

사람 취향이야 제각각이라고는 하지만 사토루의 자신에 대한 편집적인 태도를 보고 있는 한 선뜻 믿을 수는 없었다.

"아이코를 보고 있으면 그녀가 떠올라. 단지 그때와 분명히 다른 것은 준나는 받아들일 수 없었던 나도 너한테는 다르다는 거야."

사토루가 뜨거운 시선으로 아이코를 바라보았다.

"가와니시 선생님……."

"사토루라고 불러도 돼."

"가와니시 선생님. 이것만은 확실히 말할게요. 세상에 남자가 당신 한 명만 남아도 내가 연애 감정을 가질 일은 없습니다."

너무 심하게 말했나 싶은 약간의 후회는 있었다. 하지만 쉽게 착각하는 사토루의 성격을 생각하면 이 정도로 심하게 말해두는 게 나중을 위해서도 좋다.

"그거…… 진심으로 하는 말이야?"

눈 밑 살갗을 경련시키면서 사토루가 작게 슬픈 목소리로 물었다.

"진심이에요."

잠깐 동안 눈도 깜박이지 않고 허공을 향하고 있던 사토루가 느닷없이 큰 소리로 웃었다.

"뭐가 우스워요?"

아이코는 황당한 표정으로 사토루를 보았다.

"지금까지 고집불통 심술꾸러기 같은 모습만 보였으니 당연히 웃을 수밖에 없지 않겠어?"

머리의 피가 내려가 발톱 끝에서 빠져나가는 것 같았다.

사토루에겐 이해력이라는 게 있는 걸까? 하고 아이코는 진심으로 두려워졌다.

"취소해줄래?"

사토루가 감정을 억누르며 말했다.

"네?"

"세상에 남자가 나 혼자만 남아도 네가 연애 감정을 가질 일은 없다는 것 말이야."

사토루가 의자에서 천천히 일어섰다. 사토루는 이해력이 없는 것이 아니라 아이코가 한 심한 말에 충격을 받고 사고가 착란을 일으킨 것이었다.

"어서 취소해줘."

"가까이 오지 말아요……."

사토루가 거리를 좁히는 만큼 아이코는 뒤로 물러섰다.

"어서 취소해줘."

뭔가에 홀린 것처럼 사토루는 같은 말을 되풀이하며 한 걸음 한 걸음 거리를 좁혀왔다. 아이코의 등이 벽에 닿았다. 더 이상 물러설 곳이 없었다.

"어서 취소해달라고······."

"그만둬!"

아이코는 절규하며 사토루의 오른손을 왼손으로 뿌리쳤다. 계단을 뛰어올라오는 발소리······ 이때만은 언니의 출현이 반가웠다.

"큰 소리가 났는데, 무슨 일이야!?"

기세 좋게 열린 문으로 낯빛을 바꾼 시즈에가 뛰어 들어왔다. 언니의 애정을 느낀 것은······ 아주 오랜만인 것 같았다.

"언니······."

"시즈에 씨, 아이코가 슈와 헤어질 바에는 이 집에서 나가겠다고 하네요."

사토루가 아이코의 말을 가로막고 말했다.

"뭐······."

불과 몇 초 전까지의 사토루와는 전혀 다른 사람처럼 변모한 모습에 아이코는 벌어진 입을 다물지 못했다.

"아이코! 너 아직도 그런 말 하니!? 도대체 왜 그래!?"

형제애가 착각이었다고 말하듯 시즈에가 눈초리를 치켜 올리고 아이코를 다그쳤다.

"아니야······ 얘길 듣고······."

"얼마나 더 하나야기 가의 이름을 더럽혀야 속이 시원하겠니!"

시즈에가 오른손을 치켜들었다.

"시즈에 씨 잠깐만요. 아이코도 갑자기 외부인인 내가 나타나

혼란을 겪고 있는 것 같습니다. 진정되면 분명 알아줄 거예요. 여긴 나한테 맡겨주시겠습니까?"

사토루가 진지한 자세로 호소했다.

"사토루 씨가 그렇게까지 말씀하시니⋯⋯. 아이코, 그를 봐서 이번만은 못 들은 걸로 할게. 하지만 또다시 같은 얘기를 한다면 내가 직접 와카바야시 가를 찾아갈 거야."

더 이상 대꾸할 기력도 없었다.

대화라는 것은 상대가 듣는 귀를 갖고 있어야 비로소 성립된다. 지금 시즈에겐 무슨 말을 해도 소용없었다.

"알아들었지?"

다짐을 두는 시즈에게 아이코는 고개를 끄덕였다. 언니가 있어봤자 사태가 호전되기는커녕 2대 1이 될 뿐이었다. 사토루의 입장에서도 또다시 언니가 나타나면 둘러대기도 곤란할 테니 함부로 나서지는 못할 것이다. 비이성적으로 행동해도 자신이 불리해지지 않도록 냉정하게 계산하는 것이 사토루라는 남자였다.

"네 마음은 충분히 알았어."

언니가 방에서 나가자 사토루가 지금까지 보인 적이 없는 날카로운 눈빛으로 아이코를 노려보았다.

"내가 도대체 뭘 어쨌지? 적어도 너한테 이런 말을 들을 만한 짓은 하지 않았을 텐데."

순간 지금의 발언을 사토루에게 되돌려주고 싶었다. 그러나 언

니 때와 마찬가지로 그럴 마음은 없었다.

오늘 밤은 어떻게든 이대로 넘기고 내일 학교에 갔다가 그대로 어딘가로 사라져버린다……. 그것이 아이코가 할 수 있는 유일한 저항이다.

아야노 건도 있고 해서 슈에게 부탁할 수는 없지만 혼자라도 상관없었다. 1분이라도 사토루와 같은 공기를 마시고 싶지 않다.

"남에게 상처를 입혔으면 그에 상응하는 보상도 받아야겠지."

입술의 한쪽 끝을 치켜 올리고 사토루가 휴대전화를 꺼내 번호를 눌렀다.

아이코는 가슴이 심하게 고동치는 것을 느꼈다.

"아, 여보세요? 와카바야시 슈?"

"잠깐……."

반사적으로 휴대전화로 손을 뻗는 아이코를 사토루가 그 가는 팔로는 상상할 수 없는 힘으로 밀쳐냈다.

"하나야기 아이코는 지금 나에게 안겼어. 너한테 내가 누군지는 말할 필요 없고. 충고해두지. 앞으로 절대로 내 여자한테 접근하지 마. 마지막으로 덧붙이면 아이코는 남자는 내가 처음이었대."

차마 입에 올릴 수 없는 파렴치한 거짓말을 일방적으로 내뱉고 사토루는 전화를 끊었다.

아이코는 엉덩방아를 찧은 자세로 악마의 농간에 할 말을 잃고 사토루를 올려다보고 있을 수밖에 없었다.

"난 사랑하는 사람은 어떤 짓을 해서든 손에 넣고 마는 사내야. 원한 살 짓을 해서라도 말이지. 아이코, 알겠어? 애증이라는 것도 훌륭한 애정표현의 하나라는 것을."

사토루의 높은 웃음소리가 아이코의 귀를 관통했다. 눈물에 왜곡된 시야에 비친 남자는 악마 그 자체였다.

"당신이란 사람은…… 정말 비열한 인간이야!"

망아忘我의 상태에서 정신을 차린 아이코는 사토루에게 욕을 퍼부었다. 아니, 사토루가 아이코에게 한 짓에 비하면 지금 것은 욕에도 들어가지 못한다.

"비열하든 추잡하든 마지막에 내가 생각하는 결과대로만 되면 돼. 그게 나란 남자야."

사토루가 벽 아랫동아리에 엉덩방아를 찧은 아이코 앞으로 다가와 무표정하게 말했다.

"당신이 생각하는 결과대로는 되지 않을 거예요. 난 절대로……."

그때 아래층에서 초인종 소리가 났다.

"당신 뭐예요!? 이러면 곤란해요. 돌아가주세요!"

벨소리에 이어서 아래층에서 들려온 시즈에의 고함소리에 아이코는 사토루에게 더 하려던 말을 삼켰다.

"아이코 있죠? 부탁입니다. 만나게 해주세요."

시즈에와는 다른 목소리에 아이코의 칠흑 같은 마음에 한 줄기 빛이 비쳤다.

"슈!"

"지금 아래층으로 가면 아버님께서 힘들어지실걸."

막 일어선 아이코는 사토루의 한마디에 동작을 멈췄다.

"그게 무슨 의미죠?"

"앉으면 가르쳐줄게."

사토루는 마치 작은 동물을 가지고 노는 듯했다.

아래층에서는 시즈에와 슈의 승강이가 계속되고 있었다.

아이코는 초조한 마음을 억누르고 사토루 앞에 앉았다.

"네 아버지와 언니가 왜 날 하나야기 가에 기꺼이 받아들여주었는지 알아?"

"그건…… 당신이 좋은 사람인 척 연기를 하기 때문이죠."

아이코는 잠시 주저했지만 자신의 생각을 솔직히 말했다.

"이거 너무 딱 부러지게 말하는 거 아냐? 나도 감정이 있는 인간이라고."

웃을 때 얇은 입술 사이로 비치는 빨간 혀끝이 하얀 피부와 대비되어 묘하게 불쾌했다.

"뭐 그건 그렇다 치고. 확실히 그건 맞아. 하지만 그것만으로 그렇게 열렬히 환영해주는 게 이상하다고 생각지는 않아?"

사토루의 말에도 일리는 있었다. 남자와의 교제 경험이 적은 언니야 그렇다 해도 아버지까지 '좋은 사람'이라고는 하지만 사토루를 그렇게 신뢰하고 인정하는 것은 부자연스럽게 생각되었다.

"확실히 말해봐요."

"아버님께는 1,000만 엔의 대출금이 있어."

"대출금 1,000만 엔이요?"

"그래. 내가 네 가정교사를 할 때 우연히 아버님께 그 말을 들었어."

"아버지가 왜 당신한테 그런 말을 털어놓았죠?"

당장은 쉽게 믿을 수 없었다. 사토루의 말이다. 자신에게 좋은 방향으로 가져가기 위해 어떤 거짓말을 할지 모른다.

"우리 아빠 다이에이 은행의 임원이셨어. 면접할 때 그걸 안 네 아버님이 가정교사를 시작하고 절반쯤 지났을 때 상담을 청하시더군. 아버님은 상공론商工loan이라는 고금리 금융업자에게 복수의 대출을 받고 그것을 상환하려고 다른 곳에서 빌리는 돌려막기에 빠지셨던 것 같아. 그래서 아빠한테 그 일을 말씀드렸더니 이 집을 담보로 하는 조건이라면 융자해줄 수 있다고 하신 거지. 아버님의 입장에서도 저금리 은행으로 대출금 일체를 갈아타는 것이 매달 내는 돈도 크게 줄일 수 있고……. 다시 말해서 그랬던 거야. 거짓말 같으면 나랑 같이 아버님께 물어봐도 돼."

자신만만하게 말하는 사토루를 보고 이 이야기만은 거짓말이 아니라는 기분이 들었다.

아버지가 장사에 실패했다는 것은 알고 있었지만 1,000만 엔의 빚이 있었다는 것은 금시초문이다. 게다가 사토루의 아버지께 융

자를 부탁했으리라고는…….

"그건 그렇다 치고 왜 아버지가 힘들어지신다는 거죠? 돈도 꼬박꼬박 갚고 있는데……."

"계약할 때 채권자가…… 그러니까 우리 아빠 은행인데, 일시 상환을 요구했을 때 채무자는, 이건 네 아버지를 말하는 거고, 순순히 응해야 한다는 조건이 있었어. 토지의 가격이라는 것은 주식과 같아서 폭락할 때가 있기 때문에 떨어졌다고 생각되면 바로 팔아치워야 회수할 수 있으니까. 이건 어디까지나 왜 그런 조항이 들어가 있는지 그 이유를 설명한 것이고, 계약서상에는 채권자가 팔기로 결정하면 땅값이 내려가지 않아도 팔 수 있게 되어 있어. 아빠는 내가 말하는 건 뭐든 들어주셔. 이제 내가 뭘 말하고 싶은 건지 알겠어?"

계약이나 담보에 대해서는 잘 모르겠지만 사토루가 말하는 것은 자기 말을 듣지 않으면 언제든지 이 집을 팔 수 있다…… 다시 말해 협박이라는 것은 분명히 알 수 있었다.

"당신…… 정말 최악이네요."

아이코는 진심으로 사토루라는 인간을 추악하다고 생각했다. 그 추악하고 비열한 인간에게 한 집안의 명운이 달려 있다는 사실에 화가 치밀었고, 서글펐다.

"내가 말했지? 비열하든 어쨌든……."

유리에 무언가가 부딪히는 소리가 나자 사토루가 말을 잘랐다.

"아이코, 거기 있지!"

창 밖에서 슈가 부르는 소리가 들렸다. 그러나 창을 열 수는 없었다.

"창문을 열어도 돼."

사토루에게 그런 말을 들으리라고는 생각지도 못했다. 그의 꿍꿍이가 뭔지 생각해볼 겨를도 없이 아이코는 창가로 향했다.

"단, 돌아가라고, 앞으로 다시는 만나고 싶지 않다, 그리고 아까 내 전화가 정말이었다고 말해."

"그런 말을 할 수 있을 거라……."

"아빠한테 이 집을 압류하라고 말씀드려도 돼?"

사토루가 아이코의 말을 막고 악마 같은 미소를 지었다.

"아이코, 창문 열어!"

"자. 사랑하는 왕자님께서 부르시잖아."

"최악이야……."

다시 한 번 쥐어짜내는 듯한 목소리로 내뱉고 아이코는 창을 열었다. 가로수 길을 등지고 슈가 지금까지 보인 적이 없는 다급한 표정으로 서 있었다.

"아이코, 아까 전화한 남자는 누구야?"

아이코를 올려다보는 슈의 심각한 눈동자를 보고 있으려니 준비된 말을 입 밖에 꺼낼 수가 없었다.

"뭐 하고 있어? 어서."

창가에서 떨어진 위치에 서서 사토루가 주저하는 아이코를 재촉했다.

"뭐라고 좀 말해줘."

슈의 비통한 목소리에 더욱 말을 꺼낼 수가 없었다.

"넌 집을 뺏기는 것보다 그와의 교제가 우선인 거야? 그렇다면 어쩔 수 없지. 아빠한테 전화를 걸 수밖에."

등 뒤에서 사토루가 휴대전화를 꺼내는 기척을 느꼈다.

"돌아가……."

사토루의 압박을 견디지 못하고 아이코는 끝내 말했다.

"남자가 거기 있는 거야?"

"……없어요. 정말로 돌아가요. 다시는 만나고 싶지 않아!"

모든 것을 머릿속에서 지우고 아이코는 울부짖듯이 말했다.

"아이코…… 지금 진심으로 하는 말이야?"

"이런 말을 농담으로 할 수는 없잖아요."

"설마 아까 전화가…… 정말이야?"

슈에게선 보기 힘들게 두려움이 섞인 목소리다. 2층에서 봐도 슈의 다리가 떨리고 있는 것을 알 수 있었다. 마음이 흔들렸다. 그러나 교제를 반대할 때의 양가의 갈등과 같은 형태가 없는 것과는 달리 아이코가 자신의 생각을 밀고 나가면 아버지도 언니도 길거리로 나앉고 만다.

"정말이에요."

그 순간 슈의 얼굴이 미묘하게 일그러졌다.

"거짓말이야…… 아이코, 거짓말이지!?"

돌연 기억에도 없는 슈의 어렸을 때 모습을 본 것 같은 느낌에 눈시울이 뜨거워졌다.

"부탁이야, 거짓말이라고 말해줘!"

"당신, 여기서 뭐 하는 거예요!"

안색이 바뀐 시즈에가 슈에게 격렬하게 대들었다.

"아이코. 아이코……."

"경찰을 부를 거예요!"

시즈에가 슈의 가슴을 밀면서 소리쳤다. 아이코는 더 이상 보고 있을 수가 없어서 창문을 닫았다. 눈물이 하염없이 흘러나왔고, 오열이 멈추지 않았다.

왠지 몰랐다.

단지 슈의 순수함…… 그리고 나약함을 본 듯한 기분에 떨리는 마음을 억누를 수 없었다.

"잘했어. 이제야 비로소 내 제자답군."

눈물을 보이는 것이 사토루에게 굴복하는 것 같아 아이코는 돌아서지 않았다.

"그럼, 한숨 돌리고 나서 내일 거 예습이나 시작해볼까?"

"나가……."

아이코는 창문을 향한 채 목소리를 죽이고 말했다.

"응?"

"내 방에서 빨리 나가!"

아이코의 울부짖음이 실내 공기를 갈랐다.

"알았어. 오늘 밤은 너도 마음이 복잡할 테니 네 말대로 해주지. 하지만 내일부터는 그렇게 멋대로 구는 거 절대로 용납하지 않아. 내 신부로서 그에 어울리는 여자가 되어야 해."

"뭐라고!?"

아이코가 반사적으로 돌아섰다.

"그럼."

사토루는 개운한 표정으로 한 손을 들더니 방을 나갔다.

"죽어도 당신이란 사람하곤 결혼 안 해!"

닫힌 문을 향해 아이코는 소리쳤다.

— 시게루 군에게 시집가거라.

《백년 연인》에서 하루가 아버지에게 들은 말이 절망으로 가득 찬 아이코의 머릿속에 떠올랐다. 아이코는 쇼이치와 하루가 시공을 초월하여 자신과 슈에게로 옮겨온 것은 아닐까라는 바보 같은 이야기를 진지하게 생각할 수밖에 없었다.

14

"언니…… 진심이야?"

신발 벗는 곳에 멍하니 서 있던 아이코는 창백한 입술을 바르르 떨면서 물었다.

"진심이고말고. 별걸 다 묻는구나."

시즈에가 미소를 지으며 온화한 말투로 말했다.

아이코 옆에 사토루가 없으면 눈이 치켜 올라가고 말투에도 가시가 있던 언니.

"나 이제 열여덟이라고. 학교에 가는데 보호자를 데리고 간다면 누가 봐도 웃을 거야."

"그건 사리분별이 분명한 줄 알았던 네가 나나 아버지의 말을 듣지 않고 상식에 벗어난 짓을 하니까 그렇지."

시즈에는 끝내 미소를 거두지 않으며 다정한 언니의 이미지를 무너뜨리지 않으려고 노력하고 있었다.

"나와 슈가 만나는 게 왜 상식에서 벗어난 짓이지? 그걸 방해하려고 감시자를 붙이다니 바보 취급 하는 것도 정도가 있다고."

"그 얘기라면 이미 몇 번이나 했잖니. 끝난 일을 자꾸 문제 삼지 마."

"얘기라니…… 일방적으로 언니가 감정이 격해져서 화낸……."

"아이코. 그쯤에서 그만두지. 학교에 늦지 않겠어?"

"가와니시 씨는 잠자코 있어요. 이건 나와 언니의 문제이니까요."

"그럼 난 아버님과 이야기를 나눠볼까?"

사토루가 가운뎃손가락으로 안경을 밀어 올리고 음습한 눈으로 아이코를 보았다. 아이코는 난폭하게 문을 열고 밖으로 뛰쳐나갔다.

"조금은 이해력이 좋아진 것 같아."

잔달음질로 쫓아온 사토루가 아이코 옆에 섰다.

"너무 바짝 붙지 말아요. 사람들이 이상한 눈으로 보잖아요!"

실제로 통학로인 가로수 길을 걷는 학생들 태반은 낮이 있고 없고를 떠나서 아이코와 사토루를 호기심 어린 시선으로 보고 있었다.

무리도 아니었다. 남녀 학생끼리 붙어 다니는 것이라면 같은 호기심 어린 시선이라도 의미가 다르다. 사토루는 물론 학생으로 보이지도 않을뿐더러 그렇다고 해서 친 오누이로도 보이지 않는, 다시 말해서 등교 시의 두 사람의 조합은 이상함 그 이상도 이하도 아니었다.

황급히 눈을 피하는 학생, 수군수군 귀엣말을 하는 학생, 가만히 응시하는 학생…… 마치 알몸으로 걷고 있는 듯한 치욕이 아이코의 정신을 갉아먹었다.

"상관없잖아? 우리가 뭐 잘못한 것도 없는데."

사토루가 여유롭게 말했다.

"그런 문제가……."

아이코는 생각을 고쳐먹고 입을 다물었다.

극도로 자기중심적인 성격을 가진 사람에게는 무슨 말을 해도 소용없다고 생각했기 때문이다. 그보다도 사토루에게서 어떻게 하면 도망칠 수 있느냐가 문제였다.

"이야, 오늘은 놈씨랑 함께야?"

이타미와 가미오카…… 가장 만나고 싶지 않은 인물이 늘 그렇듯 소름 돋을 것 같은 엷은 미소를 양쪽 볼에 머금고 나타났다.

"뭐야? 너희들은?"

모른 척하면 될걸 사토루가 두 사람의 도발에 응수했다.

"이야, 가미오카. 기사님께서 공주님을 지켜드리기 위해 납셨는데!"

"그런데 이 기사님, 너무 나약하신 거 아냐?"

연상이라도 창백하고 연약한 사토루에게 위압감이 느껴지지 않자 두 사람은 철저히 얕잡아봤다.

"너희들이 누구냐고 묻고 있어."

"너희들이 누구냐고 묻고 있어."

가미오카가 무시하듯 사토루의 말을 흉내 냈다.

"우린 학교에 가는 길이야. 너희들의 시답잖은 말에 상대하고 있을 여유가 없어."

"우리도 학교에 가는 길이야. 게다가 당신은 학생도 아니잖아? 혹시 학교 화장실을 러브호텔 대신 쓰려는 건가?"

이타미가 천박하게 웃으면서 말하자 가미오카도 함께 폭소했다.

"어이가 없군. 나까지 질이 낮아지겠어."

"뭐라고? 다시 한 번 말해봐!"

이타미가 표정을 바꾸고 소리를 질렀다.

"이만 가자."

"어딜 가?"

사토루의 말에 걸음을 내딛기 시작한 아이코의 팔을 가미오카가 잡았다.

"뭐 하는 거예요. 이거 놔요."

"네 놈씨한테 이렇게 무시를 당했는데 그냥 가겠다고?"

"이 사람은 내 남친이 아니에요. 게다가 먼저 말을 건 것은 그쪽이 잖아요."

"뭐야!"

"그만둬."

흥분한 가미오카를 제지한 것은 에리카였다.

"너, 언제부터 하나야기 편을 들게 된 거야?"

이타미의 말에 아이코는 마음속으로 고개를 끄덕였다. 에리카로 말하면 지금까지는 그들 두 사람과 한편이 되어 아이코를 원수 대하듯 했다.

"네 편 내 편이 아니야. 난 아침부터 꼴사나운 짓 하지 말라는 거지."

"뭐야, 어떻게 된 거야? 너 답지 않아."

가미오카가 여우에게 홀린 표정으로 말했다.

"무슨 바람이 불었는지는 모르겠지만 쓸데없이 참견하지 마."

이타미가 눈꼬리를 치켜 올리고 에리카에게 다가갔다.

"내 말을 듣지 않는다면 아토 선배한테 말해도 상관없겠지?"

에리카가 팔짱을 끼고 말하자 이타미와 가미오카의 얼굴에서 핏기가 싹 가셨다.

"아, 아무도 그럴 생각으로 한 말이 아니야. 그치?"

이타미가 경직된 미소를 지으며 가미오카에게 동의를 구했다.

"으응, 그렇지. 야, 가자."

가미오카도 굳은 표정으로 고개를 끄덕이더니 이타미의 팔을 잡고 발길을 돌렸다. 사토루는 어안이 벙벙했지만 아이코는 이유를 알고 있었다.

에리카가 말한 아토라는 남자는 2년 선배로 유명한 불량배였다. 재학 중에도 아토와 적대하던 타교 불량학생이 교정에 떼로 몰려오거나, 반대로 아토의 패거리가 길거리에서 타교 학생을 때려눕히는 사건이 빈번하게 일어났었다.

에리카는 불량학생은 아니었지만 무슨 이유에서인지 아토 패거리의 마음에 들어 점심시간이나 방과 후에 그들과 어울려 다니는 것을 아이코는 몇 번인가 본 적이 있었다. 그 때문에 다른 불량서클에서도 에리카를 함부로 건드릴 수가 없었고, 일반 학생들은 병균이라도 보듯 그녀를 대했다.

에리카라는 애는 옛날부터 자기 방어에 능했다. 자신을 유리한

입장에 두는 것에 매우 열심이었고, 아토와 행동을 함께하는 것도 치밀한 계산에 따른 것이라는 것은 말할 필요도 없다.

"도와줘서 고마워요."

멀어지는 이타미와 가미오카의 뒷모습을 보던 사토루가 에리카에게 인사했다.

"아니요, 그들은 늘 아이코를 이렇게 괴롭히는 걸요."

에리카가 자신에게 불리한 말은 쏙 빼고 말했다. 게다가 그들은 하고, 못된 놈이라는 듯 혀를 찬 두 사람 중 한 명은 자신의 오빠다.

정말로 무슨 생각으로 저러는 걸까?

다른 때 같으면 그들과 합세하여 자신을 괴롭힐 에리카다.

"쟤들은 누구죠?"

"둘 다 와카바야시 가의 먼 친척이에요."

"역시 와카바야시 가였군. 변변치 못한 놈들."

사토루가 미간에 주름을 지으며 말을 툭 던졌다.

"왜 날 도와준 거야?"

아이코는 참지 못하고 물었다.

"아이코. 무슨 말이 그래?"

사토루가 비난 섞인 말투로 말했다.

"아, 괜찮아요. 언니가 늘 제게 잘 대해주시니까 당연해요. 어제도 전화를 하셔서 아이코를 잘 부탁한다고 하시더라고요. 그런데 지금 앞에 계신 분은 아이코의 가정교사 선생님이시죠?"

사람이 달라진 듯 갑작스럽게 바뀐 에리카의 태도에 대한 수수께끼가 풀렸다.

　언니와 에리카의 공동 목적—아이코와 슈의 사이를 갈라놓는다는 목적으로 두 사람은 협력하기로 했음이 틀림없다.

　"중학교 때 일인걸요. 와카바야시 가의 장남이 집적대는 것 같다고 시즈에 씨한테 부탁받고 아이코의 보호자 역할을 맡았어요."

　"그런가요? 저도 괜찮으면 협력해드릴게요. 무슨 일이 있으면 연락 주세요. 제 휴대전화 번호는 시즈에 언니한테 물어보면 알 거예요. 그럼."

　에리카는 예의 바르게 고개를 숙이고 발길을 돌려 가로수 길을 종종걸음으로 뛰어갔다.

　"좋은 아이네. 아이코도 그녀를 조금은 보고 배웠으면 좋겠어."

　"아무것도 모르면서 내키는 대로 말하지 말아요."

　아이코는 말하고 사토루를 내버려두고 걷기 시작했다.

　사토루에게 감시당하는 것만도 미칠 것 같은데 에리카까지 합세하다니…….

　머릿속에서 이런저런 괴로운 일들이 뒤엉켜서 아이코는 어떻게 하면 좋을지 몰랐다.

　등 뒤에서 사토루의 발소리가 쫓아왔다.

　"지금 같은 태도는 이번만이야. 다시 또 이러면 나도 화낼 테니까."

　아이코는 나란히 걸으며 말을 거는 사토루를, 여전히 호기심 어

린 시선을 보내는 주위 학생들과 함께 무시했다.

이윽고 학교 정문이 보였다.

"그럼 하교 시간에 맞춰서 다시 데리러 올게. 다섯 시가 지나도 네가 나타나지 않으면…… 그땐 알지?"

아이코는 대답하지 않고 교정으로 들어갔다.

"야!"

누군가 어깨를 두드려 뒤를 돌아보았다.

요스케의 얼굴을 본 순간 눈시울이 뜨거워졌다.

"안녕?"

눈치 채지 못하게 아이코는 필사적으로 무표정을 연기했다.

"무슨 일이야?"

하지만 다른 사람도 아니고 소꿉친구인 요스케다. 아이코의 표정 변화를 민감하게 읽어낸 듯하다.

"아무것도 아니야."

무뚝뚝하게 말해보았지만 말끝이 떨렸다.

"봐, 코가 실룩거리잖아. 넌 뭔가 숨기는 게 있으면 옛날부터 코에 나타나는 걸 알아. 나한테 말해봐."

요스케의 따뜻한 눈동자…… 그리움이 아이코를 다정하게 감쌌다.

아이코는 결국 흘러나온 눈물을 보여주고 싶지 않아서 요스케에게서 돌아섰다.

— 하나야기, 우는 거니?

10년쯤 전…… 초등학생 때 아이코는 언니가 애지중지하던 반지를 몰래 가지고 나왔다가 근처 공터에서 잃어버린 일이 있었다. 어쩔 줄 모르고 있는 아이코에게로 친구와 야구를 하던 요스케가 다가왔다.

— 우는 거 아냐.

— 거짓말. 울고 있잖아?

— 거짓말 아니라니까. 저리 가.

그때도 퉁명스럽게 밀쳐내긴 했지만 내심 말을 걸어준 요스케가 힘이 되었다. 단지 원래 약한 모습을 보이기 싫어하는 아이코는 눈물을 보이고 싶지 않았을 뿐이다.

— 네 코가 실룩거릴 때는 거짓말을 하고 있다는 거야.

— 내 코는 실룩거리지 않아!

— 유치원 때 배가 아파서 울 때도 울지 않는다고 말하고 코를 실룩거렸잖아.

— 저리 가라니까!

— 나한테 말해봐.

요스케의 한마디가 불안함에 무너지려는 아이코의 고독한 마음의 문에 가만히 노크했다. 그때도 아이코는 눈물을 참지 못하고 요스케에게 등을 보였다. 결국 아이코는 몰래 가지고 나온 언니의 반지를 잃어버렸다는 것을 요스케에게 털어놓았다.

— 아이고, 너 무슨 짓을 한 거냐?

그렇게 말하면서도 요스케는 놀려대는 친구를 쫓아버리고 '반지 찾기'에 합세해주었다. 그리고 요스케가 반지를 찾았을 때는 하늘이 짙은 주황색으로 타고 있었다.

"점심시간에…… 옥상에 와줄래?"

그 말만 겨우 하고 아이코는 교사校舍를 향해 뛰어갔다.

교정에서 축구를 하는 학생들을 아이코는 공허한 눈동자로 내려다보고 있었다. 뺨을 어루만지는 기분 좋은 바람도 살갗을 에는 한겨울의 차디찬 바람으로 느껴졌다. 투명한 파란 하늘도 구름이 잔뜩 낀 장마철의 흐린 하늘로 느껴졌다.

터져 나오는 함성, 어느 팀이 골을 넣었나보다. 먼눈으로 내려다보는 학생들의 근심 없는 미소가 아이코를 고독의 방으로 유혹했다.

앞으로 몇 시간 후면 정문 밖에 사토루가 나타날 것이다.

이런 생활이 언제까지 이어질까.

내일도, 모레도…… 생각만으로도 정신이 어떻게 될 것 같았다.

— 아버님께는 1,000만 엔의 대출금이 있어.

사토루에게 들은 충격적인 사실이 아이코의 뇌리에 음울하게 되살아난다. 아버지와 언니의 사토루에 대한 태도가 단순한 호의

가 아니라 대출금에 대한 열등감이라면 머잖아 무서운 말을 꺼낼 가능성도 있다.

— 내 신부로서 그에 어울리는 여자가 되어야 해.

사토루와의 결혼…….

자신을 대하는 두 사람의 태도를 보면 있을 수 없는 이야기도 아니다.

소름이 돋고, 어지럼증에 휩싸였다.

"싫어…… 싫다구!"

아이코의 울부짖음은 잔혹할 정도로 파랗고 투명한 하늘로 빨려 들어갔다.

"뭐가 싫다는 거야?"

요스케가 아이코 옆으로 와서 철책에 등을 기댔다.

"뭐니? 매너 없이. 잠자코 아무것도 묻지 마."

아이코는 부끄러움에 귓불까지 빨개져서 항의했다.

"뭐야? 네가 불러놓고."

"아…… 미안."

확실히 매너가 없는 건 자신이었다.

"근데, 할 말이란 게 뭐야?"

아이코는 요스케에게 재촉당하듯이 무거운 입을 열었다.

중학생 때 사토루가 가정교사가 되고 아이코에게 집요하게 데이트 신청을 했던 것. 슈와의 일로 다시 사토루가 하나야기 가에 출

입한다…… 아니 더 정확히는 같이 살면서 아이코를 감시하게 되었다는 것. 사토루가 슈에게 전화를 걸어 입에 담지 못할 심한 말을 한 것. 집으로 찾아온 슈에게 다시는 만나지 않겠다고 강압적으로 말하게 한 것. 앞으로 매일 사토루가 학교에 데리고 오고 데리러 오는 것.

한번 입을 연 아이코는 봇물이 터진 듯 사토루가 온 이후의 일들을 쏟아내기 시작했다. 아이코의 '독백'을 가만히 듣고 있던 요스케의 얼굴이 벌겋게 상기되더니 입술이 떨렸다.

"믿을 수 없어. 아버지나 언니는 아무 말도 안 해?"

비난조의 말투로 요스케가 말했다.

여기서 처음으로 아이코는 아버지의 대출금 이야기를 했다. 집안의 부끄러운 모습을 까발리는 것 같아 마음이 내키지 않았지만 지금의 아이코는 아버지의 기분을 고려할 여유가 없을 정도로 막다른 지경에 몰려 있었다.

"그 때문인지 아버지도 언니도 가와니시 씨의 말대로……."

"가와니시라는 남자한테는 내가 말해줄게."

"쓸데없는 짓 하지 마. 그런 짓 했다간 집을 뺏기고 말아."

말과는 반대로 아이코는 요스케의 말에 기뻤다. 사방이 적인 아이코에게 의지할 수 있는 사람은 요스케밖에 없었다.

"그럼 어쩔 생각이야? 이대로 그 자식의 말에 따를 거야?"

말하지 않아도 안다. 하지만 하나야기 가를 지키기 위해서는 자신이 희생하는 수밖에 없었다.

"나야말로 뭔가 좋은 방법이 있으면 알고 싶어."

"그러니까 내가 그 비열한 놈한테 따끔하게 얘기해준다니까."

"무리야. 이야기만 복잡해질 뿐이야."

"그럼 왜 날 부른 거야? 슈에 대한 죄책감이나 만나지 못하는 고통을 덜어내고 싶어서? 내가 네 신경안정제야?"

요스케의 눈동자는 빨갛게 충혈되어 있었다.

"그런……."

아이코는 대답할 말이 없었다. 요스케의 말이 맞을지도 모른다. 그는 언제나 가장 가까운 존재로 있어주었다. 그리고 몇 번이나 자신을 구원해주었는지 모른다. 그가 자신에게 품고 있는 마음이 우정과는 종류가 다른 것도 알고 있다. 하지만 지금 아이코의 머릿속을 차지하고 있는 것은 요스케가 아니라 슈였다. 진심으로 요스케의 마음을 이해하려고 했다면 그에게 이 이야기를 해서는 안 되었다. 적어도 아이코는 유일하게 마음이 통할 수 있는 '친구'에게 고민상담자 이상의 무언가를 요구하지는 않았으니까.

"우리가 어렸을 때부터 친구인 것은 인정하지만 피가 섞인 건 아니야……. 난 네 오빠가 아니라고……."

비통하게 얼굴을 일그러뜨린 요스케가 아이코에게 등을 돌렸다.

그의 애절함이 묻어나는 뒷모습을 보고 아이코는 깨달았다. 속내를 털어놓기에 가장 좋은 상대라고 생각했던 인물이 이 일에 한

해서만은 절대로 털어놓아서는 안 되는 상대였다는 것을.

◇　◇

어느새 눈앞에 아이스티 컵이 놓였다. 맞은편 자리에서는 사토루가 막 나온 바나나 쉐이크를 스트로로 빨아먹고 있었다.

"순순히 따라와주어서 기뻐. 아침에 내가 한 얘기를 이해한 것 같군."

사토루가 윗입술에 묻은 유백색 거품을 냅킨으로 닦으면서 만족스런 표정으로 말했다. 아이코는 하굣길에 사토루의 "차나 한 잔 마시러 가자."는 말에 억지로 따라왔다.

점심시간. 요스케와의 일이 있고 나서 아이코는 머릿속이 텅 빈 것처럼 오후 수업에 전혀 집중할 수 없었다. 더 이상 아이코에게 아군이라 할 수 있는 사람은 아무도 없었다. 이제 뭐가 어떻게 되든 상관없었다.

설령 그 기차의 행선지가 북극이든 남극이든 아이코에게 기차표를 살 권리는 없다. 승차를 거부할 수도 없고 정말로 가고 싶은 곳을 말할 수도 없다. 아이코는 주어지는 대로 지정된 기차에 탈 수밖에 없다.

따라서 사토루의 착각을 부정할 기력도 없었다. 부정한다는 것은 자신의 의사를 전한다는 것. 의사가 없는 상황에 처해 있는 아이코에게는 부정하는 의미도 없다.

"아니, 진심을 말하면 나도 이런 강압적인 수단은 쓰고 싶지 않았어. 너의 괴로움은 나의 괴로움이기도 하니까. 하지만 말이지 너는 내가 이끌어줄 필요가 있어. 아직 세상의 선악을 모르는 너는 병아리가 처음 본 동물을 자기 부모로 아는 것과 같아. 그 동물이 마음씨 좋은 사람이라면 문제는 없지. 하지만 만약 그것이 도둑고양이였다면? 뱀이었다면? 쥐였다면? 인생 경험이 미천한 너를 유혹하려고 네 주위에는 도둑고양이와 뱀과 쥐가 우글우글하고 있어. 그래서 내가 네 안내자가 되기로 결심한 거야. 지금은 납득할 수 없다고 생각하는 것도, 1년 후에는 그때 날 믿고 따라오길 잘했다고 감사하게 될 거야."

사토루의 말은 아이코의 귀를 그대로 통과했다.

한 마디도 하지 않는 아이코의 아이스티의 얼음이 녹을 때까지 사토루의 입술은 쉬지 않고 움직였다.

"그런데 네 언니 말인데……."

사토루의 입에서 시즈에가 화제에 오른 순간 닫혀 있던 아이코의 귀가 문을 열었다.

"그녀가 와카바야시 가를 증오하는 이유를 알아?"

"대대로 이어진 악연과 엄마의 사고 때문이죠."

아이코는 찻집에 들어와서…… 아니, 정문 앞에서 기다리던 사토루를 만나고 나서 처음으로 입을 열었다.

백년후愛

"물론 그 이유도 있지. 하지만 또 하나 그녀 자신과 관련해서 큰 이유가 있어."

"언니와 관련된 큰 이유라는 게 뭐죠?"

그때까지 인형처럼 무감각, 무감정이었던 아이코의 체내에 피가 흐르고 감정이 깨어났다. 차라리 시즈에를 원망하면 얼마나 편할까 하고 생각하는 아이코였지만 그녀가 고생하는 것을 알고 있기 때문에 언니에 한해서는 인형이 될 수 없었다.

"이건 오프레코드인데, 네 언니는 와카바야시 가의 장남과 대단한 연애를 한 적이 있어."

"네? 슈와!?"

아이코는 심장이 찢어지는 듯한 충격에 휩싸였다.

"설마. 슈에겐 형이 있었어."

"그에게서 형제가 있다는 말은 들은 기억이 없고, 그가 거짓말을 하고 있다고는 생각할 수 없어요."

"맞아, 그는 거짓말을 하지 않았어. 몰랐을 뿐이지. 슈가 태어나기 전에 그의 아버지는 다른 여자와 관계를 갖고 여자가 임신을 했어. 즉 불륜을 저질렀지. 어쨌든 그가 드나들던 클럽의 호스티스였대. 위자료로 수십만 엔을 건네고 낙태할 것을 권했는데, 말이 권한 거지 소문으로는 여자가 다니던 가게로 뒷골목 세계에 있는 사람을 설득자로 보낸 것 같아. 그 여자는 겉으로는 얌전히 납득하는 시늉을 하고, 몰래 아이를 낳아서 다케히코라고 이름을 지었어. 임신 사실을 안 순간 자신을 쓰레기처럼 버린 와카바야시에 대해 깊은 원한을 품고 있던 그녀는 자기가 낳은 아이가 남자아이이고, 같은 시기에 하나야기 가에 여자아이가 태어난 것을 알고 엄청난 계획을 세우게 되지. 와카바야시와 사이가 좋았을 때 그녀는 하나야기 가와의 갈등을 들었던 거야. 그로부터 18년 동안 그녀는 다케히코의 귀에 대고 와카바야시에 대한 원한을⋯⋯ 원한을 풀기 위해서는 하나야기 가의 장녀를 불행하게 만들어야 한다고 속삭였지. 어머니의 소원은 아들에게 먹혀들었어. 다케히코는 의도적으로 하나야기 시즈에에게 접근했어. 어렸을 때부터 아버지와 동생을 보살피느라 이성과의 교제 경험이 전혀 없었던 시즈에를 자기 뜻대로 움직이는 것은 식은 죽 먹기보다 쉬웠지. 어쨌든 다케히코는 어머니와 마찬가지로 와카바야시에게 복수를 하기 위해 태어났으니까."

침이 바싹 마르고 목구멍은 접착제를 뿌린 듯 불쾌하게 밀착되었다. 사토루에게서 들은 이야기는 어느 하나 쉽게 믿을 수 없는 것들뿐이었다. 마치 악몽을 꾸고 있는 듯했다. 그런데 이상하게도 사토루가 거짓말을 하고 있다는 의심은 들지 않았다.

하지만 그것이 사실이라 해도 이해할 수 없는 부분이 있었다.

"그 여자가⋯⋯ 슈의 아버지에게 원한을 품고 있었다는 말이 사실이라 해도⋯⋯ 아들과 언니가 교제하는 것이 어떻게 복수가 될 수 있죠⋯⋯?"

끊어질 듯 끊어질 듯 기어 들어가는 목소리로 아이코는 물었다. 무릎 위에 올린 양손의 손톱이 스커트 너머의 살갗을 파고들었다.

"말했지? 그녀는 와카바야시와의 관계가 순조로울 때 대대로 이어져 내려오는 하나야기 가와의 갈등을 들었다고. 그녀는 양가의 악연을 이용하려고 생각했던 거야. 그 복수법은 하나야기 시즈에에게 임신을 시킨 후에 자신은 와카바야시 가의 장남이었다고 털어놓고 버린다는 것이었지. 실제로 네 언니는 다케히코의 아이를 임신한 순간 걸레짝처럼 버려졌어. 그 상대가 원한이 깊은 와카바야시 가의 장남이라는 걸…… 뱃속에 있는 아이가 원수의 핏줄이라는 것을 안 네 언니나 아버지의 와카바야시 가에 대한 증오는…… 여기까지 말하면 이제 알겠지?"

언니가 와카바야시 가의 아이를 임신했다…….

아이코는 사토루의 말을 쉽게 이해할 수 없었다. 아니 그보다는 받아들일 수 없었다. 그것은 우주인을 만났다는 말보다 현실감이 없는 이야기로 여겨질 뿐이었다.

"그래서…… 그…… 아이는?"

주저주저하며 아이코는 물었다.

"물론 중절했지."

아이코의 머릿속이 새까맣게 물들었다.

◇　　◇

　슈의 아버지의 애인이 낳은 아이가 성장해서 와카바야시 가에 대한 복수를 위해 언니에게 접근해서 사귀고 임신한 순간에 쓰레기처럼 버렸다⋯⋯.

　언니에게 그런 과거가 있으리라고는 믿을 수 없었다.

　사토루의 이야기가 사실이라면 언니가 슈와 자신의 교제에 대해 눈에 쌍심지를 켜고 반대하는 것도 무리는 아니다. 지금 이야기에 더해 100년 전부터의 갈등, 와카바야시 가의 주인이 운전하는 차에 치여 죽은 엄마⋯⋯. 언니가 아니라도 와카바야시 가라는 말을 듣는 것만으로도 거부반응을 일으킬 것이 틀림없다.

　몰랐다고는 해도 언니를 너무 괴롭혔다.

　"물론 아버님도 이 일은 알고 계셔. 알겠니? 왜 날 불러서까지 너와 슈의 사이를 갈라놓으려고 하는지."

　의기양양하게 말하고 사토루는 꿀꺽꿀꺽 소리를 내가며 바나나 쉐이크를 다 마셨다.

　도어 벨이 울렸다.

　"어서 오세⋯⋯."

　"아이코."

　웨이터의 말을 막고 나타난 것은 슈였다. 이마에 땀이 맺힌 채 어깨를 들썩이며 숨을 쉬고 있었다. 이 일대를 찾아다닌 것이 분

명하다.

"이런 비열한 남자와 함께 있지 말고 가자."

"뭐야."

아이코의 손을 잡으려고 한 슈의 팔을 사토루가 제지했다.

"이거 아주 무례한 녀석이군. 느닷없이 뛰어 들어와서 그녀를 강제로 데리고 나가겠다고? 귀족 집안의 후예가 할 짓은 아닌 것 같은데?"

"너 같은 스토커에게 무례하다는 말 따위를 들을 만한 짓은 하지 않았어."

슈의 말에 사토루의 하얀 얼굴이 순식간에 벌게졌다.

"뭐라고!? 스토커는 너 아니야? 나랑 데이트하고 있는 아이코를 쫓아다니기나 하고."

"데이트는 무슨 데이트야? 싫다는 여자의 약점을 잡고 데리고 다니는 게 데이트야?"

"모욕이야! 지금 한 말 취소해."

일어선 사토루가 슈에게 삿대질을 하며 금속성 목소리로 소리쳤다.

"따끔한 맛을 보고 싶지 않으면 내 눈앞에서……."

"돌아가요."

슈의 말을 자르고 아이코는 겨우 감정이 담기지 않은 목소리로 말했다.

"무슨 말이야? 이런 놈의 말은 들을 필요 없어. 이 자식은 기생충 같은 놈이야. 약하게 굴면 더욱 들러붙을 뿐이라고."

"이 사람 말을 듣는 게 아니에요. 이건 내 생각이에요."

언니와 다케히코의 이야기를 듣기 전까지는 그랬는지도 모른다. 하지만 지금은 달랐다. 자신의 뜻을 관철시키기 위해 동생으로서…… 엄마 대신 자신의 인생을 하나야기 가에 바쳐온 언니의 마음을 아프게 할 수는 없었다.

"아이코……."

슈가 무언가를 살피듯이 아이코의 눈을 들여다보았다.

아이코는 일부러 차가운 눈으로 슈를 바라보았다.

"슈, 내가 말했지? 나와 아이코는 남자와 여자의 관계라고. 네가 끼어들 여지는……."

그때 슈가 사토루의 얼굴에 주먹을 날렸다. 사토루가 의자에서 굴러 떨어졌다. 찻집 안에 손님들의 비명소리가 울려 퍼졌다.

슈는 어깨를 크게 들썩이면서 바닥에 나동그라진 사토루를 노려보았다. 그리고 아이코에게 애처로운 시선을 남기고 찻집을 나갔다.

"뭐야 저 사람."

"무서워."

"야쿠자 아니야?"

손님들이 창백해져서 저마다 슈를 욕했다.

"그는 야쿠자가 아니에요!"

정신을 차리고 보니 아이코는 자리에서 일어나 있었다. 아이코의 성난 목소리에 그때까지 웅성거리던 주위의 손님들이 찬물을 끼얹은 듯 조용해졌다.

깜짝 놀란 표정으로 올려다보는 사토루를 남겨두고 아이코는 밖으로 뛰쳐나갔다.

아이코는 침대 사이드 테이블에 있는 스탠드로 손을 뻗었다. 알람시계의 바늘은 새벽 0시를 지나고 있었다. 한 시간쯤 전에 침대에 누웠지만 좀처럼 잠을 잘 수 없었다. 물을 마시려고 방을 나온 아이코는 다시 파카를 가지러 방으로 돌아왔다. 거실에서는 사토루가 자고 있을 것이기 때문에 얇은 파자마 차림으로 아래층에 내려가고 싶지 않았던 것이다.

주방에서는 불빛이 흘러나오고 있었다. 사토루가 일어나 있을 것이다. 얼굴을 마주 하고 싶지 않아서 목이 마른 것을 참기로 했다.

"그런 의미가 아니에요."

2층으로 돌아가려던 아이코는 걸음을 멈췄다. 주방에 있는 것은 사토루가 분명했지만 어쩐지 상대가 있는 듯했다.

"그럼 왜 안 되니?"

아이코는 무심코 소리를 낼 뻔했다. 목소리의 주인공은 언니였다. 게다가 평소와는 달리 두 사람 다 묘하게 친근한 분위기였다.

"왜냐고 묻는다면 아직 그럴 시기가 아니니까."

"그럴 시기가 아니라니, 그럼 도대체 언제쯤이면 될까?"

언니의 말투도 지금까지 들은 적이 없는 여성스러운 것이었다.

그런데 두 사람은 도대체 무슨 이야기를 하고 있는 걸까?

"본격적으로 사귄 지도 아직 얼마 안 됐고, 결혼이라는 것은 서로를 좀 더 알아야 되잖아요."

아이코는 귀를 의심했다.

결혼…… 누가 누구와 결혼한다는 거지? 사토루와 언니가 사귀기라도 한다는 걸까?

"고리타분해. 결혼은 사귄 기간이 아니라 상대에 대한 마음의 깊이가 중요한 거 아닐까?"

더 이상 들어서는 안 된다……. 듣고 싶지 않다고 생각하면서도 다리가 그 자리에 못 박힌 채 움직이지 않았다. 지금 듣고 있는 대화가 현실이라고는 믿을 수 없었다. 아이코는 이제까지 부모라고 생각해온 사람이 생판 남이었다는 것을 알았을 때와 비슷한 충격에 휩싸였다.

"물론 나도 알아요. 하지만 지금은 아이코도 사춘기이고, 최소한 그녀가 대학에 들어가고 나서 해도 늦지 않잖아요? 더군다나 슈라는 놈과 이상하게 될지도 모르는 중요한 시기니까."

언니와 사토루가 사귀고 있다는 놀라운 사실에 감춰져 있던 의문이 아이코의 뇌리에 떠올랐다.

─내 신부로서 그에 어울리는 여자가 되어야 해.

사토루는 아이코에게 분명히 그렇게 말했다. 과거에 집요하게 데이트를 청하기도 했다.

아이코는 뭐가 어떻게 되어가고 있는지 알 수 없었다.

"당신이 우리 집에 대해 그렇게까지 생각해주고 있었어?"

"당연하죠. 시즈에 씨의 집안 일이니까요."

사토루가 다정한 목소리로 속삭이듯이 말했다.

갑자기 찾아온 정적.

두 사람의 침묵이 무엇을 의미하는지 아이코는 상상이 갔다. 시즈에가 사토루의 품에 안겨 있다고 아이코는 확신했다. 남성에 대한 면역력이 없는 언니가 말빨이 좋은 사토루의 꾐에 넘어간 것이 분명했다.

"그럼 이제 자러 갈까요? 아버님께 들키면 곤란해지잖아요."

아이코는 거실로 재빨리 몸을 숨겼다.

숨은 곳이 하필 사토루의 잠자리라는 것을 깨달았지만 사후약방문이었다. 아이코는 소파 뒤에 웅크리고 숨을 죽였다. 마치 호러 영화의 주인공이 된 듯한 공포에 휩싸였다.

아이코는 사토루가 욕실이나 화장실로 가기를 바랐다. 그러나 발소리는 곧장 다가와서 문이 열렸다.

"이거 정말 오갈 데 없는 과부를 상대하려니 피곤하군."

사토루의 독설을 들은 아이코는 끓어오르는 피에 이끌리듯 벌떡 일어섰다.

"어라, 뜻밖의 손님이 계셨네?"

아이코를 본 사토루가 잠시 놀란 듯한 표정을 지었지만 이내 얇은 입술 끝을 치켜 올렸다.

"무슨 속셈이죠?"

아이코는 비난과 경멸이 뒤섞인 눈으로 사토루를 보았다.

"무슨 말이야?"

"언니랑 하는 얘기 들었어요. 도대체 무슨 생각이에요?"

"남의 말을 엿듣는 것은 좋지 않아."

사토루가 어깨를 움츠리며 말했다.

"말 돌리지 말아요. 결혼 어쩌구 했는데 언니랑 어떤 관계죠? 가와니시 씨는 언니를 정말로 좋아하는 거예요?"

"아이코, 지금 질투하는 거야?"

사토루가 입술을 야비하게 일그러뜨렸다.

"당신 정말 최악이군요. 그런 게 아니잖아!"

아이코는 심하게 모욕당한 기분이었다.

"그렇다면 특별히 신경 쓸 거 없잖아?"

노성이 목구멍까지 나왔지만 참았다.

사토루는 자신의 화를 돋우려고, 화를 돋우려고 한다. 여기서

백년후愛

발끈했다간 사토루가 생각하는 함정에 빠지는 것이다.

"그런 문제가 아니에요. 나는 언니랑 그런 사이가 되어서 무얼 노리고 있는 건지 묻고 있는 거라고요."

아이코는 애써 냉정하게 말했다.

"그러니까 그게 질투라는 거야."

끝까지 사토루는 아이코를 도발할 생각인 것 같다. 자신에게 불리한 상황을 다른 이야기로 돌리는 것이 목적인 것은 분명했다.

"당신 수법에는 놀아나지 않아요. 어쨌든 언니를 이용하는 짓은 그만둬요. 언니는 우리들 때문에 남자를 사귀어본 경험이 없다고요. 그래서 사람을 쉽게 믿고, 쉽게 속는 거예요."

"나와 진심으로 사귀겠다면 그만둬주지. 어때? 사랑하는 언니를 지켜주고 싶지 않아?"

사토루가 입술에 손을 대고 마른 웃음소리를 냈다.

"죽어도 싫어요."

아이코는 사토루를 노려보면서 단호하게 말했다.

"그럼 내 일에도 간섭하지 마."

"당신의 사고회로는 도대체 어떻게 되어 있는 거죠? 뭐가 어떻게 되면 그런 생각을 할 수 있죠!"

"이거 꼭 부부싸움 같군."

아이코는 할 말을 잃었다.

"당신이 계속 그러면 언니한테 다 말하겠어요."

"좋을 대로 해."

"진실을 알면 언니는 당신을 집에서 내쫓을 거예요."

말하면서 아주 좋은 아이디어라는 것을 깨달았다.

동생이 교제에 응한다면 자신과는 헤어지겠다는 사토루의 말을 들으면 언니는 정신을 차릴 것이 분명하다. 그리고 사토루가 좋은 사람과는 거리가 한참 먼, 비열하기 그지없는 남자라는 것을 알 것이다.

"그럴까? 난 시즈에 씨를 사랑해. 결혼까지 생각하고 있어. 내가 그렇게 말하는 한 그녀에겐 그것이 진실이야."

"언니가 그 정도로 바보는 아니에요. 말하면 분명히 알아줄 거예요."

"사랑은 눈을 멀게 한다는 말 못 들어봤어? 너도 이미 겪어본 일 아닌가?"

"당신의 거짓말은 금방 들통 날 거예요."

"그러니까 말해보라고. 그럼 알게 되겠지."

끝까지 여유로운 표정을 무너뜨리지 않는 사토루에게 아이코는 심한 분노를 느꼈다.

"그럼, 그렇게 해드리죠."

화를 꾹 참고 아이코는 거실을 나왔다.

아이코가 하려는 말이 언니에겐 잔인한 말일지도 모르지만 그렇다고 잠자코 있을 수도 없다.

언니를 위해서야.

언니에게 진심으로 사과하면서 아이코는 주방 문을 열었다.

"어머, 무슨 일이니?"

테이블에 앉아 커피를 마시고 있던 시즈에가 놀란 표정으로 물었다.

"언니 할 말이 있는데……."

아이코는 시즈에의 정면에 앉아 긴장된 목소리로 말을 꺼냈다.

"뭐야? 그렇게 무서운 표정으로."

"가와니시 선생님에 대해서야."

"사토루 씨가, 뭐?"

사토루의 이름을 들은 순간 시즈에의 얼굴에 경계의 빛이 떠올랐다.

"그를 믿어선 안 돼."

"무, 무슨 말을 하는 거니, 정말."

시즈에는 웃어 보였지만 확실히 동요하고 있었다.

"언니, 가와니시 선생님과 사귀고 있지?"

아이코는 심각한 표정을 무너뜨리지 않고 물었다.

"내가 사토루 씨와!? 그게 말이 된다고 생각하니?"

시즈에가 평소보다 한 옥타브 높은 목소리로 부정했다. 동생에게 그런 걸 들킬까 봐 초조해하는 건 안다. 아이코도 되도록 이런 화제를 입에 올리고 싶지 않다.

겨우 움켜쥔 행복일 테니까.

단, 그것이 진정한 사랑이라면 말이다.

"나 다 들었어. 언니랑 가와니시 선생님이 하는 말을."

순간 시즈에의 표정이 일시정지 버튼을 누른 화면처럼 움직임을 잃었다. 아이코는 테이블 위에 놓인 손을 서로 포개고 언니가 입을 열기를 기다렸다.

"숨길 생각은 없었어."

시즈에가 겸연쩍은 듯 중얼거렸다.

"작년에 역 앞에서 사토루 씨와 우연히 만나 찻집에 가서 이런저런 옛날이야기를 하다가…… 그게 계기가 되었어."

"왜 말하지 않았어?"

어느새 비난조의 말투가 되어버렸다.

아이코는 시즈에가 사랑하는 남자가 하필이면 사토루라는 것을 납득할 수 없었다. 그래서 더욱 안타까웠다.

"그게…… 그가 네 가정교사였고, 왠지, 응?"

이렇게 횡설수설하는 언니를 보는 것은 처음이었다.

"언니, 가와니시 선생님과 헤어져."

아이코가 말하자 시즈에의 주변 공기만 얼어붙은 듯했다.

"너, 너랑은 상관없는 일이잖아?"

시즈에가 뺨을 떨면서 말했다.

"상관없지 않아. 언니, 그 사람이 실제로 어떤 사람인지 알아?"

"물론이지. 성실하고, 다정하고…… 아주 멋진 남자야."

수줍어하는 시즈에를 보며 가슴이 아픈 한편으로 빨리 어떻게든 해야겠다는 초조함에 휩싸였다.

"알아? 언니는 속고 있어. 가와니시 선생님은 언니가 생각하고 있는 그런 사람이 아니야."

"사토루 씨를 나쁘게 말하지 마."

수줍어하는 얼굴에서 돌변하여 시즈에의 눈초리가 치켜 올라갔다.

"진정하고 들어봐. 언니 앞에 있는 가와니시 선생님과 내 앞에 있는 가와니시 선생님은 전혀 다른 사람이야."

"네 앞과 내 앞의 그가 다른 것은, 그게 당연하지."

시즈에가 실망하며 말했다.

"그런 의미가 아니야."

아이코는 냉정해지려고 노력했다.

교제 상대에 대해 나쁜 말을 들었을 때 감정이 격해져서 귀를 닫아버리는 것은 아이코가 이미 경험한 일이었다. 지금 판에 박힌 말을 해봐야 역효과라는 것을 알고 있었다.

"아이코. 너는 내가 와카바야시의 아들과 사귀는 것을 허락하지 않으니까 복수하고 있는 거지?"

"당치도 않아. 그 사람은 나한테 자기 신부에 어울리는 사람이 되라는 말까지 했어! 슈에게도 자신과 내가 남자와 여자의 관계라는 둥 거짓 전화를 하고…… 터무니없는 거짓말쟁이라고!"

복수라는 시즈에의 말이 도화선이 되어 아이코의 목소리가 거칠어졌다.

"미안…… 큰 소리를 내서. 하지만 가와니시 선생님 얘긴 진짜야."

"사토루 씨는 그런 사람이 아니야…… 사토루 씨는 그런 사람이 아니야……."

시즈에가 목소리를 죽이고 잠꼬대처럼 같은 말을 되풀이했다.

"언니……."

아이코가 의자에서 일어나 시즈에의 어깨를 잡으려고 했을 때였다.

"나가!"

절규하며 일어선 시즈에가 들고 있던 컵을 벽에 던졌다.

"나가달라고!"

격렬한 파열음을 들으면서 아이코는 뒤로 황급히 물러나 발밑으로 날아온 컵의 파편으로부터 몸을 피했다.

"위험해, 뭐 하는 거야!"

"사토루 씨에 대해 나쁘게 말하지 말라니까, 동생이라도 용서할 수 없어!"

간장병, 젓가락, 행주, 생수병…… 테이블 위에 있는 것들이 손에 닿는 대로 날아왔다.

아이코는 쫓기듯 주방을 나왔다. 심장이 쿵쾅거렸고, 다리가 후

들후들 떨렸다. 설마 언니가 저렇게까지 이성을 잃을 줄은 생각지도 못했다. 바꿔 생각하면 사토루에 대해 진심이라는 증거다.

몸도 마음도 지친 아이코는 다리를 끌듯이 계단을 올라갔다.

"아무래도 내가 말한 대로였던 것 같군."

팔짱을 낀 사토루가 아이코의 방 문에 등을 기대고 있었다.

"방에 들어갈 수 없으니까 거기서 비켜요."

아이코는 밀랍인형처럼 무표정하게 말했다.

"아이코, 왜 그렇게 날 싫어해?"

사토루의 눈동자가 어둡게 그늘졌다.

"자신이 나나 언니한테 한 짓을 생각해봐요."

"알았어."

맥이 빠질 정도로 순순히 물러선 사토루가 아이코를 재촉하듯 문을 열었다. 등 뒤에서 문이 닫히는 소리가 났다.

방에 들어온 것은 아이코뿐만이 아니었다.

"아침이건 낮이건 밤이건 너만 생각하고 있어. 네 언니한테 접근한 것도, 그렇게 하면 하나야기 가와 접점이 생겨서 네 곁에 있을 수 있기 때문이야."

사토루가 미친 것처럼 미소를 지으면서 다가왔다.

"가까이 오지 말아요……."

겁에 질린 목소리를 내면서 아이코는 뒤로 물러났다.

"어지간히 튕기고 이제 그만 내 마음을 받아줘. 슈와 비교해서 내가 어디가 싫지? 그보다 내가 나이가 많은 만큼 포용력이 있으니까 네 어리광은 뭐든 받아줄 수 있어. 돈도 내가 더 많아. 와카바야시 가가 귀족 집안이라 자산은 많을지 모르지만, 슈가 자유롭게 쓸 수 있는 돈은 없어. 그런 면에서 우리 아빠는 내 말이라면 뭐든 들어주니까. 가령 네가 피아노를 갖고 싶다면 언제든 사줄 수 있고……. 아, 그런데 이 집에 피아노를 놓을 공간이 없군. 그래! 우리 집에서 같이 살면 돼. 방도 여덟 개나 있고 가장 넓은 거실은 40평이 넘어. 2층은 나만의 공간이고 욕실이나 화장실도 있으니까 1층에 계신 아빠나 엄마를 신경 쓰지 않고 살 수 있어. 그래, 그렇게 하자! 저녁식사만 가족이 함께 먹으면 돼. 엄마는 요리사 자격증을 갖고 있어서 요리 솜씨가 기가 막히다고."

사토루는 오페라 가수처럼 양팔을 벌리고 혼자 행복한 표정으로 위를 보며 망상의 나래를 펼치면서 아이코에게 다가왔다.

장딴지가 침대 끝에 닿았다. 물러날 데가 없다. 아이코의 머릿속에서 비상벨이 울렸다.

"피아노 같은 건 갖고 싶지 않아요! 그리고 왜 내가 당신과 살아야 하죠!?"

아이코는 사토루를 더 자극할지도 모른다는 위험을 감수하고 혐오감을 확실히 전했다. 지금 사토루에게 망상과 현실의 구별을 확실하게 지어두지 않으면 안 된다고 생각했던 것이다.

"그래그래, 우리 집 욕실은 제트바스야. 욕조에서 뜨거운 물이

힘차게 분출되는 놈이라고. 그 자극이 피부를 팽팽하게 당겨주는데 얼마나 좋은데. 아, 넌 아직 열여덟이라 피부에도 탄력이 있으니까 그런 건 걱정하지 않아도 되나? 그리고 사우나 시설도 있어. 독서라도 하면서 같이 들어가 있자고. 하지만 너무 이야기에 빠져 있다간 탈수증으로 쓰러질 수도 있으니까 조심해야 돼. 만약 네가 쓰러진다면 내가 간병해줄게. 부부 사이니까 알몸을 보여줘도 부끄럽지 않겠지……."

아이코는 오른손으로 사토루의 뺨을 때렸다. 그로테스크한 무언가를 봤을 때처럼 온몸에 소름이 돋아 있었다.

"아파, 아이코."

사토루가 뺨을 만지며 충혈된 눈으로 아이코를 보았다.

"우리 집에서 나가주세요. 두 번 다시 내 앞에 나타나지 말고……."

"하아!"

기분 나쁜 목소리로 절규하고 사토루가 아이코를 덮쳤다.

"좋아해, 좋아해, 좋아한다고! 널 누구에게도 줄 수 없어."

그대로 침대에 쓰러진 아이코의 유방을 사토루가 거친 콧소리를 내며 손으로 더듬기 시작했다.

"그만해…… 싫어…… 그만해!"

아이코는 사토루의 얼굴에 손톱을 세우고 격렬하게 저항했다.

그러나 연약한 상대라고는 해도 남자와의 힘의 차이는 역력해서 사토루의 몸은 꿈쩍도 하지 않았다.

"슈에게 말한 대로 하나가 되자! 난 너의 첫 남자가 되고 싶어!"

사토루가 뒤집힌 목소리로 소리치면서 이번엔 스커트 안으로 오른손을 넣었다.

"싫어, 싫단 말이야!"

아이코는 사이드 테이블에 있는 알람시계를 쥐고 사토루의 머리를 혼신의 힘을 다해 때렸다. 사토루가 작게 비명을 지르고 침대에서 바닥으로 나동그라졌다. 아이코는 쏜살같이 일어나 방에서 뛰어나갔다.

"거기 서!"

이마에 한 줄기 피를 흘리며 사토루가 믿을 수 없는 민첩함으로 몸을 일으켜 쫓아왔다.

"너의 첫 남자가 될 거야!"

그리고 소리를 지르며 등 뒤에서 아이코를 안았다.

계단 위에서 두 사람은 몸싸움을 벌였다.

사토루가 아이코의 얼굴을 양손으로 잡고 입술을 가져왔다.

"저리 가!"

아이코는 있는 힘껏 사토루의 가슴을 밀쳐냈다. 계단을 굴러 떨어지는 사토루를 아이코는 가쁜 숨을 쉬며 창백한 얼굴로 내려다보았다.

"이게, 무슨 일이야…… 사토루 씨!"

시끄러운 소리에 뛰어온 시즈에가 비명을 지르며 사토루의 상

반신을 안아 일으켰다. 무릎 아래가 부자연스러운 각도로 꺾인 사토루를 보고 아이코의 발끝으로 스며든 냉기가 등골을 타고 올라왔다.

"네? 사토루 씨. 왜 그래요!?"

사토루가 무언가를 말하고 싶은 듯 입술을 움직이고 있었다.

"아…… 아이코에게 떠밀려서…… 나……에겐 시즈에…… 씨……라는 ……약혼자가 있다고…… 말했더니…… 그, 그녀 가…… 냅다 밀쳤……어요."

"거짓말…… 다 거짓말이야……."

사토루의 상상을 초월하는 거짓말에 아이코는 멍하니 같은 말을 되풀이했다.

"아이코…… 너란 애는…… 너란 애는…… 도대체 무슨 짓을 한 거야! 어서 구급차를 불러!"

시즈에의 성난 목소리에 정신을 차린 아이코는 방으로 뛰어 들어와 휴대전화를 들었다. 황량한 호출음이 아이코를 나락으로 이끌었다.

15

"도대체 이게 어떻게 된 일이야!"

병원 건물 밖에 마련된 흡연실에 가와니시 료스케의 성난 목소리가 울려 퍼졌다. 사토루와 마찬가지로 호리호리하고 하얀 피부가 분노의 붉은색으로 물들어 있고, 역시 꼭 닮은 얇은 입술은 부들부들 떨리고 있었다.

가와니시의 아내인 후사코는 손수건으로 눈물을 훔치며 흐느끼고 있었다.

료스케가 아이코 가족을 흡연실에 부른 것은 담배를 피우기 위해서가 아니라 병원 내에서는 큰 소리를 낼 수 없기 때문이라는 것이 이유였다. 입원 환자나 병문안 온 사람들을 위해 마련된 흡연실은 한밤중이라 그런지 이용자가 아무도 없어서 분노를 폭발시키기에는 안성맞춤이었다.

"죄송합니다…… 정말로…… 뭐라고 사죄의 말씀을 드려야 할지……."

아이코와 시즈에를 등 뒤에 두고 직립 부동의 자세로 선 기요시가 꺼져 들어가는 목소리를 쥐어짜내며 벤치에 앉는 사토루의 부모에게 깊숙이 머리를 숙였다.

"사죄라고!? 눈에 넣어도 아프지 않을 소중한 우리 아기를 저렇

게 만들어놓고 사죄로 끝날 줄 알아요!"

후사코가 료스케 못잖은 크고 금속적인 목소리로 기요시에게 대들었다. 이미 성인이 된 자식을 마치 어린아이 대하듯 부르는 어머니를 보며 아이코는 아버지를 아빠라고 부르는 사토루가 겹쳐졌다.

"아니요, 결코 그런 의미로 한 말이……."

"그런 의미가 아니면 어떤 의미죠!? 우리 아긴 오른팔과 왼다리에 복합골절상을 입었어요. 우린 우리 아기가 어렸을 때부터 자전거를 가르치지도, 물론 오토바이 면허도 따지 못하게 했어요. 다친 거라곤 운동회 때 넘어져서 찰과상 정도 입은 것밖에 없다고요. 그런데 골절이라니, 그것도 전치 4개월이나…… 용서할 수 없어요…… 절대로 용서할 수 없어요!"

변명하는 기요시의 말을 자르고 후사코는 미친 듯이 소리쳤다. 사토루의 용모는 아버지를 닮았지만 히스테릭한 성격은 어머니를 닮은 것 같다고 아이코는 이 어수선한 상황에서 망연히 생각했다.

사토루의 부모가 노기충천해서 화내는 것도 당연했다. 생명에는 지장이 없다고 해도 침대 위에서 몇 달이나 깁스를 하고 누워 있어야 하기 때문이다. 게다가 의식이 돌아온 사토루가 부모에게 시즈에에게 한 말과 같은…… 자신을 짝사랑하는 아이코가 자신에게 달려들어 몸싸움을 하다가 계단 위에서 굴러 떨어졌다고 했던 것이다.

몸싸움을 하다가 사토루가 계단에서 굴러 떨어진 것은 거짓말이 아니지만 자신을 짝사랑하는 아이코가 달려들었다는 것은 완벽한 거짓말로 오히려 반대였다.

그뿐만이 아니다. 사토루는 부모에게 털어놓지 않았지만 아이코에게 접근하기 위해 시즈에를 이용했다. 그러나 아이코가 진실을 호소한들 사토루의 부모가 아이코의 말에 귀를 기울여주리라고는 생각할 수 없었다. 또 사토루의 부모에게, 그리고 아버지에게 언니의 입장이 곤란해질 것이기 때문에 그걸 말할 마음은 없었다.

"아까부터 아무 말이 없는데, 너도 뭐라고 말 좀 해봐."

료스케가 고개를 숙이고 있는 아이코에게 분노의 화살을 돌렸다.

"그래! 마음대로 연심을 품고, 그 마음을 받아주지 않는다고 계단에서 밀어 떨어뜨리는 넌 도대체 가정교육을 어떻게 받은 거니!?"

료스케에 이어서 후사코가 눈을 까뒤집으면서 아이코를 다그쳤다.

"가와니시 선생님이 다친 것은 죄송하게 생각합니다. 하지만 전 가와니시 선생님을 짝사랑한 적도 없고, 거절당했다고 계단에서 밀어 떨어뜨린 적도 없어요."

여전히 고개를 숙인 채였지만, 아이코는 확실한 말투로 부정했다. 입으로는 죄송하다고 말했지만 속으로는 사토루에 대한 동정심은 티끌만큼도 없었다. 요 며칠간 사토루가 한 짓은 아이코의 마음에 복합골절 이상의 상처를 주었다.

"아이코! 너 그게 무슨 말이야! 사과해, 지금 당장 가와니시 씨께 사과드려!"

기요시가 안색을 바꾸고 아이코를 돌아보았다.

"어머…… 무섭구나……. 넌 도대체 뭐니!? 눈에 넣어도 아프지 않을 우리 소중한 아기에게 이렇게 큰 부상을 입혀놓고 반성은커녕 당당하게 거짓말을 해가며 인정할 수 없다니, 정말 믿을 수가 없구나……."

후사코가 손수건을 든 손을 부들부들 떨면서 공포와 분노가 뒤섞인 눈동자로 아이코를 보았다.

"달려든 것은 가와니시 선생님 쪽이에요."

아이코는 결국 말해버렸다. 그러나 후회는 없었다. 어차피 말해야 할 일이다.

"뭐, 뭐라고!"

후사코가 눈초리가 찢어질 정도로 눈을 크게 뜨고 아이코에게 달려들었다.

"여보, 진정해."

료스케가 등 뒤에서 후사코를 그러안아 붙들고 열심히 달랬다.

"하나야기 씨, 당신은 따님이 이런 얼토당토않은 거짓말을 하는데도 아무렇지 않습니까!?"

료스케가 이번에는 기요시에게 따졌다.

"아, 아니요…… 죄송합니다. 아이코, 가와니시 씨께 사과드려!"

"그래, 취소해, 취소하란 말이야!"

아버지도 언니도 아이코의 편이 되어주지 않았다. 특히 언니는 사토루에 대한 연심이 깊은 만큼 감정적으로 변해 있었다.

"난 사과도 하지 않을 거고 취소도 하지 않아. 왜 아버지도 언니도 내 말을 믿어주지 않는 거야!? 가와니시 선생님이 뭐라고 말했는지 알아? 자기 아빠가 돈을 빌려주었으니까 아버지는 거절할 수 없다고. 자기 신부로서 그에 어울리는 여자가 되라고. 뒤에서는 그런 말을 한 것을 아버지도 언니도 몰라……."

"그만하지 못해!"

기요시의 주먹이 아이코의 뺨을 때렸다. 어마어마한 충격에 아이코는 3미터쯤 뒤로 날아가 벽에 부딪혔다. 육체적인 충격보다도 정신적인 쇼크가 컸다. 전에 손바닥으로 맞은 적은 있었지만 주먹으로 맞은 것은 처음이었다.

"중상을 입은 사토루 군을 욕하다니, 난 너를 그렇게 키우진 않았다!"

"하나야기 가에 너같이 매정한 사람은 없어. 역시 와카바야시의 아들과 사귀더니 나쁜 물만 들었어."

기요시와 시즈에가 경쟁하듯이 아이코를 나무랐다.

"사토루가 아주 못된 애랑 얽혀버렸군."

"악마야, 악마. 너 같은 애는 지옥에나 가버려!"

료스케와 후사코가 아이코를 더욱 몰아세웠다.

뺨을 문지르면서 아이코는 비틀비틀 일어섰다. 어금니가 깨졌는지 입안에 모래를 씹은 듯한 불쾌한 감촉이 퍼졌다. 입술도 찢어

졌는지 비릿한 피 맛도 났다.

"……잠깐, 너 어디 가는 거야!?"

후사코가 문으로 향하는 아이코를 놀란 시선으로 좇았다.

"아이코, 거기 서!"

"어머, 아이코 돌아와!"

등 뒤에서 좇아오는 아버지와 언니의 목소리를 뿌리치듯이 아이코는 잔달음질로 흡연실을 뛰쳐나갔다.

이제 하나야기 가에 자신이 있을 장소는 없다. 갈 곳은 단 한 곳……. 아이코는 달리면서 휴대전화를 꺼내 주소록에 저장되어 있는 한 남자의 전화번호를 찾아 통화 버튼을 눌렀다.

다섯 번째에서 멈춘 호출음.

"저…… 아이코예요. 지금 당장 만나고 싶어……."

전화기 너머의 상대가 이름을 말하기도 전에 아이코는 울면서 마음속에 있는 말을 했다.

가로등 불빛 아래의 천사 동상……. 벤치 등받이에 깊숙이 몸을 기댄 아이코는 하늘을 향한 손바닥에서 뿜어져 나오는 물의 포물선을 공허한 시선으로 바라보았다. 이 공원에 드나든 지도 벌써 몇 년은 된 것 같다. 희한하게도 여기에 있으면 그리움에 젖는다. 슈가 처음 이곳에 데리고 오고 나서 아직 보름도 채 되지 않았는데…… 왜일까?

천사의 얼굴이 몹시도 슬퍼 보였다.

어째서 나는 어디에도 갈 수 없는 걸까?

마치 그렇게 말하고 있는 듯했다.

다른 경치도 보고 싶어. 새처럼…… 나비처럼.

천사의 눈동자는 어두운 빛을 띠고 있었다. 틀림없이 그것은 이루지 못할 꿈이라는 것을 알고 있을 테니까.

나는 당신과는 달라. 가고 싶은 곳…… 보고 싶은 곳, 마음만 먹으면 꿈을 이룰 수 있어.

그렇게 할 수 없었던 것은, 아니 그렇게 하지 않았던 것은 나에게도 당신과 마찬가지로 '공원'이 있으니까.

그 '공원'은 내가 있을 곳이라고 생각했어.

당신처럼 찾아오는 사람들에게 필요한 존재라고 생각했어.

그런데 아니었어.

필요한 존재가 아니라 단지 그곳에 있어야 한다고 얽매여 있었을 뿐.

당신도 그런 것일지 몰라.

처음에 찾아온 사람들은 당신을 주목하면서 사진을 찍기도, 기도를 올리기도 할 거야. 하지만 두 번째 찾아온 사람들은 기도야 올려도 사진은 찍지 않았겠지. 세 번째 찾아온 사람들은 소원이

이루어지지 않자 이제 마음으로 소원을 빌지도 않게 되었고.

당신이 소원을 이루어준다고 약속한 것도 아닌데, 자기들 멋대로 생각해놓고, 결정해놓고, 실망하고 화를 냈어. 머지않아 당신은 실망도, 화를 사는 일도 없이, 그곳에 존재하고 있는 것조차 잊히겠지. 그래서 당신은 여기와는 다른 세계가 보고 싶어진 거야.

아이코는 눈을 감고 분수의 물소리에 귀를 기울였다.

아무 인적이 없는 밤의 공원에서 아이코는 이 지구상에 혼자만 남겨진 듯한 기분에 빠졌다. 감은 두 눈에 아이코를 향한 아버지와 언니의 귀신같은 형상이 떠오른다. 슬픔과 외로움에 마음이 비명을 질렀다.

애정이란 무조건 복종하는 상대에게만 쏟는 것을 말한다. 이것이 아이코가 두 사람에게서 배운 것이었다.

그렇다면 그들이 보내는 애정은 어떨까?

슈와 요스케. 그들은 아이코에게 아무 요구도 하지 않고, 복종하라고도 하지 않는다. 복종은커녕 아무리 반발해도 아이코에게 사랑을 말한다. 그러나 아이코가 그 마음을 받아들일 수 있는 것은 한 명뿐……

"아이코."

머리 위에서 목소리가 들려왔다.

아이코는 천천히 눈을 떴다.

청바지 주머니에 손을 넣고 있는 슈. 그 모습을 보고 아이코의 억압되어 있던 감정이 순식간에 폭발하여 정신을 차렸을 때는 벤치에서 일어나 슈에게 안겨 있었다.

"그 남자가 당신한테 말한 것은 전부 거짓말이에요! 우리 아버지가 그의 아버지가 일하는 은행에서 돈을 빌려서…… 그래서…… 자기 말을 듣지 않으면 집을 빼앗아간다고…… 그래서…… 그래서…… 제가……"

"알아. 더 이상 아무 말도 하지 마."

슈가 주머니에서 뺀 양손으로 아이코를 꼭 안았다. 아이코는 그 순간 강한 안도감을 느꼈다. 이렇게 깊은 안도감에 휩싸인 것은 엄마가 죽고 나서 처음이었다.

사토루가 자신에게 접근하기 위해 언니와 사귀고 있는 것, 사토루에게 겁탈당할 뻔한 것, 몸싸움을 벌이다가 사토루를 계단에서 밀어 떨어뜨려서 크게 다치게 한 것, 사토루의 부모와 아버지, 언니에게 호되게 야단맞은 것…… 아이코는 울먹이면서 슈에게 모두 털어놓았다.

"넌 잘못한 거 없어. 아무것도 잘못하지 않았어. 그러니까 울지 마."

입이 아닌 마음으로 하는 말이 아이코의 가슴에 스며들었다. 피가 섞이지도 않았다. 만난 지도 얼마 되지 않았다. 그런데도 슈는 가족 이상으로 아이코를 이해해주고 있는 듯했다.

이상했다. 어째서 슈와는 같은 공간을 공유하고 있을 때 위화감을 느끼지 못하는 것일까? 서로가 지금 키의 2분의 1일 때부터 알

고 지내온 요스케에게도 이런 느낌을 받은 적은 없었다.

"울음이 멈추지 않으면 내 오토바이로 눈물을 바람과 함께 날려 보내줄게. 가자."

슈는 아이코의 어깨를 감싸 안은 채 공원 출구로 걸음을 옮겼다. 오토바이는 주인을 기다리는 충견처럼 길가에 웅크리고 있었다.

"가나자와 행 열차가 이제 곧 출발합니다!"

오토바이에 앉아 역원의 안내방송을 익살스럽게 흉내 낸 슈의 하얀 이가 가로등 불빛을 받아 눈부시게 반짝였다.

16

남색에 붉은색 그러데이션이 섞인 하늘에 안기듯, 오토바이는 해안을 따라 난 구 도로를 완만한 속도로 달리고 있었다. 새벽에만 느낄 수 있는 차갑고 투명한 공기와 바다의 향기가 콧구멍을 파고든다.

깎아지른 절벽의 노토 외포는 북국의 바다답게 우호적인 분위기를 거부하고 있는 듯했다. 노토의 바다는 전에 슈와 갔던 후지사와의 바다와는 달리 관광객에게 아양 부리지 않는 분위기를 풍기고 있었다.

바다 위에 떠 있는 오징어잡이 배의 등불이 아이코의 시계 끝에서 뿌옇다.

"노토의 어부들은 오징어가 많이 잡히는 날을 어떤 기준으로 판단할까. 뭔지 알아?"

느닷없이 슈가 질문을 던졌다.

"퀴즈? 상품은?"

개방적인 분위기가 자연스럽게 아이코의 말투를 가볍게 했다.

"절대로 못 맞힐 테니 상품은 없어."

"아, 말했을 텐데. 내가 이래 봬도 옛날부터 퀴즈의 달인이었다고요."

"그래? 그럼 어디 한번 퀴즈왕의 실력을 보여줘봐."

"맞히면 이 오토바이를 가져갈 거예요."

"그럼, 틀리면, 너한테 뭘 받을까 생각해둬야겠네."

슈의 웃음소리가 기분 좋은 바닷바람과 함께 아이코의 귓전을 지나간다.

"어부들이 오징어를 많이 잡을 수 있는 날은 달이 깨끗하게 보이는 날."

"아깝다! 하지만 틀렸어. 묘성昴星이라고 들어봤어?"

"노래에도 나온 거요?"

"그래, 맞아. 그 묘성은 은하수 근처에서 반짝이는 플레이아데스 성단의 이름이야."

"성단……이라면 묘성이 하나의 별 이름이 아니란 거예요?"

"응. 많은 별이 모인 이름…… 그중에서 육안으로 볼 수 있는 별이 여섯 개라서 육련성六連星이라고 불리지. 그 묘성이 밤하늘에서 휘황하게 빛나는 밤을 어부들은 오징어 잡는 날로 삼은 거야. 그럼 퀴즈 대결은 나의 승리. 자, 아이코에게서 뭘 경품으로 받을까?"

슈가 순진한 어린아이처럼 신이 나서 말했다.

"잠깐만요. 다시 말해서 묘성이 잘 보이는 밤이면 맑을 때겠죠? 그렇다면 달님이 깨끗하게 보이는 날도 정답이잖아요!"

아이코는 정색을 하고 대들었다. 정말로 정색한 것이 아니라 그렇게 할 수 있는 자신이 기뻤다.

"아니야. 맑은 것은 맞지만 묘성과 달은 달라. 그러니까 이번 승부는 내 승리야."

"에이, 치사해!"

"그럼, 상품을 받아볼까?"

"상품이 어디 있는데요? 난 아무것도 없다고요."

아이코는 말장난을 즐기고 있었다. 슈가 오토바이를 세우고 뒤를 돌아보았다.

"하나야기…… 하나야기라는 성을 받을래(일본에서는 결혼하고 나면 남편의 성을 따라가기 때문에 여기서는 결혼해달라는 의미다─옮긴이)."

슈가 헬멧 안에서 아이코를 바라보았다.

"노, 농담하지 마요. 그런 건…… 줄 수 있는 게 아니잖아요?"

아이코는 횡설수설하면서 말했다.

"농담이 아니야. 난 진심이라고."

"바, 바보 같은 말 하지 말라고요!"

아이코는 붉은 빛을 더한 하늘에 맞서려는 듯 얼굴을 붉혔다. 여자로 태어난 이상 언젠가는 이런 날이 올 것이라고는 생각했다. 하지만 그것은 그런 말을 듣기에 어울리는 나이가 되고 나서……. 지금 자신에게는 아무 상관 없는 말이라고 생각했다.

게다가 슈와 만난 기간이 너무 짧다는 것이 아이코가 당황하는 이유였다.

"지금 당신이 한 말이 어떤 의미인지나 알고 하는 거예요?"

백년후愛

"아아, 물론."

시원하게 대답하는 슈가 아이코는 괘씸했다. 인생 최대의 의식이라고 해도 과언이 아닌 것을 퀴즈 따위로 장난스럽게 말하다니 아이코는 이해할 수 없었다.

"우리가 아직 서로에 대해 잘 모르는데…… 그건 너무 무책임해요."

"전에도 말하지 않았나!? 난 아이코에 대해서는 뭐든 알고 있다고."

슈가 무언가를 찾듯이 아이코의 눈동자를 들여다보았다.

"어떻게……."

"꽉 잡아."

아이코의 몸이 출발의 반동으로 뒤로 젖혀졌다. 하늘은 붉게 물들어 있었다.

"……그런 말을 할 수 있죠?"

아이코의 뒤이은 말은 속도를 높인 오토바이가 가르는 바람에 흘러가버렸다.

◇　◇

후쿠라 항을 내려다보는 조금 높은 언덕 위에 붉은 속치마를 입은 지장보살 동상이 오도카니 서 있었다.

"우와, 너무 귀엽다. 그런데 이 지장보살님은 왜 빨간 옷을 입고 있죠?"

"이건 옷이 아니라 속치마야."

"속치마?"

"그래. 이 지장보살님은 속치마 지장보살이라고 해. 옛날에 뱃사공을 일방적으로 사랑하던 기생이 있었어. 그녀는 뱃일을 나가는 뱃사공을 붙잡아두고 싶은 마음에 자기가 입고 있던 속치마를 지장보살님에게 입혔지. 지장보살님은 불같이 성을 냈고, 바다는 말도 못할 정도로 거칠어졌어. 기생의 기도가 통해서 뱃사공은 고기를 잡으러 나가고 싶었지만 나갈 수가 없었지……. 이런 전설이 있는 동상이야."

언덕 아래에서 불어오는 바닷바람이 옷 너머로 아이코의 가슴을 파고들었다.

"왠지, 슬픈 이야기네. 그런데……."

아이코는 자신의 허리 정도 되는 높이의 지장보살을 보면서 중얼거렸다.

"그런데?"

슈가 아이코를 재촉하듯이 말했다.

"어떤 희생을 치르더라도 사랑하는 사람 옆에 있고 싶어 하는 그녀의 마음은 알 것 같아요."

"만약 내가 멀리 배를 타고 나가야 한다면 아이코도 지장보살님에게 속치마를 입힐 거야?"

"글쎄요. 속치마를 입고 있지 않아서. 나라면 스커트를 입혀주

겠어요."

"왠지 속치마보다 스커트가 지장보살의 화를 더 돋울 것 같은 걸. 파도가 거칠어지는 건 물론 쓰나미가 몰려와서 배가 뒤집혀버리겠어."

두 사람은 얼굴을 마주보며 웃음을 터뜨렸다.

"멋진 경치네요."

눈 아래에 펼쳐져 있는 바다로 시선을 옮긴 아이코가 환희의 목소리를 높이고 크게 심호흡을 했다.

"아아, 여기서 바다를 볼 수 있는 것만으로도 가나자와까지 온 보람이 있네."

슈가 아이코의 옆에 서서 눈을 가늘게 뜨고 거칠게 비말을 뿜어 올리는 파도를 바라보면서 말했다.

"응."

아이코는 슈의 말을 음미하듯이 수긍했다. 정말로 가나자와에 오길 잘했다. 어제까지 도쿄에서…… 지옥 같은 나날을 보냈다는 것이 믿기지 않았다.

"난 말이야, 태평양의 잔잔한 바다보다 일본해의 거친 바다가 좋아. 쉽게 범접할 수 없는 엄격함과 고귀함이 있는 것 같아서."

"멋지다고는 생각하지만 무섭기도 해요. 초등학교 때 파도 풀장에서 하마터면 익사할 뻔했거든요. 기계로 인공 파도를 일으키는 거 있죠? 거기에서 다리에 쥐가 나 코와 잎으로 물을 잔뜩 먹고 정신을 차린 곳이 병원 침대 위였어요. 그때 누군가의 도움을 받지 않았다면 난 이미 죽고 없을 거예요. 그 후로 파도를 보면 무서워서……."

그때가 분명 초등학교 2학년 때였다.

시야 전체가 흐려지면서 숨을 쉴 수 없었고, 목소리도 나오지 않아서 어린 마음에도 이대로 죽겠구나 하고 생각했다. 멀어져가는 의식 속에서 돌고래의 등에 탄 듯한 착각에 빠졌는데, 지금 생각해보니 구해준 사람의 등이었음이 틀림없다.

그때의 공포가 얼마나 심했는지 지금 생각해도 다리가 얼어붙을 것 같다.

"구해준 사람은 기억해?"

"으음. 한참 지나고 나서…… 중학생 때쯤인가, 아버지랑 언니한테 물어보았지만 어른 남자였다는 것밖에 모른댔어요."

"하치오지 레저 랜드의 파도 풀장은 그 후에도 사고가 몇 번 일어났었지 아마."

슈가 혼잣말하듯 중얼거렸다.

"맞아요. 거기예요……. 근데, 거긴지 어떻게 알았어요?"

"네 아버지와 언니는 널 구해준 사람과 얘기도 했어."

"네? 그게 무슨 말이죠?"

아이코는 고개를 갸웃하고 슈를 보았다. 무슨 말을 하고 있는지, 영문을 알 수 없었다.

"어서 아이코에게서 떨어져……라고."

아이코를 바라보는 슈의 눈동자는 하염없이 슬펐다.

"슈…… 설마……."

아이코는 정신이 혼미해져서 상기된 목소리로 물었다. 천천히 고개를 숙이는 슈의 눈동자에 살짝 눈물이 맺혔다.

해안도로를 달리는 오토바이. 뒷자리의 아이코는 슈의 허리를 잡고 비디오의 빨리 감기처럼 획획 지나가는 바다를 멍한 시선으로 보고 있었다.

속치마 지장보살이 있는 곳에서 아이코는 초등학교 2학년 때 수영장에서 익사할 뻔한 자신을 구해준 사람에 대해 슈에게 이야기했다. 이야기야 했지만 인공 파도에 휩쓸려 의식을 잃은 아이코는 생명의 은인을 기억하지 못했다. 아버지와 언니 역시 그 사람을 잊었다고 했다. 아이코는 마음 한구석에서 늘 그 사람이 궁금했다. 하다못해 감사의 인사라도 하고 싶었다.

하지만 인사를 하려고 해도 우연히 만날 일도 없을 테고, 아니 혹여 우연이 일어난다고 해도 얼굴을 모르기 때문에 그때 아이코를 구해준 사람이라고 알아볼 수가 없을 것이다. 단지 확실히 말할 수 있는 것은 아이코와 같은 하늘 아래에서 같은 태양을……

그리고 같은 달을 보고 있다는 것이었다.

하지만 아이코에겐 기적이 일어날 것만 같은 느낌이 있었다. 언젠가 그 사람을 만날 수 있다…… 그런 근거 없는 확신이 있었다.

그리고 기적은 일어났다. 물에 빠진 아이코를 구해준 것은 다른 누구도 아닌 슈였다.

그날, 우연히도 슈와 아이코는 같은 풀장에 놀러갔다. 슈의 성격상 눈앞에서 물에 빠진 아이를 보면 자신의 위험은 개의치 않고 구출하려고 했을 것이다. 이해할 수 없는 것은 10년 전에 구해준 소녀가 아이코라는 것을 알았다면 왜 진작 말하지 않았을까, 라는 점이다.

― 왜 지금까지 잠자코 있었어요?

아이코는 솔직하게 의문을 말하면서 슈가 한 말을 떠올렸다.

― 난 네가 생각하는 것 이상으로 너에 대해 잘 알아.

슈는 전에도 그런 비슷한 말을 한 적이 있었다. 지금 생각해보면 그것도 납득할 수 있다. 적어도 여덟 살 때부터 자신을 알고 있었으니까.

― 일본에서 제일 긴 벤치를 보고 싶지 않아?

아이코의 질문에 슈는 화제를 돌리듯이 말하고는 오토바이에 올라 헬멧을 던졌다. 아이코가 보고 싶은 것은 일본에서 제일 긴 벤치보다 슈의 마음속이었다.

오토바이는 아스팔트에서 모래사장으로 들어갔다. 수십 미터

앞……에 하얗고 긴 선이 한 줄 나타났다. 오토바이가 나아감에 따라 그것이 하얀 선이 아니라 벤치라는 것을 알 수 있었다.

"저쪽 끝까지 갈 테니까 잘 봐!"

바람에 실린 슈의 목소리가 아이코의 귀를 스치듯 지나간다. 하얀 벤치가 끝없이 이어져 있는 모습은 압권이었다.

"우와, 이 벤치가 몇 미터나 되죠?"

아이코는 큰 소리로 외쳤다.

"460미터!"

"네? 정말요?"

오토바이로 달리면서 대화를 나누는 동안에도 아직 벤치는 끝이 보이지 않았다. 아이코는 슈의 허리에 달라붙어 등에 뺨을 댔다. 그때 수영장에서 물에 빠진 자신을 같은 등이 구해주었다……. 감개무량한 생각에 아이코는 가슴이 떨렸다.

마침내 다른 쪽 끝에 도착하자 슈는 한쪽 발을 모래사장에 대고 오토바이를 돌려 방금 온 길을 돌아가기 시작했다.

"이 부근이 정중앙이야."

슈는 오토바이의 속도를 줄이면서 말했다.

"어땠어?"

오토바이를 완전히 세운 슈가 헬멧을 벗고 돌아보았다.

"굉장해요! 상상 이상이었어요!"

아이코는 흥분이 가시지 않은 목소리로 말했다.

"오토바이라 괜찮았지만 천식이 있는 네가 달리기에는 무리야."

"알아요!"

뒷자리에서 뛰어내린 아이코는 종종걸음으로 벤치로 가서 앉아 양팔을 벌리고 좌우로 고개를 돌렸다. 시선이 닿는 곳 어디에도 사람의 그림자 하나 없다는 것이 믿을 수 없었다.

"사진 찍어줄게."

슈가 디지털카메라를 조작하면서 뒤로 물러났다.

"찍는다. 자, 치⋯⋯."

"잠깐만요!"

아이코는 휴대전화를 꺼내 카메라를 안쪽으로 설정하고 자기 얼굴을 체크했다.

"그냥 찍어도 예뻐."

"네⋯⋯?"

"아, 아니⋯⋯ 됐으니까, 빨리 해."

퉁명스레 말하는 슈가 아이코에게는 수줍어하는 남자아이로 보였다.

"자, 그럼 찍어요."

아이코는 벤치 위에 서서 허수아비처럼 양팔을 수평하게 뻗었다. 양손 끝으로 이어지는 벤치⋯⋯ 영원히 이어지는 하얀 날개가 생긴 듯했다.

이대로 하늘을 날 수도 있지 않을까?

아이코는 진심으로 그렇게 생각했다.

셔터를 누르는 소리에 휴대전화의 벨소리가 겹쳤다. 화면에 뜬 '언니'라는 글자가 아이코를 현실로 돌려놓았다.

"집이야?"

갑자기 표정이 어두워진 아이코에게 달려오면서 슈가 걱정스럽게 물었다. 아이코는 고개를 끄덕이고 울어대는 휴대전화에 어두운 시선을 떨어뜨렸다.

"받지 않아도 되잖아?"

다시 한 번 고개를 끄덕인 아이코는 실이 끊긴 꼭두각시 인형처럼 벤치에 주저앉았다.

"그러게요, 이미 마음먹었으니까."

그렇게 말했지만 아이코는 죄책감에 휩싸였다. 하지만 여기서 돌아가면 또 같은 일이 반복될 뿐이다.

"후회하지 않겠어?"

"모르겠어요. 그래도 가족인데. 하지만 그 가족보다 당신이 나를 더 생각해주는 마음을 아니까."

"어린 마음에도 우리 두 집안이 서로 증오하고 있다는 걸 알 것 같았어."

슈가 뜬금없이 말했다.

"그래서 수영장에서 널 구했을 때 네 아버님과 언니가 너에게서 빨리 떨어지라고 했어도 놀라지 않았어. 초등학교, 중학교, 고등학교…… 그 후로는 멀리서 널 지켜볼 수밖에 없었어."

"왜 나를……?"

"어렸을 때부터 정의감은 아주 강한 편이었으니까."

"수영장 사건이 아니고…… 그……."

왜 날 좋아하는 거죠? 라는 말을 아이코는 목구멍에서 삼켰다.

"학교에 가다가 네가 창에서 바깥 경치를 보고 있는 걸 봤어. 우리가 만났을 때처럼 말이야. 이상했어. 왜 저 애는 학교에 가지 않는 걸까? 오늘도 있을까? 하고, 네 집 앞을 지나갈 때마다 2층을 올려다보는 것이 일과가 되었지. 그때 학교에서 어떤 애가 말하는 걸 듣고 수수께끼가 풀렸어. 아이코가 심한 소아천식을 앓고 있다고 말이야. 아, 전에도 말했지? 나도 어렸을 때 병치레가 잦았다고. 그 이유도 있고 해서 쓸데없이 '새장 안의 새'가 걱정된 거야."

아이코는 여전히 믿을 수 없었다. 늘 곁에 와서 자신을 지켜봐준 사람이 있었다는 것을…….

"그 남자아이의 풍선을 잡아주었을 때 너와 처음 애기했어. 다음 날《백년 연인》의 한 구절을 흉내 내서 너에게 말한 거 기억해?"

─그 공주님은 장미가 한숨을 토할 정도로 아름답고 목소리는 여름 밤바람에 흔들리는 풍경처럼 사랑스럽도다. 그 공주님이 폭풍이 멎기를 바란다면 나는 비바람을 부리는 신의 산 제물이 되어도 좋다. 그 공주님이 영원한 충성을 원한다면 나는 평생을 감옥에서 살아도 좋다. 그 공주님이 달빛이 비치는 심해를 여행하고 싶

다면 난 돌고래가 되어 당신을 신비의 바닷속으로 인도하리라.

물론 잊을 리가 없었다.

그때는 수치심에 온몸이 화끈거렸고, 많은 사람들 앞에서 그런 말을 하는 슈에게 정말이지 몰상식한 인간이라고 분노조차 느꼈다. 하지만 수치나 분노 이상으로 슈의 대사는 아이코의 마음에 강렬하게 새겨졌다.

"기억해요. 그런 말을 하다니 도대체 어떻게 된 사람일까 하고 생각했었죠."

"그랬겠지. 그땐 나도 너무나 창피했어. 하지만 그뿐만이 아니야. 정말로 느끼하기 짝이 없는 대사였지만 내 기분을 표현하고 싶었어."

슈가 아이코의 눈동자를 지긋이 바라보며 입가에 부드러운 미소를 지었다.

"왜 하필 그때 내게 말을 걸 생각을 한 거죠?"

아이코는 슈의 시선을 견디지 못하고 화제를 돌렸다. 그것은 또 슈가 털어놓는 이야기를 듣고 있는 동안 궁금한 것이기도 했다.

"먼저 말을 건 것은 내가 아니라 너잖아? 저기, 괜찮아요? 하고."

아이코는 어렴풋한 기억을 되돌렸다.

아스팔트를 긁는 타이어 소리에 이어 하늘로 날아오르는 풍선을 잡으려고 소형 트럭 앞으로 뛰어나가 점프하는 청년이 입고 있는 하얀 재킷이 펄럭이는 모습은 호숫가에서 날아오르는 백조를 방불케 했다.

─ 자, 이제는 놓치지 마라.

어깨에 타박상을 입고도 소년에게 달려가 풍선을 건네는 청년을 보고 있던 아이코는 어떠한 망설임도, 조금의 주저함도 없이 오랜 옛날부터 알던 사람에게 하듯 말을 걸었던 것이다.

낯가림이 심한 아이코가 처음 보는 남자에게 말을 건다는 건 기적이었다. 하지만 지금은 그때 왜 자신답지 않은 행동을 했는지 그 이유를 알 수 있었다.

맞아, 슈와는 '처음 본' 사이가 아니었어.

"그랬어요. 그런 행동을 하는 타입이 아니라서 당신이 먼저 말을 걸었다고 착각했어요. 미안해요."

"사과할 것까진 없고. 나도 말을 걸고 싶었고…… 사실 어깨도 별로 아프지 않았어. 오버액션이었지."

"뭐야, 속은 거야?"

"그래, 제대로 걸려든 거야. 내가 이겼다~"

놀리듯이 말하고 슈가 벤치에서 일어나 모래사장으로 뛰어갔다.

"거기 서요."

아이코는 슈의 뒤를 쫓아갔다.

천식을 앓는 자신이 전력으로 뛰어도 발작이 일어나지 않다니 믿을 수 없었다. 운동화가 모래에 묻히는 감촉, 콧구멍으로 스며드는 바닷바람의 냄새, 바위에 부딪혀 깨지는 파도 소리……. 그 모두가 살아 있다는 실감을 주었다.

뛰어가던 슈가 걸음을 멈추고 모래사장에 벌렁 드러누웠다.

"항복이죠!?"

거친 목소리로 말하고 아이코도 슈 옆에 아무렇게나 드러누웠다.

"눈을 감아봐."

슈의 말에 눈을 감았다. 대지의 고동이…… 바다의 속삭임이 들렸다. 아이코는 뭐라고 표현할 수 없는 안도감에 휩싸였다.

"두더지는 갈매기처럼 드넓은 하늘을 날 수 있는 날개를 갖고 싶다고 빌었어. 두더지는 얼룩말처럼 대지를 뛰어다니는 다리를 갖고 싶다고 빌었어. 두더지는 침팬지처럼 뛰어난 두뇌를 갖고 싶다고 빌었어. 두더지는 백조처럼 아름다운 모습이고 싶다고 빌었어. 하느님은 말했지. 알았다. 너의 소원을 들어주마. 하지만 그전에 너를 지렁이로 바꿔주지. 지렁이가 된 너는 필시 이렇게 빌 게다. 두더지처럼 힘차게 땅을 파헤칠 수 있는 튼튼한 발톱을 달라고."

슈가 진짜 뜬금없이 말했다.

"무슨 말이에요? 그게?"

아이코는 눈을 뜨고 슈의 옆얼굴을 보았다.

"《인생−사랑=죽음》의 한 구절이야. 이 한 구절은 행복을 쫓아다니기만 하는 사람은 행복으로부터 멀어진다는 것을 말하고 있어. 우리가 가족들의 미움을 받으며 교제를 허락받지 못해서 세상의 모든 불행을 다 짊어지고 있는 것 같지만 이렇게 자유를 선택할 수 있으니 운은 좋은 셈이지. 아야노가 하느님께 비는 것은 살

276
277

고 싶다는 것일 거야. 나와 아이코가…… 아니 대부분의 사람들이 당연하게 누리는 권리를 말이야."

아이코는 슈의 말이 무슨 뜻인지 알 것 같았다.

슈와 아이코 앞에 놓인 수많은 장애물들. 그러나 장애물이란 앞으로 나아갈 때 비로소 부딪히는 것이다. 허들 경기를 예로 들면 '달리는' 것이 가능하니까 눈앞에 허들이 나타난다. 트랙에 서는 것조차 허락되지 않는 사람은 허들을 볼 수도 없다.

"우리가 운은 좋을지 모르죠. 그런데 책을 쓴 레이라는 여자는 어떤 인생을 보냈을까요. 어느 페이지를 읽어봐도 죽음과 삶에 대해 미화하는 부분이 전혀 없고, 냉정하게 내버려두는 듯한 문체를 보이는데, 그건 냉정한 게 아니라 인간의 본질을 꿰뚫고 있기 때문이라고 생각해요. 분명히 천리안을 가지고 있을 거라고."

"그는 천리안을 갖고 있는 게 아니야. 단지 자신의 경험을 통해 느끼는 것을 쓸 뿐이지."

"그라니…… 레이 씨가 남자예요?"

"응."

"네……!? 당신 레이 씨를 알아요?"

아이코의 머릿속에 의문부호가 뛰어 다녔다.

"레이가 바로 나야."

"네!? 농담 좀 그만해요. 날 놀리려고 그러는 거죠?"

"농담 아니야. 정말이야. 잘 아는 사람이 쓴 책이라면 선입관을 가질 것 같았어. 아이코에겐 새로운 기분으로 읽게 해주고 싶었던 거야."

슈의 진지한 표정을 보고 그의 말대로 농담이 아니라는 것을 알았다.

"고등학생 때 모 출판사 공모전에 시로 응모했다가 수상해서……. 뭐 그렇게 큰 상은 아니지만 《인생─사랑=죽음》은 수상 후 첫 작품이야."

믿을 수 없는 사실에 놀라움을 감출 수 없었지만, 한편으론 슈라면 시를 써도 이상할 게 없다는 생각도 들었다.

아이코는 《백년 연인》의 쇼이치와 하루의 죽음에 대해 뜨거운 지론을 펼치던 슈의 모습을 기억의 스크린에 비추고 있었다. 이것으로 슈가 대학생도 직장인도 아닌 이유가…… 그리고 아야노에게 자신의 책을 빌려준 이유가 분명해졌다. 하지만 한편으론 새로운 의문이 아이코의 마음속에 생겼다.

"이런 테마로 책을 쓰려고 생각한 건 왜죠?"

"이런 테마라니?"

"죽음을 테마로 한 작품 같은데, 당신처럼 젊은 사람이 쓰기에는 어쩐지 이상한 기분이 들어서……."

"글쎄. 난 조금도 이상하다고 생각하지 않는데. 죽음은 말이야 이 세상에 태어난 직후부터 마주 대해야 하는 거잖아? 누구나 피해서는 절대로 지나갈 수 없는 길을 말하는 데 나이가 무슨 상관이야."

"그렇긴 하지만 우리 나이가 아직 죽음에 대해 직감을 느낄 만한 나이는 아니라는 게 솔직한 감상이에요. 그래서 당신이 무서워요. 마치 100살 먹은 할아버지처럼 죽음이라는 것에 정면으로 맞서고 있으니까요."

그랬다. 그 책을 읽고 있으면 저자는 인생 경험이 아주 풍부한 사람…… 적어도 자신과 같은 세대의 남자라고는 상상조차 할 수 없었다.

"다섯 살에 사고로 죽는 아이도 있는가 하면 열 몇 살에 병으로 죽는 아이도 있어. 의식하든 의식하지 않든 죽음은 남녀노소를 가리지 않고 찾아와. 아야노처럼 말이야……."

슈가 음울한 눈동자를 아이코에게서 돌려 파도가 부서지며 물방울이 튀어 오르는 바다로 옮겼다. 아이코는 자신의 얕은 생각이 부끄러웠다. 주위에 자신과 별로 나이 차이가 나지 않는 여자가 죽음과 직면해 있지 않은가.

— 의식하든 의식하지 않든 죽음은 남녀노소를 가리지 않고 찾아와.

필시 슈는 아야노의 비애를 가슴에 새기면서 한 마디 한 마디 말로 꺼내고 있음이 틀림없다.

답답한 분위기를 깨뜨리려는 듯 휴대전화가 울었다. 또 언니일 거라고 생각하면서 아이코는 전화기로 시선을 떨어뜨렸다. 예상과 달리 전화를 건 사람은 요스케였다.

슈와 함께 있을 때 요스케의 전화를 받는 것이 내키지 않았지만 오전 10시 30분이라는 수업 시간대에 걸려온 것이 아이코의 마음에 동요를 일으켰다.

"전화 좀 받을게요."

아이코는 슈에게 양해를 구하고 일어나서 휴대전화의 통화 버튼을 눌렀다.

"여보세……."

"아이코, 지금 어디야?"

요스케의 다급한 목소리가 아이코의 불안감을 부추겼다.

"왜 그래? 무슨 일 있어?"

스스로를 진정시키듯 아이코는 애써 평정을 가장했다.

"속 편한 소리 그만해! 아저씨가, 아저씨가……."

요스케가 돌연 말을 끊었다.

"무슨 일이야? 아버지가 어떻게 되셨는데?"

무의식적으로 격앙되는 아이코의 목소리에 그때까지 바다를 바라보고 있던 슈가 반사적으로 얼굴을 돌렸다.

"차에 치여서 중태에 빠지셨어. 너랑 전화가 안 된다고 누님이 전화를 해서……."

"아버지가!"

아이코의 외침이 잔혹할 정도로 파란 하늘로 빨려 들어간다…….

"누님이 집에서 기다리겠다고 했어. 언제쯤 돌아올 수 있어?"

"나…… 지금, 가나자와야……."

꺼져 들어가는 목소리로 아이코가 말했다.

"뭐! 가나자와!? 왜 그런 데 있는 거야?"

"어…… 어쨌든 지금 바로 돌아갈 테니까……."

일방적으로 말하고 아이코는 전화를 끊었다.

"아이코, 무슨 일이야?"

걱정스럽게 묻는 슈에게 대답도 못하고 아이코는 떨리는 손에 힘을 주어 휴대전화가 삐걱거릴 정도로 꽉 쥐었다.

17

오전에 가나자와에서 출발했는데도 도쿄에 도착했을 때는 해가 완전히 저문 뒤였다.

"여기서 세워줘요."

아이코는 집에서 수십 미터 떨어진 곳에서 슈에게 말했다. 집 앞에서 세우면 오토바이의 엔진 소리가 언니에게 들릴지도 모르기 때문이다.

"나도 갈게."

오토바이에서 내린 아이코의 팔을 잡고 슈가 말했다.

"으음. 이런 상황에서 당신이 얼굴을 보이면 난리가 날 거예요. 이따 연락드릴게요."

"그래……. 좀 걱정이네."

"뭐가요?"

"아니, 이대로 네가 내 앞에서 사라져버릴 것 같아서……."

불안에 떠는 슈의 얼굴을 보고 평소와 다른 이미지에 아이코는 그를 안아주고 싶은 충동을 느꼈다.

"알아요. 날 정말로 생각해주는 사람은 당신밖에 없어요. 그러니까 절대로 사라지거나 하지 않아요. 믿어도 돼요."

슈가 어린아이 같은 미소를 지으며 고개를 끄덕였다.

아이코는 문득 생각했다.

강한 척하는 슈가 무리하고 있는 건 아닌지. 그가 원래는 매우 섬세하고 상처받기 쉬운 사람은 아닌지…… 하지만 지금 아이코에겐 슈를 걱정할 정신적인 여유가 없었다.

"그럼 이만."

아이코는 슈에게 손을 흔들고 뛰어갔다.

요스케에게서 연락받고 벌써 10시간 이상이 흘렀다. 도쿄에 돌아오면서 몇 번이나 집 전화번호를 누르려고 했지만 그때마다 생각이 멈췄다.

혹시…… 만일의 사태가 벌어졌으면 어쩌지? 하고 생각하니 무서웠다. 제발 아버지를 보살펴주세요.

현관 앞에서 멈춘 아이코는 거친 숨을 가다듬고 마음으로 기도했다. 슈와의 일로 옥신각신할 때는 솔직히 미워한 적도 있었다. 하지만 아이코에겐 아버지의 피가 흐르고 있다. 태어났을 때는 만면에 미소를 지으며 안아주고 달래주었을 것이다. 슈와 교제하는 것을 맹렬하게 반대하고, 구속하려고 했던 것도 애정의 반증일지 모른다. 자신을 대수롭지 않게 생각했다면 반대로 구속 같은 건 하지 않았을 것이다.

설령 아버지가 와카바야시 가에 대한 원한만으로 그렇게 했다고 해도 믿고 싶었다. 아버지의 딸에 대한 애정을…….

"언니, 아버지는!?"

아이코는 큰 소리로 물으면서 현관으로 들어갔다. 불은 켜져 있었지만 대답은 없었다. 병원에 간 건가…… . 아니, 이렇게 오랜 시간이 흘렀으니 병원에 간 게 틀림없다.

"언니, 없어……?"

아이코가 거실 문 손잡이를 잡으려고 했을 때 문이 갑자기 열렸다. 아이코는 눈앞에 나타난 인물을 보고 말을 잃었다.

"이 불효막심한 것아!"

아버지의 두꺼운 손바닥이 날아왔다.

"어떻게……?"

엉덩방아를 찧은 아이코는 어안이 벙벙해서 중얼거렸다.

"그건 내가 묻고 싶은 말이야! 그런 몹쓸 놈하고 가나자와에 갔다고!?"

두 주먹을 불끈 쥐고 서 있는 아버지는 마치 아수라를 보는 것 같았다.

"널 집에 돌아오게 하기 위해서는 이 방법밖에 없었어……. 널 위해서야!"

아버지의 등 뒤에서 나타난 언니가 입술을 떨면서 말했다.

"그럼…… 아버지가 사고를 당했다는 건 거짓말이야? 요스케가 전화한 건……."

"미안, 아이코."

다시 아버지 뒤에서 나타난 요스케를 보고 아이코는 깨달았다. 자신의 편은 이제 슈밖에 없다는 것을.

"너무해……. 정말 너무해……."

너무 큰 충격과 분노에 아이코의 의식은 날개가 돋은 듯 까마득히 멀어졌다.

"네가 훨씬 심했다고는 생각하지 않니!?"

"내가 뭘 어쨌다고! 한 남자를 좋아한 것밖에 없잖아! 그런데도 컴퓨터를 빼앗아가고, 문을 부수고, 급기야 감시까지 붙이고……. 내가 그렇게 잘못했어? 아버지도 언니도 마치 날 범죄자처럼 취급했잖아!"

"하나야기 가에 태어나서 와카바야시의 아들과 눈이 맞아 도망갔으니 범죄나 다름없다!"

"아, 아저씨, 그건 좀 심한……."

"착한 척하지 마!"

두둔해주려는 요스케에게 아이코는 날카롭게 쏘아붙였다.

"아이코, 널 생각해주는 요스케에게 그게 무슨 말이야!"

"아버지가 사고를 당해서 위급하다는 거짓 전화를 한 비열한 놈이 나를 생각해준다고!?"

이번엔 언니에게 대들었다. 지금 아이코는 주인에게 버려진 집 잃은 개와 같았다.

"잘못한 거는 너잖아. 내 마음을 알면서 어떻게 그런 남자랑 사귈 수 있지!? 어렸을 때부터 내가 얼마나 널 좋아했는지 알잖아!?"

요스케가 빨갛게 충혈된 눈으로 호소했다. 어제까지만 해도 틀림없이 마음이 흔들렸을 것이다. 그러나 지금은 다르다. 요스케가 한 짓은 소꿉친구라고 해서 절대로 용서할 수 없는 것이었다.

"너는 믿을 수 있어. 감사한 마음도 갖고 있어. 엄청 좋아해. 하지만 그건 친구로서의 감정…… 사랑이 아니라 우정이야. 그렇지만 아무리 마음이 통하는 소꿉친구라고 해도 그런 말을 할 권리는 없다고 봐. 소꿉친구이니까 축복해줘도 되지 않니?"

아이코는 놀라울 정도로 냉정하게 말했다.

"넌 변했어. 예전의 아이코는 그런 매정한 말을 할 수 있는 애가 아니었어. 역시 그 자식 때문이야. 넌 그 자식에게 세뇌당한 거라고!"

"요스케의 말이 맞아. 아이코 네가 잘못한 게 아니야. 잘못은 그 슈라는 남자에게 있어."

누군가의 얼굴이 이토록 추악하게 보인 것은 처음이었다. 그것이 언니와 소꿉친구라는 것이 아이코는 한없이 슬펐다.

"내가 어렸을 때 수영장에서 물에 빠진 이야기를 그에게 들었어요. 아버지와 언니는 나에게서 어서 떨어지라고…… 그렇게 말했다죠?"

"그거야 당연하지! 그 녀석은 어렸을 때부터 틈만 있으면 너한테 접근하려고 한 도둑고양이였어. 비열하기는 그놈 애비와 똑같다."

증오로 가득 찬 표정으로 아버지가 말했다. 그런 아버지를 보고 어떻게 이렇게까지 누군가를 미워할 수 있을까, 하고 아이코는 생각했다.

"딸의 목숨을 구해준 은인을 그런 식으로밖에 말할 수 없는 아버지야말로 비열해요."

기요시의 손이 올라갔다. 손바닥이 날아올 것이라고 생각한 아이코는 반사적으로 얼굴을 돌렸다. 하지만 예상과 달리 팔을 잡더니 거실로 끌고 갔다.

"싫어…… 놔요…… 놔!"

아이코는 모든 체중을 발뒤꿈치에 싣고 저항했지만 남자의 힘에는 당하지 못하고 거실 바닥에 던져졌다.

"슈, 슈 도와줘!"

위에 올라타서 양손을 누르는 아버지를 밀쳐내려고 발버둥 치면서 아이코는 슈의 이름을 불러댔다. 요스케가 치욕스럽다는 듯 표정을 일그러뜨리는 것이 흔들리는 시야에 들어왔다.

"그런 못된 놈하곤 헤어지겠다고 약속해!"

"나에겐 그 사람밖에 없어요. 누구보다도 나를 사랑해주는 소중한 사람이에요!"

"아이코, 이제 그만 정신 차려! 넌 속고 있는 거야. 수영장에서 물에 빠졌을 때 이야기를 한 건 아저씨와 누님을 나쁜 사람으로 만들려는 목적이었다는 걸 왜 모르니?"

요스케가 네 발로 기는 자세로 엎드려 아이코의 귓전에 대고 외쳤다.

"왜 모두가 그를 나쁘게만 말하죠!? 만약, 만약에 와카바야시 사람들이 하나야기 가에 나쁜 짓을 했다고 해도 그는 관계가 없잖아요. 아니면 범죄자의 피를 물려받은 아이들은 모두 범죄자라는 말인가요!?"

"만약에가 아니잖아!"

시즈에가 히스테릭하게 소리쳤다.

"몇 백 번을 말해야 알아듣겠니? 하루 할머니도 엄마도, 모두 와카바야시 가의 남자들에게 살해당했어! 하나야기 가의 여자들은 100년의 세월을 와카바야시 가의 남자들 때문에 지옥에 떨어져서 보냈단 말이야!"

"그 남자들 중에는 다케히코라는 남자도 들어가겠지!?"

끝내 해서는 안 될 말을 하고 말았다. 시즈에의 얼굴이 식중독에 걸린 듯 일그러지며 창백해졌다. 기요시도 말을 못하고 표정을 잃었다. 요스케만이 영문을 모르고 두 사람의 얼굴을 번갈아가며 보고 있었다.

"무…… 무슨 소리야!"

낯빛이 변한 아버지의 성난 목소리가 고막을 흔들고 손바닥이 뺨으로 날아왔다.

"엄마, 엄마…… 날 왜 낳았어!? 온갖 정성을 다해 키운 아이코에게 이런 심한 소리나 듣고…… 난 어쩌면 좋아!? 단지 아이코를 위해주고 싶었을 뿐인데……."

불단 앞에 꿇어앉은 시즈에가 쓰러져 울었다.

"언니의 기분을 한 번이라도 생각해본 적이 있는 거냐!? 어쩌면 그렇게 심한 말을 할 수 있어!"

"아버지랑 언니야말로 제 기분을 생각해본 적 있어요!? 심한 말만 퍼부은 것은 그쪽이잖아요!"

아이코는 소리치고 혼신의 힘을 다해 몸을 비틀어 아버지를 밀쳐냈다. 그리고 일어서서 문으로 뛰어갔다.

"아이코!"

양팔을 벌려 길을 막으려는 요스케를 어깨로 밀치고 복도로 나간 아이코를 기요시와 시즈에가 쫓아왔다.

신발도 신지 않고 아이코는 밖으로 뛰쳐나갔다. 추격에 합세한 요스케가 엄청난 기세로 거리를 좁혀왔다.

"아이코!"

10미터쯤 앞 골목에 오토바이가 나타났다. 슈가 기다려주었던 것이다.

"꽉 잡아."

백년후愛

아이코가 뒷자리에 앉자 오토바이가 엔진 소리와 함께 출발했다. 세 사람의 모습과 아이코의 이름을 부르는 목소리가 급속도로 작아진다.

코너를 돌았을 때 갑자기 눈앞으로 밴이 한 대 튀어나왔다. 슈가 핸들을 꺾고 급브레이크를 밟았다. 뒷바퀴가 미끄러진 오토바이가 큰 원을 그리며 넘어졌다. 길바닥으로 나동그라진 아이코는 허리를 세게 부딪쳤다.

"괜찮아……?"

오토바이에 깔린 슈가 자기보다 먼저 아이코를 걱정했다.

"나는 괜찮아……. 당신이 더……."

아이코가 몸을 일으켰을 때 밴의 슬라이드도어가 거칠게 열렸다. 갈색의 장발 남자와 대머리의 피부가 검은 남자가 밴에서 뛰어내려 전속력으로 달려오더니 아이코의 팔과 다리를 잡고 들것처럼 들어올렸다.

"싫어, 슈 도와줘!"

아이코는 저항해보았지만 허리를 부딪친 탓인지 팔다리가 마비되어 생각처럼 움직이지 않았다.

"너희들 뭐 하는 거야. 그만둬!"

필사적으로 오토바이를 밀쳐내려고 발버둥치는 슈를 힐끔 보고 두 사람은 아이코를 밴으로 데리고 갔다. 뒷자리에 던져진 아이코는 마주 보게 배치된 자리에 앉는 여자를 보고 숨을 삼켰다.

"너도 참 징하다."

에리카가 질린다는 표정으로 아이코를 바라보았다.

"왜 이런 짓을 하는 거야?"

쉽게 상황을 이해할 수 없었다.

"내가 충고했지? 슈 오빠한텐 접근하지 말라고."

돌변하여 증오에 가득 찬 눈으로 아이코를 노려보는 에리카. 에리카의 진의를 안 아이코는 분노와 공포로 온몸이 떨렸다. 두 남자가 양쪽 문으로 아이코를 사이에 두고 올라타자 밴이 움직이기 시작했다.

"날 어디로 데리고 가는 거야?"

"그건 도착해보면 알아."

운전석에서 핸들을 쥐고 있던 남자가 돌아보며 입가에 비열한 웃음을 지었다. 남자는 금발에 턱수염을 기르고 입술에 피어싱을 하고 있었다.

"내려줘, 내려달라고!"

두 남자에게 몸을 붙잡혀 움직일 수 없었다.

"네가 내 말을 듣지 않으니까 이렇게 된 거야."

이번엔 득의양양하게 가벼운 미소조차 띠우면서 에리카가 말했다.

"이 사람들은…… 누구야?"

아이코는 세 사람의 얼굴을 둘러보면서 주뼛주뼛 물었다.

"알고 싶어? 완전 못된 선배들이야. 특히 운전하는 저 선배는 악마라고."

"야야, 나 그런 사람 아니야. 이렇게 순하고 착한 선배가 어딨다고? 그렇지?"

입술 피어싱을 한 남자가 불쾌하다는 말투로 다른 두 남자에게 동의를 구했다.

"그렇고말고. 우리처럼 신사적인 남자들도 없지. 특히 여성에겐 말이야."

갈색 머리의 남자가 아이코의 몸을 핥듯이 쳐다보자 소름이 돋았다.

"그럼그럼. 아이코에게만은 특히 더 다정하게 대해줄 테니까."

검은 피부의 남자가 아이코의 뺨을 손등으로 쓰다듬었다.

"만지지 마요!"

얼굴을 돌리고 아이코는 검은 피부의 남자를 노려보았다.

"이야, 보기와는 달리 한 성깔 하는 깔치네. 무서워 죽겠어."

다시 돌아본 입술 피어싱을 한 남자가 혀로 입술을 핥았다.

오싹오싹, 등줄기에 오한이 번졌다.

"이런 짓을 하면 슈도 싫어할 거야. 너, 너도 그를 좋아했잖……"

갑자기 에리카가 손을 뻗었다. 아이코의 머리에 심한 통증이 느껴졌다.

"아야…… 이거 놔……."

아이코는 머리카락을 움켜쥔 에리카의 손을 떼어내려고 했지만 저항하면 저항할수록 통증만 심해질 뿐이었다.

"좋아하니까 이러는 거야! 난 아주 오래 전부터 슈 오빠를 알고 있었으니까. 그런데 어디서 갑자기 나타나서는……. 분명히 말하지만 넌 방해만 돼. 너만 없으면 잘됐을 텐데. 너만 없으면, 너만 없으면……."

충혈된 눈으로 아이코를 노려보는 에리카가 입술을 떨면서 저주의 말을 반복했다.

어째서 모든 사람들이 날 눈엣가시로 여기는 거지? 하나야기가의 여자는 불행의 싹이라도 안고 태어났다는 건가?

"내가 없다고 해서…… 해결될 문제가 아니잖아?"

낯선 세 남자에게 둘러싸인 채 에리카에게 머리카락을 잡힌 상태에서 평상심을 가장할 수 있는 상황은 아니었지만 아이코는 눈을 피하지 않고 물었다.

"해결돼. 너만 없어지면 옛날의 우리 사이로 돌아갈 거니까!"

에리카가 머리카락을 쥔 손에 힘을 넣으면서 소리쳤다.

"옛날의 우리 사이라니, 네가 그랑 사귀기라도 했다는 거야!? 내 탓이라고 하지만 결국은 그가 관심을 주지 않으니까 안달이 나서 내 핑계를 대는 거잖아!"

아이코는 에리카 못잖은 큰 목소리로 소리쳤다.

"한 남자를 둘러싼 여자들의 전쟁이라. 슈란 놈의 거시기 기술

이 그렇게 좋은가보지? 응, 켄?"

검은 피부의 남자가 천박한 미소를 지으며 갈색 머리카락의 남자…… 켄에게 말했다.

"맞아, 그래서 슈랑 사귄 여자는 한 달에 5킬로그램이나 빠진 대. 다이어트에는 최고지."

"하야토랑 켄, 적당히 해라!"

눈을 치켜 올리고 희롱하는 두 사람에게 일갈하는 에리카를 보고 그녀의 슈에 대한 마음이 자신 못지않게 진지하다는 것을 아이코는 깨달았다.

"야야, 뭐야 에리카. 널 도와주고 있는 우리한테 그 말투가……."

"에리카의 말이 맞아. 그만 까불어!"

화를 내는 검은 피부의 남자…… 하야토에게 입술 피어싱을 한 남자가 앞을 향한 채 쩌렁쩌렁한 목소리로 말했다.

하야토는 핏기를 잃고 창백해져서 미안해, 하고 중얼거렸다. 직접 욕을 먹은 것도 아닌데 켄까지 몸을 경직시켰다. 입술 피어싱을 한 남자가 그들에겐 상당히 무서운 존재인 것 같다.

"거의 다 왔어."

에리카가 의미심장하게 웃었다.

밴은 속도를 줄이면서 성당 부지 안으로 들어갔다. 주변에 잡초가 무성하고 성당 벽도 덩굴로 덮여 있었다. 건물 꼭대기에 달린 십자가를 보고 아이코는 불길한 예감에 가슴이 두근거렸다.

"폐허긴 해도 소란 피우면 귀찮아져."

밴이 완전히 서자 입술 피어싱을 한 남자가 포장 테이프를 뒷좌석으로 던졌다. 켄이 지체 없이 아이코의 몸을 눌렀다.

"뭐 하는 거야!? 그만둬……."

하야토가 포장 테이프를 입에 붙이고, 이어서 양 손목을 수갑처럼 감았다. 엄청난 공포가 아이코를 엄습했다. 유일하게 자유로운 다리를 버둥거리면서 저항해보았지만 그 다리도 이내 하야토에게 포장 테이프로 묶여 움직임을 잃었다.

켄이 슬라이드도어를 열고 하야토가 아이코를 가볍게 짊어 맸다. 하야토의 어깨 위에서 아이코는 애벌레처럼 몸 전체를 꿈틀거렸다.

입술 피어싱을 한 남자가 페인트가 벗겨진 성당 문을 열었다. 깨진 스탠드글라스에 코가 뚫린 마리아상…… 콧구멍으로 스며드는 퀴퀴한 공기.

"여기에 눕혀."

입술 피어싱을 한 남자가 멈춰 서서 제단 앞을 손가락으로 가리켰다.

"류, 마리아님 앞에서 해치우게? 살벌하군."

하야토가 들뜬 목소리로 말하면서 아이코를 바닥에 내려놓았다. 켄과 입술 피어싱을 한 남자…… 류의 히죽거리는 얼굴과 에리카의 증오로 일그러진 얼굴이 아이코를 내려다보고 있었다.

"켄, 카메라는 갖고 왔어?"

"응, 아버지가 새로 산 걸 슬쩍했어."

묻는 에리카에게 켄이 디지털카메라를 들어 보였다.

에리카가 무슨 생각인 건지…… 그들이 뭘 하려는 건지 상상하는 것만으로도 정신이 어떻게 될 것 같았다.

"다리에 감은 포장 테이프를 벗겨."

류가 명하면서 바지를 벗기 시작했다.

으으, 신음소리를 내면서 아이코는 바닥을 기어 다녔다.

"그럼, 먼저."

류가 기분 나쁜 미소를 흘리고 블라우스를 힘껏 찢었다. 아이코는 무릎을 구부리고 페달을 밟듯이 정신없이 발을 번갈아 뻗었다.

"멍청히 보고 있지 말고 단단히 잡아 이 새끼들아."

아이코의 발길질에 가슴을 맞고 엉덩방아를 찧은 류가 쇄골 주변을 손으로 만지면서 초조한 목소리로 두 사람에게 명했다. 켄이 아이코의 머리 위에서 양손을, 하야토가 무릎을 껴안으려고 덤벼들었다.

"이년아 고분고분히 말 들어."

류의 손이 브래지어 너머로 아이코의 가슴을 움켜쥐었다. 살 위로 개미떼가 기어가는 듯한 혐오감에 아이코는 멀어지던 의식을 되돌렸다.

여기서 정신을 잃으면 평생 치유할 수 없는 상처를 입고 만다. 하지만 남자 두 명에게 잡혀 있는 상태에서는 어떻게 할 수가 없다.

"웃차!"

구호 소리와 함께 류가 브래지어를 벗겼다.

"우와! 기뚱찬 가슴이네. 야, 기념사진 찍어."

"류, 해치워, 어서!"

켄이 에리카에게 말하고, 하야토가 휘파람을 불면서 소리를 질러댔다.

치욕과 공포에 아이코의 마음은 갈기갈기 찢어졌다.

류의 손이 아이코의 가슴에 닿은 순간 멈췄다.

"뭐 해 류, 왜 그래? 뭐 하……."

"조용히 해."

의아해하며 묻는 켄의 말을 자르고 류가 주변을 둘러보았다.

"야, 무슨 소리 안 들려?"

하야토가 뒤쪽으로 고개를 돌리면서 말했다. 희미하게 들리던 오토바이의 엔진 소리가 점점 커졌다. 격렬한 충격음이 나면서 문이 부서지고 오토바이와 함께 슈가 뛰어들었다.

"너희들, 무슨 짓 하는 거야!"

슈가 소리치면서 오른손에 든 알루미늄 배트를 하야토의 등을 향해 휘둘렀다.

슈가 구하러 와주었다. 어떻게 장소를 알았는지에 대한 의문보다도 반가움이 더 컸다.

"이 새끼가."

켄이 돌진하여 바로 옆에서 오토바이를 들이받자 슈가 공중으로 떴다가 바닥에 곤두박질쳤다. 아이코는 마음속으로 비명을 질렀다. 날카로운 금속음을 내며 나동그라진 배트를 류가 귀신같은 형상으로 주워들었다.

"어디서 까불고 지랄이야!"

어깨를 노리고 휘두른 배트가 몸을 굴린 슈 대신 바닥에 명중했다.

"이 새끼가!"

이번에는 켄이 슈의 배를 걷어찼다. 슈는 켄의 발을 잡고 그대로 일어서서 오른 주먹을 날렸다. 벌렁 넘어진 켄은 바닥에 뒤통수를 부딪치고 눈을 까뒤집었다.

"옛날부터 마음에 들지 않았어, 이 새끼야. 죽어!"

류가 한 손에 쥔 배트를 좌우로 휘둘렀다.

그만둬! 슈를 괴롭히지 마!

아이코는 마음속으로 절규했다.

뒤로 물러나던 슈가 빈 캔에 발이 걸려 엉덩방아를 찧었다. 류가 머리 위로 높이 치켜든 배트를 슈에게 내리쳤다. 간발의 차로 슈가 옆으로 굴러 배트를 피했다.

하느님 제발! 저는 어떻게 돼도 상관없으니까 슈를 구해주세요!

진심으로 빌었다. 슈가 무사히 여기에서 탈출할 수만 있다면 자신은 짐승들에게 희생되어도 상관없었다.

그는 어렸을 때부터 줄곧 자신만을 바라보며 음지에서 지켜주었다. 10년 전에 수영장에서 물에 빠진 자신을 위험을 무릅쓰고 구해주었고, 지금도 목숨을 걸고 지켜주려고 한다.

류가 두더지 잡기 하듯 내리치는 배트를 가까스로 피하는 슈.

눈시울이 뜨거워지며 두 사람의 모습이 뿌예졌다.

"끈질긴 놈. 각오해!"

노성과 함께 배트를 들어 올린 류의 오른쪽 무릎을 슈가 있는 힘껏 찼다.

"윽……."

슈가 재빨리 일어나 얼굴을 일그러뜨리고 한쪽 무릎을 잡고 있는 류의 턱을 걷어찼다. 그리고 바닥에 떨어진 배트를 멀리 차버리고, 류 위에 올라타서 양손을 번갈아 휘둘렀다.

"이 새끼, 죽어, 죽어……."

류의 안면을 가격하는 슈의 형상은 여태 한 번도 본 적이 없을 정도로 공포스런 모습이었다.

다섯 대, 여섯 대, 일곱 대…… 핏방울이 튀어 슈의 얼굴을 빨갛게 물들였다.

열 대, 열한 대, 열두 대…… 그때까지 저항하던 류의 몸에서 힘이 빠지더니 미동도 하지 않는다.

그래도 슈는 계속 주먹을 휘둘렀다.

이제 그만해, 슈.

이번엔 반대로 빌었다.

하지만 그것은 물론 류를 걱정해서가 아니라 슈가 살인자가 될까 봐 두려웠기 때문이다. 기도가 통했는지 슈가 비틀비틀 일어나 아이코에게로 달려왔다.

"무서웠지?"

위로하듯이 말하고 손을 묶고 있는 포장 테이프를 벗겼다.

"고마워요……."

슈의 부축을 받아 몸을 일으켰을 때 비로소 아이코는 상반신이 알몸이라는 것을 떠올리고 황급히 팔로 가슴을 가렸다.

"아, 미안."

슈가 황급히 고개를 돌리고 있는 동안 아이코는 블라우스의 앞가슴을 여몄다.

"이제 됐어요."

슈가 주뼛주뼛 얼굴을 돌려 아이코의 팔을 잡고 일으켜주었다.

"슈…… 저기, 나…… 뭐라고 해야 될지……."

에리카가 뺨을 실룩거리면서 슈에게 걸어왔다.

"가까이 오지 마!"

슈가 험악한 목소리로 소리쳤다.

"당신을 좋아해요! 그래서 나……."

팔에 매달리려는 에리카의 뺨을 밀쳐내듯이 슈가 손바닥으로 때렸다. 바닥에 주저앉은 에리카가 뺨을 만지며 눈물이 가득 고인 눈으로 슈를 올려다보았다.

"너 같은 년을 사귀느니 죽는 게 나아."

슈는 증오가 담긴 목소리를 내뱉고 넘어져 있는 오토바이를 일으켜 세웠다.

아이코의 몸이 공중으로 붕 떴다.

"앞으로는 내가 지켜줄게. 다시는 누구도 손가락 하나 건드리지 못하게 하겠어. 그러니까 오늘 일은 잊어. 너에겐 오늘 아무 일도 일어나지 않았어. 알았지?"

공주님처럼 안아 올린 아이코에게 슈가 부드러운 미소를 지으면서 말했다.

"저는 당신을 따라가겠어요."

아이코의 뺨을 뜨겁게 적시는 것은 굴욕이 아니라 기쁨의 눈물이었다.

18

　흘러가는 경치가 필터를 끼운 듯 뿌옇다. 눈물로 시야가 흐려진 것은 아니었다. 예를 들면 하루 종일 자고 나서 일어났을 때 머릿속에 장막이 쳐진 듯한, 그런 멍한 느낌이었다.

　— 너에겐 오늘 아무 일도 일어나지 않았어. 알았지?

　슈의 말에 아이코는 겨우겨우 버티고 있었다. 그러나 그것은 갓 태어난 새끼 사슴의 네 다리처럼 의지할 곳 없는 것이었다. 긴장을 놓으면 언제 사는 것을 포기하는 길을 선택해도 이상하지 않았다.

　경치가 완만하게 흘러가기 시작한다……. 오토바이가 서서히 속도를 줄였다.

　"지금 돈을 갖고 올 테니까. 잠깐만 여기서 기다려."

　그 말을 남기고 슈는 오토바이에서 내려 하얀 건물로 뛰어갔다.

　뒷자리에 앉아 있는 아이코는 검은 막에 덮여 있는 듯한 밤하늘을 올려다보았다. 별도 달도 아무 일도 없었다는 듯 아이코를 파랗게 비춰주었다. 더러워지지 않았을 때와 마찬가지로 차별하지 않고, 휘황하게……

　"나를 비추는 빛으로 다른 사람을 비춰주세요……"

　달에게 말하고, 별에게 빌었다. 눈초리에서 관자놀이로 뜨거운 물방울이 흘렀다.

"만약 공주님께 오물이 묻었다면 소인이 맑은 물이 되어 깨끗이 씻어드리겠습니다."

아이코는 고개를 뒤로 돌렸다. 와카바야시 가의 대문을 등진 슈가 가슴에 손을 대고 한쪽 무릎을 아스팔트에 꿇고 있었다.

"만약 공주님이 칠흑 같은 어둠에 둘러싸였다면 제가 달을 대신해 비춰드리겠습니다. 만약 공주님이 그래도 빛을 찾지 못한다면 저는 당신과 함께 어둠의 세계에서 살겠습니다. 아이코, 네가 정한 길이라면 나는 설령 그곳이 지옥이라 할지라도 함께할 거야."

"슈……"

슈의 모습이 잔물결이 이는 수면에 비친 듯 일그러졌다.

"표정이 왜 그래? 자, 군자금도 넉넉하게 조달했고, 가자……"

눈물 너머로 일어서던 슈가 다시 쓰러졌다.

"슈!"

아이코는 오토바이에서 뛰어내려 슈에게 달려갔다.

"왜 그래요? 괜찮아요!?"

바닥에 두 손을 짚은 슈의 입에서 빨간 액체가 선을 그리고 있다.

"괜찮아……"

슈가 말하고 나서 배를 잡고 얼굴을 일그러뜨렸다. 이마는 구슬 같은 땀으로 젖어 있었다.

"잠깐만 있어요, 집에 가서 사람들을 불러 올게요."

와카바야시 가의 대문으로 달려가려는 아이코의 팔을 슈가 잡

왔다.

"안 돼……. 그러지 마……."

"그럼, 구급차를 부를게요."

아이코가 꺼낸 휴대전화를 슈가 손으로 제지했다.

"안 돼요! 사람을 부르든가 구급차를 부르지 않으면……."

"제발…… 지금은 안 돼!"

중얼거리듯이 말하는 슈는 충혈된 눈으로 호소했다.

"슈? 무슨 일이니? 왜 이렇게 시끄러워……. 슈!"

대문에서 나타난 기모노 차림의 여성…… 슈의 어머니가 표정을 잃었다.

"자, 어서 집에 들어가자. 바로 의사를 부를 테니까."

"잠깐…… 갈 데가 있어요."

슈가 이를 악물고 일어섰다.

"그런 몸으로 무슨 말을 하는 거니!"

"발작도 진정되었고, 나중에 전화할게요."

"어머니 말씀대로 해요!"

오토바이로 가는 슈를 아이코가 제지했다. 그래도 슈는 상관 않고 아이코의 어깨에 팔을 두르고 억지로 오토바이로 재촉했다.

"아이코, 꼭 너랑 같이 가고 싶은 데가 있어."

"슈. 그럴 때가 아니잖니! 그런 몸으로……."

"거기까지."

슈가 엄격한 말투로 어머니를 막았다.

"더 이상 말했다간 두 번 다시 연락하지 않을 거예요. 지금 잠자코 보내주면 반드시 연락할게요. 알았어요?"

슈의 귀기 어린 표정에 기가 죽은 듯 어머니가 끄덕였다.

— 그런 몸으로…….

슈의 어머니가 한 말이 아이코의 마음에 걸렸다.

슈가 어떤 병이라도 앓고 있는 걸까?

하지만 아이코 역시 슈의 기세에 눌려 불안감을 표현할 수 없었다.

"가자."

"정말 괜찮아요?"

아이코가 묻자 슈는 입술 가장자리에 묻은 피를 손등으로 닦고 턱을 당겼다.

"날 믿어."

아이코는 강인한 의지가 담긴 슈의 눈동자에 빨려 들어가듯이 고개를 끄덕였다.

오토바이가 속도를 줄인 곳은 천사 동상이 있는 공원이었다.

"날 데리고 오고 싶었던 곳이 여기예요?"

"응. 하지만 한 군데가 더 있어. 여기랑 가루이자와."

"가루이자와?"

아이코는 앵무새처럼 따라하며 물었다.

"응. 나와 네가 새로운 인생을 시작할 곳이야."

아이코는 의문부호가 뜬 표정으로 고개를 갸웃했다.

"지난달에 아이코랑 살기 위해 별장을 샀어."

"네!? 정말이요?"

"응. 정말이야. 말이 별장이지 단층의 싸구려 건물이지만. 책을 출판하고 받은 인세로 살 수 있는 가격이었으니까."

슈가 천사 동상을 정면으로 보는 벤치로 아이코를 이끌면서 한쪽 눈을 찡긋했다. 믿을 수 없었다. 그리고 놀랐다.

눈을 떠보니 방 안 침대였다면……. 슈가 소년의 풍선을 잡아준 그날 아침부터의 일이 모두 꿈이었던 것은 아닐까, 하고 아이코는 진심으로 생각해보았다.

"그래도 별장을 사다니…… 왜 그렇게까지 한 거죠?"

아이코는 벤치에 앉으면서 물었다.

"저주받은 양가의 역사의 무대에 있는 이상 나와 너의 미래는 없다는 것을 아니까."

"하지만 한 달 전이면 우리가 만난 지도 얼마 안 되었을 때잖아요?"

아이코는 소박한 의문을 말했다.

슈가 두 사람의 미래를 생각해주었다는 것은 솔직히 기뻤다. 하지만 자신의 마음이 슈에게 향하지 않았을 때 그의 행동이 헛된 일이 될 가능성도 충분히 있었다.

"그 질문에는 나중에 대답해줄게."

슈는 말하고 잠깐 아이코를 바라보며 입가를 부드럽게 벌렸다. 그 눈동자는 한없이 다정했고, 하염없이 깊었다.

"나 죽을 예정이었어."

갑작스러운 슈의 말에 아이코의 심장 템포가 빨라졌다.

"죽을 예정이었다니…… 무슨 말이에요!?"

"어렸을 때는 병으로 침대에 누워만 있었다고 했지?"

아이코는 고개를 끄덕였다.

천사 동상의 토대 주변에 묻혀 있는 타임캡슐에 쓰여 있던 슈의 소원은 '난 어른이 되면 우리나라 전국 곳곳을 달리는 사람이 되고 싶다.'는 것이었다. 한 달에 절반은 학교에 가지 않고 재택 치료를 받았다는 슈의 이야기를 듣고 아이코는 소아천식이었던 자신의 경우와 비슷해 공감할 수 있었다.

"중학생이 되어 운동을 시작하고 나서 몸은 점점 튼튼해졌지만 대학 2학년 여름방학 때 중병에 걸려 자퇴했어."

"그렇게 심각한 병이었어요?"

"검사한 의사에게 위궤양이라는 진단을 받았어."

"위궤양이면 학교를 그만둘 정도로 심각한 병은 아니잖아요!?"

아이코의 중학교 때 친구가 위궤양에 걸려 입원했지만 분명히 2주

쯤 지나 퇴원한 기억이 있었다.

"맞아. 나도 고작 위궤양으로 아버지가 왜 멋대로 자퇴 신청을 했는지 의아했으니까. 아버지한테 물어보았더니 상태가 악화되어서 치료하려면 시간이 걸리기 때문이라고 하셨지만 그래도 납득할 수 없었어. 의문은 생각지도 않은 곳에서 풀렸지. 내 진짜 병명은 밤에 아버지와 엄마가 이야기하는 것을 우연히 듣고 알았어."

"설마…… 위암?"

아이코는 조심조심 물었다.

이야기의 흐름상 그렇게 생각하는 것이 자연스러웠다. 하지만 한편으로는 예상이 빗나가기를 간절히 바랐다.

"응. 게다가 스키루스 형이래."

"네……."

아이코는 할 말을 잃었다.

— 발생부터 진행까지가 수개월로 짧아서 암인 걸 알았을 때는 복막에까지 전이되어버려서 손을 쓸 수 없는 경우가 많아. 수술로 종양을 제거해도 수술 후 5년간 생존율이 10퍼센트 대래.

아야노의 병명을 설명할 때 슈가 한 말이 떠올랐다. 슈가 아야노와 같은 병마에 시달리고 있었다는 말인가?

— 난 마법사가 되게 해달라고 빌 거야.

소원을 한 가지만 이룰 수 있다면? 이라는 이야기를 할 때 슈가 한 말이었다.

─마법사가 되면…… 양가의 반목도 없앨 수 있고, 불치병도.

아이코는 슈가 마법사가 되고 싶다고 말한 이유를 아야노의 병을 치료해주고 싶다는 바람을 담은 것이라고 생각했다. 물론 그 마음도 있을 것이다. 하지만 그뿐만이 아니었다.

말을 할 수 없었다.

그냥 이건 악몽이다……. 현실이 아니라고 생각하고 싶었다.

"내 진짜 병이 암이었다는 것을 알았을 때는 머릿속이 캄캄해졌어. 게다가 1년이나 살 수 있을지 모르는……. 남은 인생을 아무리 열심히 살아봤자 쓸데없는 짓이라고 포기했지. 어차피 죽을 거라면 타락한 삶을 살아도 괜찮지 않겠느냐고. 밤이면 밤마다 친구들과 어울려 다니면서 아침이 될 때까지 망가질 정도로 놀고, 저녁에 일어나서 또 아침까지 마시고……. 하루하루, 일분일초, 몸이 내부부터 썩어가는 것 같았어. 어느 날 술에 퉁퉁 부은 얼굴과 충혈된 눈을 거울로 보고 내가 죽었구나 하고 생각했지. 몸이 아니라 마음이."

자조적으로 웃는 슈를 보고 가슴이 찢어지는 것 같았다. 어둠에 사로잡혀 있는 그에게 손을 내밀어줄 수조차 없는 자신이 원망스러웠고, 화가 났다.

"진짜 죽음은 육체가 아니라 마음이 죽는 것을 말하는 게 아닐까. 그런 생각들을 노트에 적어놓은 것을 아버지가 보고 내 허락도 없이 아는 출판사에 가지고 가서……. 그게 《인생─사랑=죽

음》이야. 필명을 레이*로 한 것은 제로로 돌아가자…… 무無의 심
경이 되자는 의미를 담은 거지. 죽음을 받아들인 순간에 지금까
지 생각해보지도 못한 길이 열리고, 자포자기한 인간이 자포자기
한 인간을 구원하는 걸 보면 인생도 참 희한해."

"멋지다고 생각해요."

아이코는 그 말을 하는 것이 최선이었다.

자신도 소아천식을 앓고 자유롭지 못한 삶을 살았다고는 해도
슈가 극복해온 절망과는 비교도 할 수 없었다.

나팔꽃이 피는 모습을 보고 빨간 입술에서 안도의 한숨을 내쉬
고, 메꽃이 피는 모습을 보고 자신을 북돋우고, 밤메꽃이 피는 모
습을 보고 가슴 앞에서 가늘고 하얀 손가락을 맞대고 기도를 올
리는 소녀는 꽃의 무상함을 누구보다도 잘 안다.

갑자기 《인생－사랑＝죽음》의 한 구절이 아이코의 뇌리에 되살
아났다.

—이 시에 나오는 여자가 아야노 같아. 이 시는 말이야, 불치병
을 앓고 있는 소녀에 관한 시야. 즉, 언제 죽을지 모르는 공포와
싸우고 있는 소녀가 아침에 일어나 숨을 쉬고 있는 것에 안도하
고, 햇빛 아래에서 활기차게 뛰어다니는 친구들을 보고 병을 이겨
낼 것을 맹세하고, 밤의 발소리가 들려올 즈음에는 맹세나 불안을

대신해 내일도 무사히 잠에서 깰 수 있게 해달라고 기도하면서 잠자리에 든다……는 내용이야.

아야노가 스키루스 형 위암이라고 아이코에게 고백했을 때 슈가 한 말이었다.

그가 아무 흥미가 없는 피아노를 배우면서까지 아야노에게 삶에 대한 희망을 주려고 했던 마음을 지금은 잘 알 것 같았다. 그런데도 자신은 그것을 슈의 아야노에 대한 연애 감정이라고 의심했다. 지금 생각해보니 아야노와 닮았다는 박명의 소녀의 심정을 그린 시는, 그 심정이 슈 자신의 것이었는지도 모른다.

"책이 간행되고 나서 너를 만나고 싶다는 마음이 더 간절해졌어. 남은 목숨이 얼마 없는데도 쓸데없이 말이지. 별장을 사려고 생각한 것도 삶의 의욕을 찾고 싶다……. 단지 그 마음뿐이었어. 실제로 너와 함께 살 수 있을지 어떨지는 중요하지 않았어. 아니 그보다 혹시나 너랑 그런 사이가 되어도 1년밖에 살 수 없는 나에겐 그런 자격이 없지. 꿈이라도 꾸고 싶었던 거야."

슈가 말을 끊고 깜짝 놀랄 정도로 맑은 눈으로 아이코를 보았다.

아이코는 필사적으로 눈물을 참았다. 울어버리면 지금 눈앞에서 슈가 사라져버릴 것 같은 기분이 들었기 때문이다.

"차에 치일 뻔한 것은 오늘은 꼭 너에게 말을 걸어야겠다고 다짐하고 하나야기 가에 간 날 아침에 우발적으로 생긴 사고였어. 하지만 네게 어떻게 말을 걸어야 할지 고민하던 나에겐 그 사고가

오히려 도움이 되었지. 덕분에 네가 내게 말을 걸어주었으니까."

"우리 병원에 가요! 포기하지 말고. 반드시 훌륭한 선생님이 계실 거예요. 당신 병을 꼭 낫게 해줄 선생님이 있을 거예요!"

물론 아는 사람은 없었지만 같이 찾아볼 생각이었다. 슈가 받아들여도 아이코는 받아들일 수 없었다. 슈는 아직 스무 살. 죽기엔 너무 젊다.

"그럴 필요 없어."

"무슨 말 하는 거예요!? 포기하지 마요……."

"아냐. 의사의 오진이었어."

"네……?"

아이코는 고개를 갸웃했다.

"내 병은 스키루스 형 위암이 아니라 단순한 양성 종양이었어. 엑스레이로 하얀 그림자가 위유문전정부…… 그러니까 위의 출구 근처에 종양이 보여서 의사가 착각한 거였어."

"다행이다……."

아이코는 안도의 숨을 내쉬었다. 온몸에 힘이 빠져나갔다.

"하지만 그래도 역시 병원에 가야 돼요. 양성 종양이라고 해도 병은 병이잖아요. 아까 피를 토하기도 했고."

"알아. 종양이 꽤 커져서 놔두면 드물기는 하지만 악성으로 바뀔 수도 있대. 너한테 보여주고 싶은 것이 있어. 그걸 보고 나서 가루이자와의 우리 '성'에 가자. 병원은 거기서 안정하고 나서 반드시 찾아갈 테니까."

"나랑 살려고……."

아이코는 새끼손가락을 세워 슈의 코끝으로 가져갔다.

"널 지켜주겠다고 약속할게."

슈의 굵고 긴 새끼손가락과 아이코의 가늘고 짧은 새끼손가락
이 얽혔다.

"침대에서 빠져나와 공원 벤치에 앉아 있던 소년의 눈동자에 배
추흰나비를 천진난만한 미소로 쫓아다니는 소녀의 모습이 새겨져
서 떠나질 않았어."

손가락을 건 채 슈가 느닷없이 말했다.

"네?"

"아이코, 너는 나를 만나기 훨씬 전에 이 공원에 찾아왔었어."

다정한 눈빛으로 슈가 말했다.

"내가?"

"그때 내가 일곱 살 때였으니까 넌 다섯 살이었겠네. 넌 엄마의
손에 끌려 여기로 놀러 왔어. 실은 나도 그때 처음 이 공원에 왔었
어. 그 후 여길 계속 다닌 것은 널 또 만날 수 있을지도 모른다는
기대 때문이었지."

─내가 어렸을 때부터 있던 공원이야. 침대를 빠져나와 종종 놀
러 왔었지.

처음 여기에 데리고 왔을 때 그가 그렇게 말했다. 그게 자기를

한 번 더 만나고 싶어서 온 것이라고……

아이코의 가슴은 놀라움보다 더한 안타까움에 죄어들었다.

"그랬었군요……. 기억하지 못하는 나에게 화가 나요."

"다섯 살 때였으니까 당연하지. 난 네 엄마의 얼굴을 알고 있었으니까 네가 하나야기 가의 딸이라고 바로 알아볼 수 있었어. 벤치에 혼자 있는 나에게 항상 미안하구나, 하고 다정하게 말해준 것을 잊을 수 없어. 물론 네 엄마도 내가 와카바야시 가의 장남이라는 것을 알고 있었어. 항상 미안하다고 한 이유는 하나야기 가사람이 괴롭게 해서 미안하다는 것이라는 걸 어린 나도 알 수 있었지. 인연이라든가 갈등이라든가 상관하지 않고 평등하게 대해준 것은 어머님뿐이었어. 물론 와카바야시 가도 포함해서."

엄마가 슈에게 그런 모습을……

태어나서 처음으로 자신의 몸에 흐르는 피가 자랑스러웠다. 동시에 아이코의 기억에는 없는 시절부터 이어진 슈와의 인연에 운명적인 것을 느끼지 않을 수 없었다. 쇼이치와 하루부터 이어진 100년의 시간을 초월한 사랑의 끈을……

"따라 와."

슈가 일어나며 말했다. 슈는 천사 동상의 뒤쪽으로 돌아가 허리를 숙이더니 맨손으로 흙을 파헤치기 시작했다.

"타임캡슐?"

묻는 아이코에게 슈는 고개를 끄덕여 보였다. 잠시 후 얼굴을 내민 녹슨 적갈색 캔을 끄집어내는 슈의 한없이 투명한 눈동자를 보고 아이코의 박동은 빨라졌다. 지금 자신의 눈앞에서 순진무구하게 미소 짓는 그를 보고 기억에 없는 13년 전의 '슈'가 떠올랐다.

"가루이자와에 가기 전에 편지를 한 통 더 보여주고 싶었어."

전에 타임캡슐을 파냈을 때는 이 편지를 보여주지 않았다.

슈는 음미하듯이 말하면서 캔 안에서 봉투를 꺼냈다.

"좀 창피하긴 하지만."

봉투를 찢어 누런 노트 쪼가리를 건네는 슈의 수줍어하는 얼굴이 아이코의 어깨 너머를 향한 직후 순식간에 얼어붙었다.

꽃잎처럼 나풀나풀 떨어지는 노트 쪼가리에 아이코는 시선을 빼앗겼다. 갑자기 슈가 끌어안았다. 공원 풍경이 빙글 돌았다. 얼굴이 불그죽죽하게 부어오른 귀신같은 형상의 남자…… 류가 뛰어와 슈를 받아버리겠다는 듯 몸을 던졌다.

슈가 놀란 듯 눈을 동그랗게 뜨고 아이코를 보았다.

"죽어 이 새끼야……."

핏발 선 눈을 치켜 뜬 류가 빨갛게 젖은 칼을 쥔 채 뒤로 물러났다. 아이코는 머릿속이 하얘지며 쇠사슬에 묶인 듯 몸을 움직일 수 없었다. 무슨 일이 일어났는지 얼른 이해가 가지 않았다. 류가 칼을 버리고 발길을 돌려 달아났다.

슈의 몸이 갑자기 무거워지며 어깨에 둘렀던 팔이 등에서 허리로 내려가더니 결국 무릎을 꿇었다.

겨우 정신이 돌아온 아이코는 무릎 꿇고 앉아 슈를 안았다.

"슈……? 슈! 사람 살려요! 누구 없어요!?"

아이코는 주위를 둘러보며 소리치면서 슈의 몸을 천천히 땅바닥에 눕혔다.

"구급차를……."

그제야 생각난 듯 아이코는 휴대전화를 꺼냈다. 검정색 액정…… 어제 가나자와에 간 이후로 충전을 하지 못했기 때문에 배터리가 나갔다.

"슈, 휴대전화 좀."

"집에…… 놔두고 왔어……."

"아아…… 어떡해……. 잠깐만 있어요, 누구 좀 불러올게요!"

일어서려는 아이코의 팔을 슈가 잡았다.

"가지 마……. 옆에 있어줘……. 제발……."

"사람만 불러오면 되니까 금방 올 거예요."

"마지막까지…… 널 보고 있고 싶어……."

겨우 알아들을 수 있을 정도로 가녀리게 잠긴 목소리가 아이코의 마음을 붙잡았다.

"무, 무슨 말이에요……. 바보같이. 당신처럼 운이 좋은 사람이 죽을 리가 없잖아요."

아이코는 필사적으로 눈물을 참으면서 밝게 행동했다.

"그렇지……. 한번 죽다가 살아나기……도 했는데……."

핏기를 잃은 창백한 얼굴로 필사적으로 웃으려고 하는 슈를 아이코는 더 큰 미소로 대했다.

"그래요. 죽으려고 해도 죽지 않는 사람이니까."

아이코는 스스로에게도 말했다. 가늘어진 슈의 눈초리에 반짝이는 것이 보였다.

"가루이자와에…… 가면 아이코는…… 전학해야 돼. 미성년자……니까……. 보호자의 허락이 없으면…… 힘든데……."

고통스럽게 얼굴을 일그러뜨리고 슈가 격렬하게 기침을 했다.

"괜찮아요!? 더 이상 말하지 마요."

"미안…… 약속을…… 지키지 못해서……."

헐떡이며 슈가 말했다.

"네!? 무슨 말이에요!?"

"……처음 만났을 때…… 평생…… 너와…… 함께하겠다고…… 했는데……."

슈의 눈초리에서 흘러내린 눈물이 뺨에서 턱 끝을 거쳐 아이코의 팔을 적셨다.

"무슨 말이에요! 지금부터예요. 가루이자와에 가면 단단히 각오해요. 고집불통에다 변덕쟁이에 자기밖에 모르는 공주님을 모시지 않으면 안 되니까요."

"그럼…… 큰일이네……."

슈가 희미하게 웃었다.

백년후愛

"그래요. 각오해요."

또다시 격렬하게 기침을 한 슈의 입술이 선혈로 붉게 물들었다.

"아아…… 슈! 여기요! 누구 없어요!? 네! 누구 없어요!?"

울먹이면서 소리치는 아이코의 손이 슈의 불룩한 바지 주머니에 닿았다.

"여기 있었잖아!"

아이코가 슈의 휴대전화를 꺼냈다.

"아이코."

번호를 누르려고 했을 때 슈가 다정한 눈빛으로 아이코를 보았다.

"내 앞에 나타나주어서…… 고마워……."

입술에 엷은 미소를 머금은 슈는 아이코의 얼굴을 눈동자에 새기듯이 한 번 눈을 크게 뜨더니 조용히 감았다.

"슈!? 슈!?"

아이코는 슈의 어깨를 흔들었다.

"장난 그만 치고 눈 떠요! 그만하라구요, 정말로 화낼 거예요. 슈? 슈!"

아이코는 슈의 이름을 계속해서 불렀다.

―그 공주님이 폭풍이 멎기를 바란다면 나는 비바람을 부리는 신의 산 제물이 되어도 좋다.

―그 공주님이 영원한 충성을 원한다면 나는 평생을 감옥에서 살아도 좋다.

─그 공주님이 달빛이 비치는 심해를 여행하고 싶다면 난 돌고래가 되어 당신을 신비의 바닷속으로 인도하리라.

연분홍색 꽃잎 융단이 깔린 벚나무 가로수 길을 내려다보고 있던 아이코의 눈앞에 갑자기 나타난 '왕자님'의 대사가 애절하게 가슴에 울려 퍼졌다.

"거짓말…… 평생 내 곁에 있겠다고 해놓고……. 나를 지켜주겠다고 했잖아! 날…… 날 두고 가지 마!"

마음을 짓이기는 듯한 통증과 슬픔에…… 끝을 모르고 밀려드는 고독에 아이코는 휩싸였다.

눈물에 뿌예진 눈을 지면으로 옮겼다. 아이코는 떨리는 손으로 13년의 세월을 간직한 누런 노트 쪼가리를 주웠다.

─난 어른이 되면 아이코랑 결혼할 거예요.

─그러니까 어서 병이 나아서 건강해지고 싶습니다.

삐뚤빼뚤한 글자가 흘러나오는 눈물에 스몄다.

"싫어……."

슈의 '기도'를 들고 있는 손이 떨렸다.

"싫어…… 싫어…… 싫어!"

아이코의 절규가 잔혹할 정도로 아름답게 빛나는 별이 총총한 밤하늘로 빨려 들어갔다.